# Die stummen Felder

Dorothée Brüne

ein Produkt der
**Wortweberei**
Potsdam

ISBN: 9798466505689

Dorothée Brüne c/o Wortweberei
Carl-von-Ossietzky-Straße 20, 14471 Potsdam
Dorothee-bruene@gmx.de
www.dorothee-bruene.de

Alle in diesem Buch geschilderten Handlungen und Personen sind frei erfunden. Ähnlichkeiten mit lebenden oder verstorbenen Personen sind nicht beabsichtigt.

Cover: Susan Cipriano/Pixabay
Herstellung: KDP/ Amazon EU, München

Form ist Leerheit. Leerheit ist Form.
Form ist nichts anderes als Leerheit.
Leerheit ist nichts anderes als Form.
*Prajnaparamita Hridaya Sutra*

## 1.

Es war einmal vor langer, langer Zeit, als die Welt noch aus Lachen bestand, aus Schwingung und Tanz. Das Leben ein Fluss. Finger einer fernen, sonst abgespaltenen Vergangenheit griffen nach Frou-Frou, umschlangen ihren hageren Brustkorb, trieben Sehnsucht hinein. Wie die Sprösslinge von Wasserpflanzen bohrten sie sich in das angegraute Herz der Fünfundsechzigjährigen, ließen verflossene Kinderwelten auftauchen, überschwemmten ihre eingetrocknete Haut.

Damals hatte Frou-Frou in einem kleinen, idyllischen Ort am Schlänitzsee gewohnt. Einer dieser Seen in Brandenburgs ansonsten trockenen Ebenen. Weißsandige Ufer, von Schilfbewuchs umgürtet. Reich an Welsen, Schleien, Aalen und Flusskrebsen. Seerosen hatten auf den Wassern des Sees getanzt. Ein blauer Himmel und eine strahlende Sonne hatten sich auf der glatten, weiten Fläche gespiegelt.

Marquardt, das Dorf, in dem sie gewohnt hatte, war weithin bekannt wegen seines Schlosses und des wunderschönen Parks. Im Sommer hatten hier Hochzeiten stattgefunden. Die feierlich gekleideten Gäste waren über die Wege und Stege des Parks flaniert.

Nur leise war das Surren und Rattern der Räder auf der nahe gelegenen Autobahn zu hören gewesen. „Ratong-ratong-rattattong" waren die Reifen der großen Laster über den Asphalt geknattert. „Tschüj-tschüj-tschüj" waren die PKWS vorbeigeschnurrt.

Genau genommen war es sechs Jahre, dreihunderteinundsechzig Tage und elf Stunden her. Eine halbe Ewigkeit. Die Entfernung zwischen ihrem damaligen und ihrem jetzigen Wohnort betrug exakt zehn Komma drei Kilometer. Auf dem Fahrrad leicht zu bewältigen.

Mit beherztem Griff riss sie all das eindringliche Grün aus ihrem Inneren heraus und zerrte sich aus fernen Zeiten ins Hier und Jetzt zurück. „Knack krackkrack“ machte das mit einer trockenen Salamischeibe belegte Brot in ihrer Hand, das nicht von ungefähr den Namen Knäckebrot trug. „Mampf mumpf“ tönten Mund und Gaumen. Frou-Frou schluckte, nahm einen weiteren Bissen und ließ ihren Blick aus dem Fenster in die Ferne schweifen.

Die Bilder der vor ihr liegenden Neustädter Bucht verschwammen. Graue Schlieren, Glitzer von Sonnenlicht. Sich spiegelnde Bäume. Konturen. Weite Fläche. See. Wasser. Wieder Finger, die nach ihr griffen. Die optischen Eindrücke überlagerten sich mit Bildern anderer Wasser.

Unweit des Schlosses, direkt gegenüber vom Lavendel-Garten hatte sich das Haus Frou-Frous im Eschenweg befunden. Es war aus gelben Backsteinen gebaut worden, die aus den Ziegeleien in Deetz an der Havel stammten. Die obere Etage hatte aus Fachwerk bestanden. Die Balken waren blau gestrichen gewesen, sie hatten die Ecken und Kanten des Gebäudes geziert. Der runde Bogen am Dachfirst hatte dem Ganzen etwas Fließendes, beinahe Weibliches gegeben.

„Unnütze Schnörkelei“, hatte sie damals zu sagen gepflegt, und auch heute befreite sie sich mit diesen Worten aus dem Zugriff eines sehnsuchtsvoll-schmerzlichen Gefühls. Frou-Frou hatte die Verzierungen genauso wenig leiden gekonnt wie ihren Namen. Sie hatte ihn gehasst. Frau minus Frau nur mit O, hatte sie geantwortet, wenn sie ihn buchstabieren musste. Das war immer wieder vorgekommen, denn wer hatte schon französisch gesprochen in Brandenburg: Frou-Frou, das passte nicht zu ihr. Viel zu weich, viel zu lieblich. Sie wollte nicht nach knisternder Seide benannt sein. Humbug.

Sie nahm einen Schluck Kaffee, als könnte sie mit diesem auch ihren Namen und die alten Bilder hinunter- und hinfortspülen. Die Krümel auf dem Fensterbrett schob sie mit einer Hand zusammen und fing sie mit der anderen auf. Krümel, feinste Teilchen, Sand.

In dem Garten hinter dem Haus hatten ihre beiden Kinder krabbeln gelernt. Im Sandkasten hatten sie Burgen gebaut. In Marquardt hatten sie ihre ersten Schritte gemacht, waren auf ihren kleinen Rädern über die gepflasterten Wege die Auffahrt hinaufgewackelt. Sie waren zur Schule gegangen, hatten Abitur gemacht und waren schließlich fortgezogen in die nächstgrößere Stadt, Potsdam. Dort hatten sie studiert und sich häuslich niedergelassen. Zwei Kinder. Mehr hatte Frou-Frou nicht gewollt. Sie war schließlich keine Milchkuh.

Potsdam. Sie hätte nie gedacht, dass sie eines Tages in ihren Geburtsort zurückkehren würde. Sohn Oskar war Verwaltungsfachwirt und arbeitete dort in der Baubehörde. Er lebte mit einem Mann zusammen, meinte aber bis heute, dass Frou-Frou nichts davon wusste. Von wegen, sie war doch nicht blöd! Einmal wöchentlich rief er pflichtbewusst seine Mutter an. Zu Besuchen kam es selten. Tochter Melusine hatte geheiratet und war selber Mutter zweier Kinder. Eine begabte Pianistin. Hatte alles hingeschmissen für die zwei Bälger. Frou-Frou seufzte auf. Kurze Verschnauf-pause im Jetzt.

Damals in Marquardt waren sie eine Familie gewesen. Damals war Frou-Frou täglich in den Schlänitzsee schwimmen gegangen. Selbst im Winter hatte nichts sie davon abhalten können, in das kühle Nass zu steigen. Mit ihren Tauchschuhen war sie über den feinen Sand gegangen, war über Muschelschalen gestiegen, vorbei an Schilf und Stegen in die Fluten des Gewässers hinein. Meist war ihre Tour Richtung Wublitz gegangen und dann in großem Bogen zurück. Manchmal war sie den Sacrow-Paretzer-Kanal geschwommen. Dort hatte sie auf die großen Lastkähne aufpassen müssen, die die Wasserstraße als Transportweg nutzten. Damals. Das war einmal und war lange her.

Frou-Frou schüttelte sich bei den Erinnerungen an all das kühle Nass. Das Haus hatte der Familie ihres Mannes gehört, weshalb er es für selbstverständlich gehalten hatte, dass er dort wohnen blieb. Sie hatte einen Koffer mit dem Nötigsten vor die Tür gestellt bekommen und hatte schauen können, wo sie hingeht. Der Tag war ihr noch in bester Erinnerung.

Am liebsten hätte sie dieser Franziska die Augen ausgekratzt. Schauspielerin. Dass Bruno auf eine solche Affektierte reingefallen war. Frou-Frou kochte immer noch vor Wut, wenn sie an die Andere dachte.

Wäre damals nicht ihre Freundin Magda gewesen, Frou-Frou hätte nicht gewusst, wo sie hinsollte. Drei Wochen hatte sie in deren kleiner Zweizimmerwohnung gewohnt. Kiezstraße, Potsdam. Einzig das holprige Pflaster hatte Frou-Frou an ihre dörfliche Vergangenheit erinnert. Und die Geräusche der vorbeiziehenden Blechlawinen. „Tschuuuuh – tschuuuuuh – miepmiep – ttttssssss – öööööööhem." Von der nahe gelegenen Breiten Straße war Tag und Nacht Autoverkehr herübergedröhnt. Frou-Frou hatte nicht schlafen können. Sie hatte sich so leer gefühlt. Wie betäubt hatte sie die nächsten Tage, Wochen, Monate und Jahre erlebt. Bis heute.

Weshalb dachte sie schon wieder an dieses alte Zeug? Weg war weg. Mit geübtem Griff wusch sie Messer und Frühstücksteller unter einigen wenigen Tropfen Wasser ab und stellte beides in den Oberschrank ihrer Einbauküche. Sie trocknete sich die Hände an einem Küchentuch, betrachtete die Haut und windete und wendete das Handtuch nochmals über beide Handflächen. Schwimmen gegangen war sie schon lange nicht mehr. Seit dem Tag des Auszugs mied sie die Wasser. Sie waren schuld, dass sie alles verloren hatte, was ihr lieb war: Haus, Mann, Garten, ein Leben. Ja, sie hatte einst ein Leben. Sie hasste diese Wasser. Von oben auf die Wasser der Havel zu schauen war die einzige Art, wie sie sich diesem feuchten Element noch annähern konnte. Sie verabscheute ihren Anblick. Sie hasste es, sich zu duschen. Sie hasste es zu spülen und sie mochte auch keine Wasser trinken.

Fünfzehn Stockwerke hatte das Haus, in dem sie jetzt lebte. Sie selbst wohnte in der dreizehnten Etage, Blick gen Westen, sodass sie den Sonnenuntergang sehen konnte. Besser als fernsehen. Der Balkon war durch eine Glasfront geschützt, die die aufsteigenden Winde abhielt.

Die kleine Wohnung um die Ecke von Magdas Bleibe hatte sie einen Monat nach dem Rausschmiss bezogen. Wall am Kiez. Früher sollte hier tatsächlich ein Wall gewesen sein, damit die Soldaten, die im Fischerkiez wohnten, nicht abhauen. Die Fischersiedlung war alt, von Slawen gegründet. Die Hochhäuser, in denen Frou-Frou wohnte, stammten aus den Siebzigern. Sozialistische Architektur an der sozialistischen Magistrale.

Rasch trank sie einen Schluck Kaffee. Dann ins Bad. Hose runter und aufs Klo gesetzt. Ohren zugesperrt, damit sie nicht das Rauschen ihres Urins hörte. Den Deckel zuschlagen. Den Blick in den Spiegel vermeiden. Mit der Bürste durch das Haar und fertig. Sie stieg in ihren dunkelblauen Wintermantel, schnappte sich den kleinen bereitgestellten Koffer und schloss die Wohnungstür.

Dreizehn Stockwerke, zwischen jedem befanden sich achtzehn Stufen, nach jeder neunten Stufe gab es ein Mittelpodest. Das machte Zweihundertvierunddreißig Stufen am Morgen und ebenso viele am Abend. Frou-Frou hielt das für eine angemessene Art, sich fit zu halten.

Die Wände neben ihr halfen kaum, das Glucksen, Fließen, Strömen und Poltern nicht zu hören, das durch die Leitungen zog. Frische Wasser wurden in alle fünfzehn Stockwerke nach oben gepumpt. Die sechs Pumpen der Druckerhöhungsanlage hatten zu dieser frühen Stunde ordentlich zu tun. Wasser mussten für den morgendlichen Kaffee, den Gang aufs Klo, die Dusche oder die bereits angestellte Waschmaschine zur Verfügung gestellt werden. Der Behälter mit den Membran-Druckausdehnungsgefäßen gab sein Bestes, damit das stete An- und Ausschalten der Pumpen nicht zu hören war.

Über ein komplexes System von Fallleitungen, Umleitungen, Hauptlüftungen und Nebenlüftungen wurden die Abwasser dann nach unten zur Kanalisation befördert, um ins nahe gelegene Klärwerk transportiert zu werden. Auch diese Geräusche versuchte Frou-Frou zu überhören.

Stattdessen versuchte sie, sich ganz auf das Zählen der Stufen zu konzentrieren. Nur dieser zarte Film von Schweißperlen, der sich auf ihrer Oberlippe bildete, erinnerte sie unablässig daran, dass es sie gab: die Welt der Wasser. Mit einem Stofftaschentuch trocknete sie sich den Schweiß und machte sich auf den Weg zum Bus. Es regnete. Auch das noch. Sie spannte ihren schwarzen Schirm auf und wäre beinahe über die Katze gestolpert, die neben dem Hauseingang saß.

Heute war der siebtletzte Tag, bevor sie in den Ruhestand ging. Noch zweiundfünfzig Komma fünf Arbeitsstunden, dann hatte sie es geschafft. Schade, dass sie noch nach Polen reisen musste. Drei Tage. Dafür wurden ihr nur die üblichen siebeneinhalb Zeitstunden angerechnet, obwohl die Sitzungen wesentlich länger dauerten.

Die deutsch-polnische Grenzgewässerkommission kam zweimal jährlich zusammen. Vertane Zeit. Frou-Frou gehörte zum Team. Sie war Kartografin und arbeitete beim Landesumweltamt. Auch die Gewässerkarten des Landes Brandenburg gehörten zu ihren Aufgaben. Doch damit war bald Schluss und sie konnte endlich noch mehr Abstand zwischen sich und diese vermaledeiten Wasser bringen.

„Sie haben zweieinhalb Minuten Verspätung", raunzte sie den Busfahrer an, setzte sich, nahm den Koffer auf den Schoß, wischte mit ihrem Ärmel die beschlagene Scheibe trocken und schaute ins Leere.

## 2.

Hättest du dich getraut? Hättest du den Mut gehabt, dein Ohr an die Wand zu legen, um dem Rauschen der Wasser zu lauschen? Die Wand war kalt. Es war der zwanzigste Februar des Jahres zweitausendneunzehn. In Potsdam war es winterlich kühl um diese Jahreszeit. Du hättest dich nicht erschrecken lassen dürfen von dem Moment, wo sich dein körperwarmes Ohr an die weißgestrichenen Wände des Treppenhauses gelegt hätte! Er wäre schnell vorüber gegangen.

Vielleicht hätten deine Schritte noch nachgehallt von den Mauern des hohen Schachtes. Kein Teppich, kein Vorhang, nichts Weiches, das den Klang hätte auffangen und in sich beherbergen können. Der Schall hätte ewig gewährt. Hätte es geschienen. Wenn du dein Ohr ans Mauerwerk gelegt hättest, würde er vergangen sein. Du hättest die Möglichkeit gehabt, einzutauchen in Klangwelten ganz anderer Art.

Wie hättest du dir vorgestellt klingt eine Abwasserleitung? Welches Geräusch hättest du imaginiert für die Wasser, die all die Stockwerke hinaufgezogen werden? Hättest du es stöhnen und ächzen hören? Hättest du gemeint, dass es freudig seine Reise antrat in solch schwindelnde Höhen hinauf?

Heute war es müde. Es war kalt unten in der Erde. Die Verführung zu erstarren und sich einem Winterschlaf hinzugeben, war groß gewesen. Dennoch es hatte sich auf den Weg gemacht. Das war sein Job. Mühselig wanderte es Stufe für Stufe hinauf, bog um Ecken, ließ sich verströmen, löste sich auf, platschte auf Hartes, Festes, schluckte den Schmerz hinunter, um erneut weiterzuziehen.

Auu
eiiiii
iiiiiihhhhh
uuu
uuuh
hmmm
hümmm
krrrrrrrrr
fschhhhh
zzzzzzz
zschlümm
zschschhhhhüüüüü
plaplaplii
plaaplaaplaaplipli
krrrfzzzz
blllöööblööblööööö zzzzzzz
schlllschllllallllllallla
krrrrrröööööööö
fschhschhhhhhhh
blublublabla pschhhhhh krkkk
pliplipliplipliplipliiiiii
pschüü
üüüü
üüh fzzzzzzzzz
fzzz
flatsch dlüüü
platsch üüü
zatsch üüüü
schrrrrrrrrr
ploing
pschü
ühh
hhh puhhhhhhhhhhh

## 3.

Ich hasse Polen. Schon wieder Schnee. Wie ekelig. Überall klebt dieses widerliche Zeug. Die Schuhe sind klitschnass. Auf der Hose ist alles weiß. So etwas Ekelhaftes. Dazu dieser Wind. Hat die Flocken überall hingeweht. Auch den Mantel hat es erwischt.

Frou-Frou stellte ihren Schirm an die Wand des Konferenzraumes, in dem die deutsch-polnische Grenzgewässerkommission tagte. Vierzehn Uhr fünfundvierzig. Um fünfzehn Uhr sollte die Sitzung beginnen. Sie war die erste im Raum. Ein langer Tisch, Getränke, braun gepolsterte Stühle. Mehr nicht. Ihr dunkelblauer Mantel war weiß gesprenkelt. Sie war komplett durchnässt. Wie konnten Menschen dieses ätzende Zeug nur mögen? Regen war schlimm genug. Jetzt auch noch Schnee. Frou-Frou fröstelte. Hoffentlich war hier drinnen gut geheizt. Sie stellte einen Stuhl vor die Heizung und stülpte den nassen Mantel darüber. Die Handschuhe legte sie obenauf. Das letzte Mal war es eisig kalt hier drinnen gewesen. Sie betastete die Heizkörper und stellte mit Zufriedenheit fest, dass sie glühten.

Ob dieser Adamski kommt? Das Entsetzen sprang ihm beim letzten Mal regelrecht aus den Augen. Eine Frau! So etwas Wichtiges wie Grenzfragen können doch nicht mit einer Kobieta besprochen werden. Ha, der hat keine Ahnung, zu was Frauen in der Lage sind!

Frou-Frou klappte ihren Laptop auf, legte den Stapel der ausgedruckten Grenzkarten neben sich, ordentlich in Klarsichthüllen gefügt, damit sie nicht verschmutzten. Nur noch die Dateien der einzelnen Flurstücke hochladen, dann war sie soweit. Erst gestern waren die Luftaufnahmen bei ihr angekommen. Dass sich der Verlauf der Oder bei Flurstück dreizehnhundertneunzehn a, dreizehnhundertneunzehn b und dreizehnhundertneunzehn c um mindestens zwanzig Zentimeter verschoben hatte, hatte sie gleich erkannt und auf den Karten vermerkt.

Delegationsleiter Adamski war mächtig überrascht, als ich beim letzten Mal festgestellt habe, dass sich der Verlauf der Neiße um dreißig Zentimeter verschoben hatte. Was über eine Länge von achthundertfünfzig Metern einen ordentlichen Landverlust für die polnische Seite bedeutete. Der hätte sich ruhig bedanken können bei mir. Zwei Wochen waren die Bagger und Kräne damit beschäftigt, Erdreich von der deutschen auf die polnische Seite zu verschieben.

Frou-Frou war so in ihren inneren Monolog und das Hochladen ihres Kartenwerks vertieft, dass sie nicht mitbekam, wie der Delegationsleiter, sein Sekretär, der technische Leiter, die beiden Übersetzer sowie ihre Kollegen von der deutschen Seite den Raum betraten.

„Ich möchte zur Diskussion stellen, ob der Besitz von Wasser nicht wesentlich kostbarer ist als der von Land“, wurde sie aus ihren Gedanken gerissen. Erst auf polnisch, dann auf deutsch.

Ah, Tadeusz. Sympathischer Mann. Nicht so eingebildet wie die anderen. Wird den Delegationsleiter ärgern, wenn der mit solchen Fragen kommt.

„Werter Kollege! Haben Sie schon einmal gehört, dass Länder um Wasser streiten? Kriege waren immer schon Streitigkeiten um Landbesitz.“

„Da haben Sie gewiss recht, Delegationsleiter Adamski. Doch erst einmal sind wir nicht hier, um Krieg zu führen. Außerdem können sich die Zeiten ändern. Heutzutage sind Wasser ein nicht zu unterschätzendes Gut.“

„Darf ich diesen Punkt auf die Tagesordnung setzen?“

„Wer hat Sie gefragt?“ Entrüstet drehte sich der Delegationsleiter zu Frou-Frou um. Die musste erst die Übersetzung abwarten, bis sie die Erwiderung des Delegationsleiters verstand.

„Nehmen Sie den Mund nicht zu voll! Schließlich sind Sie nur als Kartografin bei diesen Zusammenkünften akzeptiert. Wenn mein Kollege möchte, so können wir diesen Punkt gerne auf die Tagesordnung setzen lassen. Schließlich entscheiden ich und Ihr geschätzter Kollege Baumgarten, was hier zu verhandeln ist.“

Der Delegationsleiter sprach schnell. Der Übersetzer kam kaum hinterher.

Dieser Schleimscheißer! Verneigt sich vor Baumgarten. Dabei hat er ihn das letzte Mal kaum zu Wort kommen lassen. Heute werde ich ihn gewiss nicht darauf aufmerksam machen, dass sich der Flussverlauf geändert hat. Soll er doch selber aufpassen. Interessiert mich eh alles nicht mehr, dachte sich Frou-Frou beleidigt.

„Kkkrrrr!!!“ schob sie ihren Stuhl nach hinten. „Plömpf. Plömpf. Plömpf. Plömpf“ machten ihre Schuhe auf dem Vinyl-Bodenbelag.

Es galt, die beiden Nationalfahnen in die Halter zu stecken. „Plopp“ und „Plopp“. Je schneller das hier vorbei war, desto besser. Ich bin zwar nur eine Baba, aber die Fahnen darf ich immerhin aufstellen. „Plömpf. Plömpf. Plömpf.“

Frou-Frou ging zurück zu ihrem Platz und stellte sich neben ihren Stuhl. Auch die anderen Anwesenden hatten sich erhoben und begannen zu singen. Erst die polnische, dann die deutsche Nationalhymne. Frou-Frou bewegte ihren Mund. Sie sang nicht mit. Bei keiner der beiden Hymnen. Kein in den Krieg ziehen für Polen. Und kein Gesäusel von Einigkeit und Recht und Freiheit in Deutschland. Sie hasste es zu singen.

## 4.

Es war achtzehn Uhr, immer noch der zwanzigste Februar und bereits dunkel zu dieser Jahreszeit. Wie jeden Abend kam Anna in die Trauerkuhle der Neustädter Bucht. Frou-Frou war in Polen. Wäre sie zu Hause, würden lediglich vierzig vertikale und vierzig horizontale Meter sie von Anna trennen. Allerdings existierten Menschen und Orte wie Anna und die Trauerkuhle auf Frou-Frous Landkarte noch nicht.

Eine Glasflasche klemmte unter Annas Arm und aus ihrer Manteltasche lugte ein weißes Tuch heraus. Sie schob ihre Schuhspitzen durch die Verstrebungen hindurch und lehnte die Unterarme auf das Geländer. Ein Seufzer entrang ihrer Kehle.

Die beiden steinernen Löwen aus Taiwan wachten als schwarze Schatten über die Neustädter Havelbucht. Etwa fünfzig Meter von ihnen entfernt neigte sich der Weg in eine Senke hinein. Zu seiner Rechten befand sich eine aus Backstein gemauerte Wand. Buschwerk, Hopfen und eine große Eibe schirmten die Senke vor fremden Blicken ab. Vielleicht war es diese Geborgenheit, die den Ort zu einem Wallfahrtsort hatte werden lassen für Einsame, für Trauernde, für Menschen in Not und Isolation. Taschentücher hingen an den Streben des Geländers. Trauer und Leid waren in sie hineingeweint und an die Streben gebunden worden.

Die Lichter der umstehenden Hochhäuser spiegelten sich auf der glatten Wasserfläche und formten goldene, langgezogene Ovale. Schwarz sahen sie aus, die Wasser. Noch dunkler als der Himmel, der sich wie ein Zelt über die Bucht spannte. Das Funkeln der Lichter auf dem See hatte etwas Magisches, etwas Heimeliges, Vertrautes. Anna tröstete deren Anblick. In der Tat waren die Wasser ihr vertrauter, als die meisten Freunde und Kommilitonen.

Zu erfahren, wie viele Menschen jährlich starben, weil sie verdrecktes Trinkwasser zu sich nahmen, hatte sie heute während der Vorlesungen entsetzt. Wieso durfte ein Staat die Grundwasser privatisieren? Wie konnte es sein, dass Wasser nicht überall auf der Welt als Allgemeingut anerkannt wurden? Wie konnte es der Weltwasserrat zulassen, dass Wasser in Plastikflaschen gefüllt und verkauft wurden? Gab es nicht schon genug Plastik in den Ozeanen dieser Erde?

Anna studierte Geoökologie. Die meisten ihrer Kommilitonen waren politisch aktiv und sehr ambitioniert. Auch sie selbst. Und doch traute sie sich nicht, ihnen mitzuteilen, wie sehr es sie verletzte, dass Menschen verdursteten, dass Wasser vermarktet, dass sie nicht wertgeschätzt wurden. Denn sie liebte diese Wasser. Sie verehrte sie. Ja, sie vergötterte sie.

Deshalb fürchtete sie um die Zukunft der Wasser. Hier in Potsdam schienen solche Themen weit weg. Die letzten Sommer waren auch hier sehr heiß gewesen. Manch ein Gewässer hatte an Wasser verloren, immer breiter wurden die Ufer des Seddiner Sees. Die finsteren Teiche gab es nicht mehr, viele Bäume in den Parks der Stadt waren vertrocknet. Und doch schrie niemand auf. „Wasser? Kein Problem. Davon haben wir genug. Das sieht man doch."

Anna hatte in den Semesterferien viele Städte dieser Erde besucht, an denen die Wasser verehrt wurden. Sie war am Nil gewesen und am Ganges. In Haiti hatte sie mit den Anhängern Oshuns die heiligen Wasser besungen.

Von all ihren Reisen hatte sie Wasser in der Glasflasche mitgebracht, die sie bei sich führte. Jeden Abend goss sie ein paar Tropfen in die Havel hinein. Es gab ihr das Gefühl, einen kleinen Beitrag zu leisten, damit die Wasser mehr Anerkennung finden. Vorsichtig öffnete sie die Flasche und ließ einige Tropfen auf die glatte Wasserfläche fließen. Dort, wo sie landeten, bildeten sich Kreise. In deren Mitte stieg eine kleine Wasserfontäne nach oben, als würde der See einen kleinen Hüpfer machen vor Freude, diese fremden Wasser aufnehmen zu dürfen.

Annas Blick war ganz auf die Kreise gerichtet. Sie schloss die Flasche, stellte sie neben sich, richtete sich dann wieder auf und begann, für die Wasser zu singen.

Still und stumm,
still und stumm,
still und stumm
ruht der See.

Die Welt ist erstarrt,
die Menschen so hart
Kein Kuss, nur Verdruss,
oh weh.

Es schweigen die Wasser,
es schweiget der Mensch.
Kein Fließen, kein Rauschen,
oh je.

Eine Träne tropft leise,
auf uralte Weise,
bis auch sie versiegt
in dem See.

Ihr Gesang drang aus den Tiefen ihres Herzens und ließ ihren Brustkorb vibrieren. Gleichzeitig öffnete sich ihre Kehle. Atem floss. Die Haut pulsierte. Sie spürte eine Verbindung über das Pflaster, durch die Verstrebungen hindurch bis in den See hinein. Ihr Geist tauchte in die dunklen Tiefen. Ihre Seele tanzte mit all den Wesen, die in diesen Wassern lebten. Sie wurde eins mit den Wassern, eins mit dem See.

Tränen liefen ihre Wangen hinunter, flossen bis zum Kinn, hingen hier einen kurzen Moment, bis sie sich der Schwerkraft überließen und auf die Oberfläche des Sees glitten. Tropfen für Tropfen fiel auf die glatte Wasserfläche. Die Wasser von Annas Tränen verbanden sich mit den Wassern der Havel. Mit jedem Tropfen floss auch ein wenig Salz in die süßen Wasser des Flusses hinein.

Anna wusste, dass sie nicht die Einzige war, die hier weinte. Die Taschentücher sprachen eine eindeutige Sprache. Auch heute knotete sie wieder einen ihrer Stoffquadrate an das Geländer. Viele vor ihr hatten es ihr gleichgetan. Jetzt, gestern, einige Jahre schon.

Was Anna nicht wusste, schon seit vielen Jahrhunderten kamen Menschen an genau diese Stelle, um sich ihres Leides zu entledigen, sodass sich die Süße der Wasser an dieser Stelle gewandelt hatte in einen salzigen Fluss, der nach Meer roch, nach Weite und dem Salz der Ozeane.

Tief auf dem Grunde der Neustädter Bucht war ein Wesen gewachsen. Manche hielten es für eine Pflanze, es war aber ein Tier. Groß und rund erreichte es in seiner Höhe zwei Meter. Es war Heimat für viele der Wasserbewohner. Der kugelige Körper endete in einer weiten, leicht wulstigen Öffnung. Dessen Farbe erinnerte an Blut und innere Organe. Tagaus tagein pumpte dieses Wesen Tausende Liter von Wasser durch sich hindurch, reinigte die Wasser, blieb dabei selbst heil, beinahe unverwundbar.

Es war eine Schwämmin, eines dieser Wesen, die seit Millionen von Jahren die Erde bewohnten. Es war eine Große Vasenschwämmin, wie es sie sonst nur im Pazifik, der Karibik und dem Aralsee gab. Dieser große, runde Wasserkessel war gut und gerne zehntausend Jahre alt. Schon seit Ewigkeiten sammelte er alle Tränen der Menschenwesen.

Auch jetzt hörte die Schwämmin das Lied Annas und sammelte deren Tränen in ihrem bauchigen Inneren. Sie wusste, dass Anna recht hatte, um die Wasser zu fürchten. Sie wusste, dass sie still geworden waren, die Wasser. Viel stiller, als sie früher einmal waren. Das Lied der Wasser verklang. Stumme Felder breiteten sich aus. Sie ließen jedes Lied verklingen.

5.

OOOOO
llloooOOOOppppppp
llllllllllooo pppuuu
tlllll ppuu
ttllll ppuuu
ttttt puUU
tttt uUU
ttt uUU
UUu lllllltt
UUUuu lllllttt
UUUuuu ooollltttt
Uuuuuupp oooollll
uuuuuppOOOOooooo
uuuppOOOOo
OOO

## 6.

Siebenundzwanzigster Februar, zwei Tage vor Frou-Frous Berentung. Hätte man sie gefragt, sie hätte nicht sagen können, was sich an diesem Tag ereignete. Achtundvierzig Stunden vor einem neuen Leben. Mehr nicht. Eine Neubausiedlung am Jungfernsee. Auch dieser Ort gehörte nicht zu Frou-Frous Landkarte, es war Niemandsland. Auch wenn dort ihre Tochter lebte, sie weigerte sich strickt ihn aufzunehmen.

Wasser spritzte an die Scheibe. Es tropfte auf die Ablage neben der Spüle. Der Hahn war weit aufgedreht. Zwei Hände klatschten aneinander und freuten sich, wie die Wassertropfen in alle Richtungen schossen. Ein lautes Lachen war zu hören.

„Platch!“ formten die Lippen eines kleinen Mundes bei jedem Aufeinanderprall der Hände unter dem Wasserstrahl. Beim „P“ klebten die Lippen fest aneinander, um dann mit einem kräftigen Knall auseinander zu stieben. Die Zunge rollte sich zum „L“, dann öffnete sich der Mund zu einem lauten „A“. Das Ganze endete in einem lustvoll-langgezogenen „Tchchch“.

Augen verfolgten den Lauf der Wasser bis in den Abfluss hinein. Noch immer war dabei das „Tch“ zu hören, das eigentlich ein „Tsch“ hatte werden sollen. Doch dem kleinen Mund war es noch nicht möglich, es im vorderen Mundraum kraftvoll zu formen.

Ganz schnell klatschten die Hände, formte der Mund das immer gleiche „Platch“, um plötzlich zu einem „Bli-bleeeee-bla-bliiiii-ble-bloooo… Bluuuu-huhuhuuuu“ zu werden, bei dem nur eine Hand waagerecht unter den Strahl gehalten wurde und die Wasser zwischen den Fingern hindurchströmten. Jeder Finger der kleinen Hand schien einen anderen Vokal zu produzieren. Es kitzelte an den Innenseiten der Finger. Die Finger zappelten. Der Mund formte immer weiter die Blu-Bluhu-Laute. Oder waren es die Wasser, die die Töne entstehen ließen?

Wasser überschwammen die Ablage, liefen die Hände entlang, den Arm herunter, durchnässten den roten Pullover und tropften auf den Boden. Auf einem Holzstuhl stand die junge Dame, die so viel Freude am Spiel mit dem feuchten Element hatte.

„Was machst du denn da der ganze Boden ist schon klitschnass ich hab´ dir doch gesagt du darfst die Wasser nicht ohne mich anstellen!“

Mit geübter Hand wurden der Wasserhahn zugedreht, ein Handtuch gegriffen und Spüle sowie Boden trocken gewischt. Dann ergriffen zwei große Hände die kleine Dame, stellten sie auf den Boden und zogen ihr den nassen Pullover über den Kopf. Berte hasste das.

„Es ist Winter und viel zu kalt um mit Wasser zu spielen damit warten wir bis es wieder wärmer wird hast du mich verstanden?“

Mit schmalen Augenschlitzen schaute die kleine Dame die an, die da zu ihr sprach. Kein Laut kam über ihre Lippen. Es war, als wären mit dem Abstellen des Wasserhahns auch alle Töne im Mund des kleinen Mädchens abgedreht worden. Berte war sauer auf ihre Mutter. Ein Moment der Stille. Die große Frau setzte sich auf den Stuhl, nahm die kleine Dame auf den Schoß und zeigte mit ihrer Hand aus dem Fenster.

„Siehst du alle Äste sind nackt erst wenn dort wieder Blätter wachsen gehen wir raus und spielen mit den Wassern.“

Mit dem Zeigefinger ihrer rechten Hand strich Melusine eine Haarsträhne aus der Stirn ihrer Tochter. Dabei schaute sie sie mit besorgtem Blick an.

„Verstehst du mich kleine Frau?“ Die zweijährige Berte schaute ihre Mutter unverwandt verärgert an, sagte aber kein einziges Wort.

„Warum sprichst du nicht mit mir du schaust mich mit deinen Kulleraugen an aber ich weiß nicht ob irgendetwas von dem was ich dir erzähle bei dir ankommt.“

Melusines Sorgen um die Tochter ließen sie wieder hastiger sprechen. Tränen standen in den Augen der Mutter. Berte senkte den Blick. Melusine realisierte das. Es war ihr unangenehm. Sie stellte die Tochter auf den Boden, nahm sie an die Hand und ging mit ihr Richtung Tür.

„Komm´ wir ziehen dir erst einmal einen trockenen Pulli an."

Sie wollten gerade die Treppen hinaufsteigen, da stürmte ein Etwas an ihnen vorbei nach oben.

„Ich gehe in die Badewanne. Mein Boot ist fertig."

Ein fünfjähriger Junge hechtete an Melusine und Berte vorbei in den oberen Stock des Reihenhauses, das die Familie vor vier Jahren bezogen hatte. Die Siedlung am Jungfernsee im Norden Potsdams war neu entstanden. Die Straßenbahnlinie, die nahe gelegenen Wasser und die Möglichkeit, stadtnah ein Eigenheim zu erwerben, machten die Lage attraktiv für junge Familien mit Kindern.

Mit fragendem Blick schaute Berte ihre Mutter an. Nur zu gerne wäre sie mit ihrem größeren Bruder in die Badewanne gegangen. Das neue Boot von Max interessierte sie weniger. Es waren die Wasser, die sie lockten, nach denen sie sich sehnte.

„Wir ziehen dir jetzt einen trockenen Pullover an und dann backen wir gemeinsam einen Kuchen für die Oma die hört nämlich bald zu arbeiten auf da freut sie sich über ein Geschenk von uns das Teigkneten macht dir bestimmt Spaß."

Melusine wusste, wie sehr Berte die Wasser liebte. Es versetzte ihr jedes Mal einen Stich, wenn sie sah, wie sehr ihre Jüngste dieses feuchte Element genoss, wie ihre Augen dann funkelten. Wenn die Tochter doch nur ein einziges Mal so verliebt in ihre Augen sehen würde. Ein Seufzer entrang ihr. Auch ahnte Melusine, dass es ein Geheimnis gab zwischen Berte und den Wassern, das sie bis heute nicht zu entschlüsseln in der Lage war. Wie auch immer. Sie war nicht bereit, ihre Tochter dieser feuchten Widersacherin zu überlassen. Max sollte alleine baden. Sie würde mit Berte Kuchen backen.

Sie hatten kaum den Teig angerührt, da rieb Berte ihre Beine aneinander. Mit ihren kleinen Fingern zeigte sie auf ihren Schritt. Ein untrügliches Zeichen, dass sie zur Toilette musste. Melusine beobachtete sie aus dem Augenwinkel. Ihre Hände pappten derweil aneinander. Sie versuchte, den an den Fingern klebenden Teig am Rand der Schüssel abzustreifen, dabei kippte die Schüssel um. Der Teig landete wie ein großer Kuhfladen auf dem Boden. Die noch geöffnete Mehltüte wollte gleich hinterher. Melusine konnte sie im letzten Augenblick auffangen.

Schwer atmete sie aus, kniete sich auf die Fliesen, um den Teigbatzen wieder aufzusammeln. Genervt befahl sie Berte, alleine auf die Toilette zu gehen. Sie wäre doch schon groß und würde das mit ihren zwei Jahren auch ohne sie schaffen.

Das kleine Mädchen stapfte freudig die Stufen in den ersten Stock hinauf. Wassertropfen plätscherten auf einen anthrazitfarbenen Boden. Tropfen stoben von den glatten Kacheln. Immer neue Tropfen kamen hinzu. Ein Fluss von Wassern strömte. Zwei kleine nackte Füße traten in die entstandene Pfütze hinein und verteilten das Nass.

Berte stand breitbeinig auf den Fliesen. Strumpfhose, Rock und Unterhose lagen auf der Türschwelle. Aus der Badewanne drangen die Geräusche schwappender Wasser. Eine Schiffsirene ertönte. Das kleine Mädchen öffnete die Knie und schaute zwischen ihre Beine, ob nicht noch mehr Flüssigkeit aus ihrem Inneren herausfließen wollte. Dann tapste sie wieder mit ihren Füßen in die Pipilache.

„Berte macht Regen. Für Fiche."

Über den Beckenrand hinweg wurde sie von ihrem Bruder Max beobachtet.

„Mama, Berte hat schon wieder auf den Fußboden gestrullert", rief er laut zu seiner Mutter in das untere Stockwerk.

## 7.

„Was willst du hier? Ich habe dich nicht eingeladen."

Frou-Frou wollte dem, der da vor ihr stand, schon die Türe vor der Nase zuknallen. Erster März zweitausendneunzehn. Heute war ihr Tag. Endlich konnte sie in den Ruhestand treten, da wollte sie Bruno nicht dabeihaben. Magda und Oskar saßen bereits im Wohnzimmer. Die hieß sie gerne willkommen bei ihrem Fest, aber nicht ihren Exmann. Melusine schlich sich am Vater vorbei und stellte sich neben ihn. Die kleine Berte trug sie auf dem Arm. Die schaute Frou-Frou mit großen Augen an.

„Ich habe Papa eingeladen er hat dir etwas mitzuteilen außerdem ist mittlerweile so viel Zeit vergangen da könnt ihr euch doch wieder vertragen."

Ohne ihre Tochter auch nur eines Blickes zu würdigen, baute sich Frou-Frou vor dem groß gewachsenen Herrn auf. Mit ihrem Blick machte sie deutlich, dass sie alles andere als gewillt war, ihn einzulassen.

„Sieben Jahre nennst du viel? Ich wüsste nicht, was der mir zu sagen hat."

Melusine versuchte, sich und Berte zwischen die beiden Eltern zu drängen. Wenn sie es nicht schaffte, Frou-Frou freundlicher zu stimmen, vermochte es vielleicht die Enkeltochter.

„Komm´ schon hör´ dir doch erst mal an was Papa dir mitteilen möchte er ist extra von Marquardt hierhergekommen..."

Sie wollte Berte in Frou-Frous Arme geben. Berte begann zu weinen. Sie hasste es, benutzt zu werden. Melusine schuckelte die Tochter hin und her. Die schrie noch lauter.

„Okay! Was hast du mir mitzuteilen?"

Melusine schaute sich zu den anderen Wohnungstüren um, ob jemand der Nachbarn Zeuge des Familienzerwürfnisses wurde.

„Aber Mama wollen wir nicht ins Wohnzimmer gehen und zusammen Kaffee trinken ich habe einen Kuchen gebacken."

„Aha, der Kuchen ist also für den da."

„Nein Mama den habe ich für dich gebacken aber Papa kann gewiss ein Stück abhaben."

Berte befreite sich, rannte alleine in die Wohnung. Melusine packte Bruno bei der Hand, stellte sich gemeinsam mit ihm vor Frou-Frou und hoffte, jetzt mehr Erfolg zu haben.

„Die da kommt mir nicht ins Haus."

Franziska hatte sich bislang abseits gehalten. Jetzt wurde sie von Frou-Frou in den Fokus der Aufmerksamkeit geholt.

„Die da gehört zu mir und kommt selbstverständlich auch mit."

Bruno reichte der hinter ihm stehenden, deutlich jüngeren Frau in rotem Mantel die Hand, zog sie zu sich.

„Die da kommt mir nicht ins Haus und damit basta. Immerhin ist das mein Fest."

Blicke wanderten. Frou-Frou schaute zu Bruno, der schaute zu Franziska. Die nickte Melusine zu, als wollte sie sagen: Siehst du, habe ich doch recht gehabt.

„Ich mache einen Spaziergang um die Bucht", löste Franziska die Anspannung, indem sie verschwand.

„Oma, packst du jetzt mein Geschenk aus?" Max schob sich neben Frou-Frou hindurch und zerrte ungeduldig an ihrem Ärmel. Er hielt eine in blaues Papier eingepackte Rolle in der Hand. „Ich habe dir eine Karte gezeichnet mit dem ganzen langen Weg von unserem Haus bis hier zu dir. Du magst doch Karten."

Flugs breitete er das Papier auf dem Boden aus, mitten in dem kleinen Flur von Frou-Frous Wohnung. Mäntel, Schuhe, Handtaschen, ein Läufer, Max hockte sich mittenrein. Frou-Frou kniete sich daneben. Bruno und Melusine stiegen über die beiden hinweg. Sie versuchten, ihre Mäntel an die Garderobe zu hängen. Ein Moment der Peinlichkeit entstand. Sie hofften, von Frou-Frou ins Wohnzimmer geladen zu werden. Die jedoch war ganz in das Kartenwerk vertieft.

„Wir gehen dann mal rein", ließ Melusine vernehmen. Frou-Frou hörte sie nicht und sah sie nicht.

„Jungfernsee, Glienicker Brücke, Tiefer See. Hier vorne gibt es eine Landzunge, die hast du vergessen. Drei verschiedene Linien. Wofür stehen die?"

„Die rote Linie ist die Strecke, die ich fahren muss, wenn ich mit meinem Fahrrad zu dir komme. Nedlitzer Straße, Jägerallee, dann abbiegen in die Hegelallee. Überall sind Fahrradwege. Die habe ich orange gemalt."

„Das sehe ich. Die grüne Linie?"

Ein Räuspern ließ Frou-Frou sich Richtung Wohnzimmer umdrehen. Melusines Augen waren auf sie gerichtet. Offensichtlich warteten die Gäste darauf, dass auch sie sich setzte und Kuchen aß.

„Ihr könnt ruhig anfangen. Ich mag eh keinen Kuchen", rief sie den anderen hinüber und wendete sich sogleich wieder der Karte zu. Max fuhr mit seinem Finger eine weitere Linie entlang.

„Die grüne Linie ist, wenn ich mit dem Bus und mit der Tram zu dir fahre. Da muss ich nur einmal umsteigen. Hier ist die Haltestelle, siehst du?"

Oma und Enkel lagen mit dem Bauch auf dem Boden, ganz in das Studium der Karte vertieft. Frou-Frou überprüfte, ob die Haltestellen richtig eingezeichnet waren.

„Platz der Einheit. Du könntest die Nummern von Bus und Tram noch eintragen: sechshunderteinunddreißig und sechsundneunzig. Und die blaue Linie?"

„Da hat mir Mama mitgeholfen. Das ist, wenn ich mit dem Ruderboot zu dir paddle. Guck´! Hier gibt es einen Weg, da kann ich direkt bis zu dir paddeln. Da muss ich hier rum und noch mal hier rum und dann unter dieser Brücke durch."

„Da kannst du noch die Namen von den Seen eintragen."

„Ich kann doch noch nicht schreiben."

„Macht nichts. Dann mach´ ich das. Darf ich?"

Sie holte einen Kugelschreiber aus ihrer Hosentasche. Max beobachtete jede ihrer Bewegungen. Beide schienen zufrieden.

„Ihr habt gar kein Paddelboot", fiel Frou-Frou auf.

„Neeee! Aber ich könnte die Strecke auch schwimmen."

„Schwimmen? Das ist viel zu weit. Das sind mindestens neun Kilometer." Mit ihren Fingern bemaß Frou-Frou die Strecke.

„Wieviel sind neun Kilometer?"

„Neuntausend Meter."

„Oh, das schaffe ich nicht."

Von den beiden unbemerkt gesellte sich Magda zu ihnen.

„Früher hat deine Großmutter solche Strecken spielerisch gemeistert“, erklärte sie.

„Echt?“ Bewundernd schaute Max seine Großmutter an.

„Sie war die beste Schwimmerin Potsdams.“

Frou-Frou war es offensichtlich nicht angenehm, dass Magda ihre Vergangenheit erwähnte.

„Dann können wir doch zusammen da lang schwimmen.“

Energisch rollte die Angesprochene die geschenkte Karte ein und packte sie wieder in das Geschenkpapier.

„Da darf man nicht schwimmen. Innenstadtbereich. Viel zu viel Schiffverkehr. Außerdem schwimme ich nicht mehr.“

Mit einem Ruck erhob sich Frou-Frou.

„Warum nicht, Oma?“

„Weil sie beschlossen hat, die Wasser zu hassen.“

„Stimmt das, Oma?“

„Hm!“, grunzte Frou-Frou und schien nicht weiter zu wissen.

Magda packte die Freundin unter den Arm und führte sie ins Wohnzimmer.

Melusine saß auf dem Sofa, am liebsten wäre sie unsichtbar gewesen. Berte aß Kuchen. Oskar hatte sich neben der Tür postiert, um möglichst schnell verschwinden zu können. Max kroch auf das Sofa neben seine Mutter und schaufelte sich gleich zwei Stücke Kuchen auf den Teller. Das für Oma wollte er auch essen. Bruno stand mitten im Raum.

„Liebe Frou-Frou! Ich möchte dir herzlich gratulieren, dein Berufsleben mit dem heutigen Tag beendet zu haben und in den wohlverdienten Ruhestand einzutreten.“

Magda, Melusine, Oskar und Bruno stießen mit Gläsern an und tranken auf Frou-Frous Wohl. Die hörte mit verschränkten Armen zu.

„Du hast meine berufliche Tätigkeit nie geschätzt. Das Mädchen vom Amt hast du mich genannt“, sagte sie nur.

Bruno versuchte, diese Bemerkung zu überhören. Einzig das kleine Zucken seiner Mundwinkel verriet, dass er nur mühsam sein freundliches Gesicht bewahrte.

„Also, was ich euch mitteilen wollte ist, dass ich die Scheidung eingereicht habe. Franziska und ich, wir werden heiraten.“

Melusine hustete. Max fiel ein Stück Kuchen auf den Boden.

„Soll das ein Geschenk sein? Ein Schreiben von deinem Anwalt hätte mir gereicht“, entfuhr es Frou-Frou brüsk. Sie schien die Einzige zu sein, für die das Neuigkeiten waren.

„Wenn wir geschieden sind, wird ein Versorgungsausgleich gemacht. Da ich wesentlich mehr verdient habe als du, bekommst du Rentenpunkte von mir, das heißt, du bekommst mehr Rente.“

„Ich brauche dein Geld nicht.“

„Aber Mama freust du dich denn gar nicht dann kannst du Reisen machen und dir mal was Schönes gönnen.“

In gewohnter Manier versuchte Melusine, die Mutter zu beschwichtigen.

„Ich brauche nichts. Außerdem bin ich am liebsten zu Hause. Ist das alles, was du mir sagen wolltest?“ Frou-Frou wies Richtung Tür und bedeutete Bruno, dass er bitte zu verschwinden hätte. Aus ihrer Wohnung. Von ihrem Fest. Aus ihrem Leben.

Obwohl sie Berte auf dem Arm hatte, obwohl das ein Fest für Frou-Frou war und obwohl sie sich vorgenommen hatte, heute nicht zu weinen, begann Melusine zu schluchzen. Ihre Eltern würden sich nie mehr mögen. Sie hatte sich solche Mühe gegeben. Nicht nur, dass Frou-Frou ihren Kuchen verschmähte. Sie beachtete sie mit keinem einzigen Blick. Wenn sie doch nur einmal, ein einziges Mal ein „Danke“ von ihrer Mutter hören würde.

## 8.

Ich muss was tun. So kann das nicht weitergehen. Dieser Mann verfolgt mich, auch nach sieben Jahren noch. Ich will endlich aufhören, immer an ihn zu denken. Er hat es nicht verdient, dass ich immer noch so wütend auf ihn bin.

Regen trommelte an die Scheiben von Frou-Frous Wohnung. Kleine Bäche liefen die Scheiben hinunter. Die Gäste waren gegangen. Sie war alleine mit sich und der Nacht. Und diesem Regen.

Ihre Augen ruhten auf der vor ihr liegenden Wasserfläche. Sie sah sie nicht. Kein Muskel rührte sich. Nichts zuckte in ihrem Gesicht. Ein In-sich. Ein Ohne-dich. Die Augen einer enttäuschten Frau. Der Schmerz in ihr zerfraß sie.

Dass er diese Schlampe mitgebracht hat. Zu meinem Fest. Herrje, ich bin immer noch so wütend auf ihn, als wäre das alles erst gestern gewesen. Das fehlte mir noch, dass ich mein Rentnerdasein mit dieser Wut verbringe. Das würde dem so passen. Nein, ich werde nicht mehr wütend sein. Ich will nicht mehr wütend sein. Ich muss etwas tun. Irgendetwas, damit ich die Wut loswerde.

Mit der flachen Hand haute Frou-Frou auf die Scheibe, schlug das Glas, den Regen, die Tropfen, die Wasser. Ein Klatschen und Scheppern.

Ich könnte boxen oder Volleyball spielen, joggen, ins Fitness-Studio gehen. Da gibt es eins gleich gegenüber. Aber da gehen nur junge Leute hin. Jung bin ich nicht mehr. Das kann doch nicht sein, dass mir nichts einfällt gegen diese Wut.

Das Glas war kalt. Ihre Hände waren kalt. Die Wasser liefen die Scheiben hinunter. Sie öffnete das Fenster und schrie in die Nacht: „Scheiß Regen!"

Kalter feuchter Wind wehte herein. Er nässte die Fensterbank, den Teppich. Frou-Frou fauchte den einfallenden Tropfen entgegen.

Auf keinen Fall gehe ich zu irgend so einem Psychofuzzi. Das könnte Melusine so gefallen. Da will die mich schon seit Jahren hinbefördern. Soll sie doch selbst hingehen und sich fragen, warum sie wie ein doofes Mäuschen nur noch Hausfrau und Mutter spielen will.

Frou-Frous Hände umfassten die Fensterbank, krallten sich fest. Ihre Arme angespannt, die Beine zitternd. Ihr Körper ein gespannter Bogen, aus dem erneut ein Fauchen drang.

Ich will nicht mehr so wütend sein. Davon bekommt man Bluthochdruck, einen Herzinfarkt oder sonst was. Habe ich gelesen. Nein, ich will nicht mehr so wütend sein.

Sie streifte sich die Regentropfen vom Gesicht, rieb die Handflächen aneinander, rieb über den kalten Körper, brachte Wärme in ihn hinein.

Ich gehe wieder schwimmen. Genau, ich gehe wieder schwimmen. Hat mir früher auch geholfen. Hätte nie damit aufhören sollen. Daran ist nur dieser Saukerl schuld. In dem neuen Schwimmbad. Ziehe meine Bahnen. Wäre doch gelacht, wenn ich dabei nicht meine Wut loswerden könnte. Vielleicht werde ich Seniorenmeisterin.

Frou-Frou, rede keinen Blödsinn! Du bist völlig aus dem Training. Sieben Jahre ohne, das ist kein Pappenstiel.

Egal. Ich fange einfach wieder an. Disziplin habe ich. Erst mal eine halbe Stunde, dann langsam steigern. Nach ein, zwei Monaten bin ich wieder fit.

Und dann?

Na, mal sehen. Erst einmal fange ich an.

Mit zwei kräftigen „Klapp“, „Klapp“ schloss sie die Fensterflügel, besiegelte damit ihren Entschluss und ging ins Bett.

## 9.

„Du solltest das nicht so schwer nehmen mit Bruno. Ist eben nur ein Mann. Der kann nicht anders."

Fünfzehnter März. Vierzehn Tage waren seit Frou-Frous Fest vergangen. Noch zählte sie die Tage. Langanhaltende Niederschläge, stürmischer Wind und sogar schwere Sturmböen suchten Potsdam heim. Das Jahr ließ noch nicht erahnen, dass es trocken werden würde. Sehr trocken.

„Ich dachte, auch die sind durchaus zu Gefühlen in der Lage. Mir wär´s lieber gewesen, wir hätten das nicht bei meinem Fest besprochen."

Schweigen.

„Was gedenkst du jetzt zu tun, wo du nicht mehr arbeiten gehst? Momentan beißen die Fische gut an. Ich könnte dich mitnehmen zum Angeln. Wir könnten über das Leben philosophieren."

Frou-Frou saß mit ihrer Freundin Magda in der Bäckerei des Marktcenters. Einer dieser Orte, wo Menschen aneinander vorbeiziehen, ohne sich zu grüßen, ohne sich zu sehen. Jeder in seiner eigenen Welt. Zwei kleine Tische in einer Nische, einfache Bestuhlung. Vorne rauschten die Autos der Breite Straße vorbei. Dahinter war ihr Hochhaus zu sehen.

„Ich habe noch nie geangelt und ich werde nicht damit beginnen. Außerdem esse ich keinen Fisch", antwortete Frou-Frou mürrisch.

Magda bestellte Leitungswasser zu ihrem doppelten Espresso. Frou-Frou lehnte dankend ab. Ein Espresso reichte ihr.

„Frou-Frou, die Beleidigte. Frou-Frou, die vom Schicksal Benachteiligte. Wie lange gedenkst du noch in diesem Selbstmitleid zu verharren und dein Leben von anderen dominieren zu lassen?"

„Mach´ dir um mich keine Sorgen! Mir fällt schon was ein."

„Das sagst du bereits seit sieben Jahren. Alles, was dir nach dem Rausschmiss aus Marquardt eingefallen ist, ist ein Griesgram zu werden."

Die Bedienung brachte die georderten Wasser. Dabei stolperte sie über Frou-Frous Füße. In einem großen Schwung landete alles auf ihrem Rollkragenpullover. Sofort rannte die Servicekraft in die Küche des Backshops, reichte Frou-Frou ein Handtuch und brachte Magda ein neues Glas Wasser.

Magda war amüsiert. „Ein Griesgram und eine Wasserphobikerin. Was wirfst du den Wassern eigentlich vor?“

Frou-Frou warf das nasse Handtuch auf den Tisch und hätte dabei beinahe ihren Espresso umgestoßen.

„Ich habe nichts gegen die Wasser. Solange sie mich in Ruhe lassen. Ich werde wieder trainieren.“

„Was?“

„Langstreckenschwimmen.“

„Aha! Da kommst du nicht trocken durch.“

„Wohl wahr.“ Frou-Frou schaute hinaus auf die vorbeifahrenden Autos. Kein Blick Richtung Magda. Kein weiteres Wort.

Magda kannte das schon. In solchen Momenten war kein Herankommen an die Freundin. „Ich habe Bücher bestellt.“ Sie verabschiedete sich, spannte ihren Schirm auf und begab sich Richtung Buchhandlung.

Der Sinn, der sich aussprechen lässt,
ist nicht der ewige Sinn.
Der Name, der sich nennen lässt,
ist nicht der ewige Name.
Des Geheimnisses noch tieferes Geheimnis
ist das Tor, durch das alle Wunder hervortreten.

Magda hoffte auf ein Wunder. Zumindest was Frou-Frou betraf.

## 10.

Es war das erste Mal, dass Frou-Frou nach dem Treffen mit Magda mit dem Aufzug in das dreizehnte Stockwerk fuhr. Der kleine Raum war umgeben von Spiegeln. Wie ein begossener Pudel sah sie aus.

Kaum war sie zur Wohnungstür hereingetreten, klingelte das Telefon.

„Mama kannst du mir einen Gefallen tun und morgen Nachmittag die Kinder nehmen ich habe einen Termin beim Frauenarzt da kann ich sie nicht mitnehmen."

Frou-Frou schüttete die Wasser aus ihren Schuhen, wrang die Strümpfe aus und hängte sie über den Badewannenrand. „Bist du schon wieder schwanger?"

„Es ist ein einfacher Vorsorgetermin mehr nicht ich habe dich bisher nicht gebeten auf die Kinder aufzupassen aber jetzt wo du nicht mehr arbeitest könntest du das vielleicht für mich tun."

„Kann das nicht dein Mann übernehmen?" Frou-Frou rubbelte durch ihre Haarstoppeln, dabei wanderte das Telefon von der einen zur anderen Seite. Dann betrachtete sich im Spiegel. Die Haut war faltig, die Wangen eingefallen.

„Den habe ich schon gefragt auch schon meine Freundinnen und die Nachbarin die können nicht."

Frou-Frou machte das Licht im Badezimmer aus und ging Richtung Wohnzimmer. „Denk bloß nicht, dass ich das regelmäßig mache."

„Ich verspreche dir es ist nur das eine Mal ich frage dich bestimmt nicht wieder heißt das du kommst?"

Ich bin eine ätzende Mutter, dachte Frou-Frou. Wenn ich meine Tochter wäre, würde ich mich erschießen.

Ohne Klick oder Blopp war das Gespräch beendet.

## 11.

Frou-Frou erschien leicht verspätet bei Melusine. Die drückte ihr Berte in den Arm und meinte, dass sie spätestens in zwei Stunden wieder da sei. Weg war sie.

Zwei Stunden. Eine halbe Ewigkeit. Was sollte sie solange mit den beiden Stöpseln machen?

„Liest du uns was vor?"

Beim Vorlesen würde die Zeit vielleicht schneller vergehen.

„Aber keine Märchen."

„Märchen sind doch was für Babys", brüstete sich der fünfjährige Max und zog Frou-Frou aufs Sofa. Er hatte ein großes Bilderbuch an den Bauch geklemmt. Die kleine Berte trippelte ihm hinterher und krabbelte mühselig auf das Sofa hinauf.

„Magst du wirklich keine Wasser?" Max schaute Frou-Frou von der Seite an.

„Wieso?"

Frou-Frou wusste nicht, wie nahe sie den beiden Kindern sein mochte. Sie war schon so lange keinem anderen Wesen mehr nahe gekommen. Etwas verkrampft setzte sie sich an den Sofarand.

„Eigentlich bekomme ich am liebsten in der Badewanne vorgelesen." Max kroch an seine Großmutter heran und legte seinen Arm um sie. Die wusste nicht so recht, wie ihr geschah, da hatte sie schon Berte auf dem Schoß sitzen.

„Aber ich steig´ nicht in die Wanne."

Frou-Frou wusste nicht, wohin mit ihren Armen. Sie kamen ihr auf einmal unendlich lang vor, mindestens anderthalb Meter.

„Nur ich bade. Und Berte, wenn sie will."

„Mag die Wasser?"

Kurz entschlossen legte Frou-Frou ihre Arme um Berte. Dann waren sie nicht mehr im Weg.

„Berte liebt Wasser."

Auch wenn die Arme jetzt einen Platz gefunden hatten, Frou-Frou war angespannt. Dass die, die da auf ihrem Schoß saß, Wasserfanatikerin war, trug nicht zu ihrer Entspannung bei.

„Berte spricht nur mit mir und den Wassern“, erklärte Max stolz.

Das kleine Mädchen schaute ihr in die Augen, als wenn Frou-Frou das längst verstanden haben müsste.

„Okay. Aber ausziehen müsst ihr euch alleine.“

So schnell konnte Frou-Frou gar nicht zählen, wie sich die beiden Kinder ihrer Kleidungsstücke entledigten. Die wurden malerisch über den gesamten Wohnzimmerboden verteilt. Völlig nackt sprangen beide auf dem Sofa herum und hielten sich an den Händen.

„Was ist das für eine Geschichte, die ich euch vorlesen soll?“

„Das wirst du sehen, wenn wir in der Wanne sind.“

Kreischend liefen die beiden Kleinen ins obere Stockwerk. Frou-Frou sammelte die Kleidungsstücke auf und folgte ihnen nach oben.

Dort ragten bereits Schaumberge über den Wannenrand und die Kinderköpfe waren kaum zu sehen. Frou-Frou nahm sich einen Hocker und setzte sich neben die Wanne. Das Buch lag auf ihren Knien. Sie selbst hatte die Augen geschlossen.

„Jetzt darfst du die Augen öffnen. Aber versprich´, dass du uns das Buch vorliest.“

Langsam öffnete Frou-Frou ihre Lider und blickte auf lauter Blau. Wellenlinien in allen Blauschattierungen schmückten den Bucheinband. Algenartige grüne Formen ragten ins Blau hinein. Bunte Fische schwirrten durch Wasserwogen. In der Mitte thronte ein großes kugelförmiges Etwas. Es war rot und gefurcht.

„Das ist eine Vasenschwämmin. Die gibt es nur im Pazifik. Das ist ganz weit weg“, erklärte ihr Max.

*Der Gesang der Wasserwesen* stand auf dem Einband. Frou-Frou merkte, wie sich Speichel in ihrem Mundraum sammelte. So sehr sie auch schluckte, er bildete sich immer wieder neu. Es kam ihr vor, als wenn es mindestens ein halber Liter wäre.

„Liest du uns jetzt vor?“, bat Max und schaute über den Wannenrand. Seine Schwester patschte mit ihren Händen in den Schaum. Frou-Frou holte einmal tief Luft und merkte, wie der Speichel weniger wurde. Okay, wenn sie jetzt schon einmal hier war, dann konnte sie auch vorlesen. Wer weiß, vielleicht gingen die zwei Stunden doch schneller vorbei, als sie dachte.

„Tschum, saus,
schluck und braus,
wind, geschwind,
dreh und verweh,
auf und nieder,
immer wieder.“

„Oh, kannst du das noch mal lesen?“
Frou-Frou hatte gerade erst begonnen, da wurde sie unterbrochen.

„Tschum, saus,
schluck und braus,
wind, geschwind,
dreh und verweh,
auf und nieder,
immer wieder.“

Max sprach den Text, wiederholte ihn dann noch einmal. Er stand auf, schnappte sich eines der kleinen Schwimmtiere, die mit in den Wassern schwammen, ließ es immer wieder hinauf und hinunter sausen, drehte sich dabei im Kreis, wäre beinahe ausgerutscht. Berte lachte und wiederholte immer wieder „tchumm, saus“, „tchumm, saus“. Die kleinen Hände schwangen durch die Wasser. Frou-Frou las weiter.

„Lars-Ludwig Liebesang war glücklich. Er tanzte, genoss seine Freiheit. Was für schöne Wörter ihm heute schon eingefallen waren: Schleienschlundschönheit, Schlingpflanzenbeschleunigungswachstum, Bachflohkrebsvermehrung, Süßwasserschwämminnenkolonie.“

„Oh, nochmal, bitte, nochmal!“

„Schleienschlundschönheit, Schlingpflanzenbeschleunigungswachstum, Bachflohkrebsvermehrung, Süßwasserschwämminnenkolonie.

Lars-Ludwig Liebesang liebte diese langen, nicht enden wollenden Wörter. Lang und schön wie ein Aal. Wie er."

„Das habe ich gewusst, dass das ein Aal ist."

Frou-Frou hatte lange nicht mehr vorgelesen. Jetzt erst erinnerte sie sich, dass es mit ihren Kindern genauso war. Immer hatten sie dazwischengeredet, wollten Passagen nochmals vorgelesen bekommen. Schleienschlundschönheit. Wer sich ein solches Wort ausgedacht hat?

„Lars könnte ewig durch die Wasser gleiten und lange Wörter ersinnen. Voller Übermut tauchte er erneut tief auf den Grund, schlängelte sich an grünen Algen vorbei, öffnete sein Maul und füllte es mit modrigem Schlamm. Ja, er war wahrhaft in köstlichster Schlammschluckstimmung. Noch einmal nach oben geschlängelt, dann mit Schwung in den Schlamm zurück. Der Modder drang rechts und links aus seinem Maul.

Krebs-sche-ren-schwimm-al-gen-tanz, See-ro-sen-blatt-bewoh-ner, Quell-was-ser-fließ-ge-schwin-dig-keit, Ni-xen-kraut-quirl, Frosch-biss-blü-te, Tau-

Er war gerade im Begriff, sich das wunderbare Wort Tausendblattalgenbewuchs Silbe für Silbe auf der Aalzunge zergehen zu lassen, da stoppte er. Schon nach der ersten Silbe. Er schloss den Mund, versuchte es erneut. Kein Ton kam aus seinem fischigen Maul. Als hätte er ein Schneckenhaus im Schlund.

Nicht nur, dass kein Laut mehr aus seiner Kehle drang, sein Leib fühlte sich auf einmal seltsam unbeweglich an. Steif wie ein Stock lag er in den Wassern und fiel auf den Grund, konnte sich nicht rühren.

Die stummen Felder, schoss ihm als Gedanke durch den Aalkopf. Jetzt waren sie auch hier in dem wiederhergestellten Seitenarm des alten Stadtkanals angekommen.

Schnurstracks machte er sich auf den Weg. Das musste er unbedingt der Großen Vasenschwämmin mitteilen. Zielstrebig kroch er über den Grund. Sich gerade durchs Leben zu bewegen machte gar keinen Spaß. Hoffentlich konnte er sich gleich wieder winden und wenden. Bislang hatte es im Stadtkanal noch keine stummen Felder gegeben. Diese Information würde die Namenlose nicht erfreuen."

So oft die Kinder sie zu Anfang unterbrochen hatten, jetzt waren sie still und hörten zu. Mit einem Mal fing die kleine Berte zu weinen an. Ihr kleiner Körper wurde geschüttelt von Schluchzen und Jaulern. Dabei vergaß sie, sich über Wasser zu halten. Frou-Frou erwischte sie gerade noch, bevor sie unterging – auch wenn dabei die Ärmel ihres Pullovers nass wurden.

„Du musst weiterlesen. Sonst muss ich auch weinen. Lars darf doch nicht einfach verstummen. Bitte, lies´ weiter! Außerdem will ich wissen, was die Vasenschwämmin gegen die stummen Felder macht."

Frou-Frou war erst einmal damit beschäftigt, die kleine Berte abzutrocknen. Dann zog sie sich den durchnässten Pullover aus, bevor sie Max antwortete: „Ich lese weiter. Aber nur im Trockenen."

Also wechselten sie ins Kinderzimmer.

„Töne, Laute, Buchstaben, Satzfetzen, Wörter, Reime, Rülpser, Furzer, Schmatzen, Kratzen, all das hatte die Namenlose heute in ihrem großen Kessel gesammelt, hatte ihre Glasfasern vibrieren lassen, um jeden einzelnen Laut aufzuspüren und in sich aufzunehmen. Sie hatte die Poren geöffnet, hatte Wasser hineinströmen lassen. Mit jedem Tropfen, mit jedem Schwall kamen sie zu ihr: Klänge, Melodien, Rhythmen. Sie haben ihr Glasfaserskelett surren und leuchten lassen."

„Oma, stimmt das, dass Schwämminnen leuchten?"

„Weiß nicht. Ich habe mich noch nie für Schwämminnen interessiert."

Frou-Frou hatte eine Decke um sich gewickelt. Sie saß mit den Kindern auf Max´ Bett. Neben ihr saß der Fünfjährige, der einen Bademantel trug. Auf ihrem Schoß hatte sie die kleine Berte. Die trug einen Schlafanzug und war offensichtlich müde. Immer wieder fielen ihr die Augen zu.

„Wenn Schwämminnen leuchten können, dann bräuchten wir gar keine Lampen mehr. Dann könnten wir eine Schwämmin in eine Schüssel stellen und die würde leuchten."

„Ich glaube nicht, dass das klappt. Die leben doch im Meer."

„Es gibt aber auch Süßwasserschwämminnen", widersprach Max. „Das hat Mama gesagt."

„Kann ich weiterlesen?"

Max nickte und kuschelte sich an Frou-Frou. Berte war mittlerweile eingeschlafen. Ihr Kopf lehnte an der Brust der Großmutter.

„Das Strahlen der Namenlosen erleuchtete die Tiefen der Neustädter Bucht."

Frou-Frou schreckte hoch. Das kleine Mädchen an ihrer Brust stöhnte auf. Max nickte mit dem Kopf.

„Lies´ weiter!"

In Frou-Frous Kopf wirbelten neunhundertneunundneunzig Fragezeichen. Weil es zu viele Fragen waren, las sie weiter.

„Eine illustre Schar hatte sich um die Große Vasenschwämmin versammelt: Krebsscheren, Tausendblatt, Nixenkraut, Froschbiss und auch die großen, prächtigen Seerosen. Schleien, Döbel, Welse, Karpfen sowie die Kleinsten der Kleinen: Wasserflöhe, Bärtierchen, Süßwasserpolypen und Moostierchenkolonien. Sie alle waren gekommen zum täglichen Wasserkonzert:

Feisel fu feisel,
fli flasel fli flu.
Wald wusel wiwold,
wa wubel wibu.
Mirma mi mura,
ma melchel malei.
Sasu si salsel,
sem sabel salbei.

Die Wasser im runden Becken der Bucht glitzerten. Strahlen tanzten auf den Wellen. In Strudeln wirbelten sich Töne hinauf und hinunter. Es gluckerte, perlte, flötete, posaunte.

Kabel ko kubel,
kalk kolo kalem.
Balbe babubel,
babibel basem.
Do didi disel,
didi duden difall.
Statt stitu stuten,
sta stiben stiball.

Schließlich fielen die Bewohner der Tausendblattzone in den Gesang der Vasenschwämmin ein:

Schlei,
schlu schlei
dihu
Schlingeli schlei
dihu
Schlei,
schlu dihu –
dihu
Schlamm. Schlamm. Schlamm.
Schlei,
schlu schlei dihu
Schlingeli schlei dihu
Schlei,
schlu dihu – dihu

Der ganze See tönte, vibrierte, ließ das Lied der Wasser erklingen.“

Frou-Frou brauchte einen Moment Pause. Ihr Mund war fusselig und trocken. Am liebsten hätte sie jetzt ein Glas Wasser getrunken. Vielleicht auch zwei. Es war mindestens zwanzig Jahre her, dass sie vorgelesen hatte.

Doch Max schupste sie unbarmherzig an, damit sie weiterlas.

„Auch Lars-Ludwig Liebesang, der Aal sang mit. Er hatte schlechte Nachrichten, doch das war kein Grund, die Namenlose bei ihrem täglichen Konzert zu unterbrechen. Erst nachdem auch das letzte Echo von Ufern, Mauern und Baumstämmen verklungen war, wendete sich die Große Vasenschwämmin an den Aal.

Sie bat ihn in ihren Kessel zu kriechen. Es wunderte sie nicht, dass es neue stumme Felder gab. Blaualgen breiteten sich aus und fraßen den Gesang der Wasser.

„Wir brauchen Menschen, die die Blaualgen besingen. Dann lösen sie sich auf".

„Kann man mit Singen Blaualgen kaputtmachen?", wollte Max wissen.

„Blaualgen sind Bakterien. Die kann man so nicht töten."

„Aber Geschichten sind wahr", beteuerte das Kind.

Frou-Frou las weiter.

„Gurga, Gurguuuu,
dich, ja, duduuuu,
suche ich, Gurguuu,
du auch mich, im Nuuu."

Einen Augenblick war es still in dem Reihenhaus am Jungfernsee. Berte schlief. Max war so gefangen von den Zauberreimen, dass er zunächst nicht sprechen konnte.

„Könntest du nicht für die Große Vasenschwämmin singen, Oma? Dann würden die stummen Felder verschwinden."

„Das ist doch nur eine Geschichte. Außerdem hasse ich es zu singen", antwortete Frou-Frou und klappte das Buch zu.

## 12.

Es war Nacht und Frou-Frou konnte nach dem Besuch bei den Enkeln nicht schlafen. Immer wieder wälzte sie sich hin und her, schlang die Decke mal rechts herum, mal links herum. Sie streckte sich, rollte sich ein, probierte die eine, dann die andere Seite. Mal legte sie die Hände hinter den Kopf, dann verschränkte sie sie auf der Brust oder klemmte sie unter die Hüften. Nichts half. Der Schlaf mochte nicht kommen. Sie schaltete das Licht an, setzte sich aufs Bett, ging aufs Klo, aß ein Knäckebrot. Auch das brachte nichts. Es war eine Unruhe in ihr, die sie nicht bändigen konnte.

Sie ging zum Fenster, öffnete die Gardinen. Mondinnenlicht schien ins Zimmer hinein. Die Neustädter Bucht lag ruhig und friedlich vor ihr. Kein Mensch weit und breit. Alles schlief. Nur sie war wach.

Die Nähe zu den Enkeln lag noch wie ein fremder Mantel auf ihrem Leib. Sie wusste nicht, ob sie ihn mochte. Am liebsten hätte sie ihn abschütteln wollen.

Dann dieses Kinderbuch. Weshalb hatte Melusine den beiden so eine Geschichte gekauft? Die spielte doch in Potsdam. So viel Wasser, dann diese Vasenschwämmin, die stummen Felder, das Lied. Das alles war ihr unheimlich gewesen, war es immer noch. Es gruselte sie regelrecht. Warum hatten die Kinder sich nicht gefürchtet?

Letzten Sommer hatte es tatsächlich sehr viele Blaualgen gegeben. Hoffentlich würde dieser Sommer nicht wieder so heiß. Die Hitze war kaum auszuhalten gewesen. Vor allem der Durst.

Frou-Frou beschloss, sich ein paar Karten Deutschlands anzusehen. Das beruhigte. Das wusste sie.

## 13.

Sollte ein Roman ein dreizehntes Kapitel haben? Bringt das Unglück? Geschehen unter dem Regiment dieser Zahl nicht Verfluchungen, Greuel und übelste Heimsuchungen? Wer ist schon gerne am Dreizehnten geboren? Am Freitag, den Dreizehnten, bricht die Erde auf und Teufel und Höllenhunde entsteigen ihr. So zumindest einige der Geschichten, die über die Dreizehn erzählt werden.

Früher hat man sich anderes über diese Zahl erzählt. Da war sie ein Glücksbringer. Das Jahr hat aus dreizehn Mondinnen bestanden. Zeit hat sich am weiblichen Zyklus und damit an mir, der Mondin, orientiert. Denn zwischen den Frauen und mir gibt es ein inniges Band.

Ich bin es, die dem weiblichen Geschlecht die Fruchtbarkeit schenkt. Eine jede Frau hat mich, die Urmutter, die große Göttin in sich. Seit den ersten Tagen throne ich am Himmelszelt und decke meinen schützenden Mantel über das weibliche Geschlecht. Natürlich ist auch das nur eine Geschichte, ein Märchen, ein Mythos.

Wenn ich wachsen will, sauge ich mit meinen weichen, vollen Lippen die Wasser der Erde in mich hinein. Ihr Menschen nennt es Ebbe. Wir Himmelskörper nennen es den großen Durst. Ist dieser gestillt, so entlasse ich die Wasser in einem Schwall göttlichen Urins. Für euch sind es Fluten. Für mich das große Loslassen.

Durstig sein und wieder loslassen – das ist mein tägliches Spiel. Ihr nennt mich Oshun, Ixchel, Nammu, Mamba Muntu, Selene oder Luna, denn alles braucht einen Namen. Wenn du willst, kannst du mich die große Mondin nennen.

Allmonatlich erinnere ich euch an diesen Wechsel von Fülle und Leere, erscheine mal als Vollmondin, mal als Neumondin am Himmelszelt. Ich ergötze mich am Zustand der Fülle und genieße das Leersein, das Eintauchen ins große Nichts. Fülle und Leere. Fülle und Leere. Keins besser als das andere. Ständiger Wechsel, ständiges Fließen. Wie die Wasser, wie die Flüsse, wie das Meer. Doch wer auf Erden beherrscht den Wechsel von Fülle und Leere?

Vollmondin. In eurer Zeitrechnung der einundzwanzigste März. Hell leuchteten Himmel und Sterne. Seit Jahrzehnten schon beobachtete ich die Menschen. Es war stumm geworden auf der Erde. Nicht nur die Wasser verstummten, auch die Menschen wurden wortkarger. Das sorgte mich.

Wer sang noch ein Lied? Wer sprach von den Träumen des Herzens? Kalt und hart waren die Worte des Menschengeschlechts. Eine frostig kühle Atmosphäre machte sich breit.

Die Menschen achteten die Wasser nicht mehr. Weder die Wasser der Erde, noch die Wasser des Herzens. Sie ließen sie vertrocknen, versauern und versumpfen. Stumme Felder breiteten sich aus. Vor allem habt ihr Menschen aufgehört zu lachen. Wie sehr sehnte ich mich nach diesem Lachen.

Wenn es gelingen würde, die Verstummten wieder zum Lachen, zu bringen, die Wasser wären gerettet. Ich hatte meine Mondinnen-augen auf Frou-Frou geworfen, die Kartografin. Nach dem Besuch bei den Kindern war sie wieder in Lethargie verfallen. Das war fünf Tage her. Die Wasser würden beben vor Freude, wenn ich sie zum Lachen bringen könnte.

Bereits mehrfach hatte ich versucht, das Herz der Alten zu öffnen. Doch diese Kartografin war so in sich selbst gefangen, verkapselt in der Leere ihres klanglosen Seins. Sie wollte wieder schwimmen. Doch sie war immer noch stumm für die Worte des Herzens. Ich hatte beschlossen, ihr einen Begleiter zu schicken, ein Wesen, dessen Sprache sie besser verstehen würde. Weil es ihr glich. Weil es ebenso eigensinnig war wie sie.

## 14.

„Schlürf - pschü", „Schlürf - pschü", „Schlürf - pschü".

Bewegung kam in die Wasser der Neustädter Havelbucht. Die spiegelglatte Oberfläche kräuselte sich. In langsamen, gleichmäßigen Rhythmen begann die Mondin zu atmen. Mit jedem Einatmen saugte sie die Wasser ein, entließ sie beim Ausatmen. Erst waren es sanfte, kaum wahrnehmbare Erhebungen, dann wurden aus den Verschiebungen gleichförmige Wellen.

Süßwasserpolypen tanzten in den Wogen, ließen sich hin und hertreiben, genossen die Rhythmen des Tanzes. Sie wurden in Schwingung gebracht. Genauso wie Nesseltiere, Algen, Fische und Seerosen. Selbst die Moose auf dem Grund der Neustädter Bucht kamen in Wallung. Sie alle wurden Zeuge dessen, was sich in dieser Nacht ereignete.

Zart schlugen die Wellen ans Ufer, ließen dabei einen schmalen Streifen weißer Gischt entstehen. Der Schaum leuchtete im Schein des Mondinnenlichts. Immer mehr Wellen schlugen an, rauschten heran, klatschten an Schilf und Mauerwerk. Sie brachten die Sandkörner zum Klingen an dem kleinen schmalen Sandstreifen der Bucht. Mit jedem „Schwa – schwallala – schwall – schwapp – schwa" entstand mehr Gischt am Uferrand.

Weiße Perlen von Schaum sammelten sich, schichteten sich, verdichteten sich, wurden zu Bergen und Tälern. Gischtstreifen stieß an Gischtstreifen, presste die vorherigen noch enger zusammen. Luft wich aus den schaumigen Perlen. Sie wurden kleiner und kleiner, fester und fester. Immer mehr Schaum kam herangerollt, klebte an den Bergen von Geperltem. Eine feste Masse von formbarem Schaum lag am Strand. Fast sah sie aus wie Ton. Sie schien zu warten. Verharrte. Formbar und bereit.

Mit einem Mal glitt ein Lufthauch über den Berg, berührte ihn kaum und brachte doch Leben und Geist in das Konturlose hinein. Was eben noch Nichts gewesen war, jetzt wurde es Sein, schlüpfte in die Welt des Wesenhaften hinein. Ein Hauch von Luft, ein Hauch von Geist, ein Hauch formgebender Kraft hatte dieses Wunder geschafft. Dann Stille. Erneut hob die Luft zu vibrieren an.

Ein längliches, gebogenes Etwas entstand an dem einen Ende des weißen Nichts. Es ging über in eine geschmeidige Wellenlinie, die sich zuspitzte und am anderen Ende einen Kopf mit Schnurrbarthaaren und spitzen Ohren entstehen ließ. Vier Beine mit samtenen Pfoten wurden geformt. Die Schaumgestalt begann zu zittern, zu vibrieren. Sie änderte ihre Farbe. Was eben noch weiße Perlen gewesen waren, wurde jetzt zu gräulichem Fell. Mit einem Satz sprang das gestaltete Etwas auf und an den Uferrand, als könne es nicht erwarten, endlich trockenen, festen Boden unter den Füßen zu haben.

Es war eine Katze. Sie hatte kurzes, dichtes Fell. Es schimmerte silbrig-grau im Licht der Mondin. Ihre Augen funkelten. Die leicht eingedrückte Nase zierte ein rundes Gesicht. Ihre Schnurrbarthaare surrten in der Stille der Nacht. „Miau“ maunzte sie, vibrierte mit ihrem Schwanz, als habe sie testen wollen, ob auch der zu ihr gehörte und sich von ihr bewegen ließ.

15.

<u>Das Lied für die Katze</u>

„Miau, miou, miau, miou.
Jetzt bist du eine Katze,
geboren aus Schaum,
leckst dir deine Tatze,
genießt deinen Flaum.

Miau, miou, miau, miou.
Schau´ hoch zu mir,
blick´ in mein Gesicht!
Und ich sage dir,
vergiss´ besser nicht...

Miau, miou, miau, miou,
bin ich doch die eine,
die, die dich lenkt,
und ich bin es auch,
die dir das Leben geschenkt.

Miau, miou, miau, miou.
Sei wie die Wasser,
weich fließend galant!
Nehme mit Samtpfoten
Frou-Frou an die Hand!“

16.

„Joujoujoujoujoujou“, „platsch“, „Nein!“, „hier“, „schwumm“, „heyyyy“, „ich“, „spritz“, „hahahahaaaaa“, „schneller“, „ja“, „yeahyeahyeahyeah“, „tschumm“, „saus“, „schlitter“, „splash“.

Ein bewegtes Treiben, das bis zu Frou-Frou in die Umkleidekabine drang. Im Sportbecken wurde trainiert. Teamkollegen wurden angespornt. Das Freizeitbecken lud zu Rutschpartien und Sprudelvergnügen ein. Die ganze Halle war wie ein großer Klangkörper, der von allen Ecken und Enden Wassergurgeln, Rufe, Gekreische und Gejohle reflektierte und hundertfach verstärkte. Zumindest kam es Frou-Frou so vor. Letzte Nacht war Vollmondin gewesen, sie hatte wieder wach gelegen und beschlossen, dass es Zeit war, mit dem Training zu beginnen.

Ihr Badeanzug schlackerte am Bauch. Das Dunkelblau hatte einen leichten Grauschleier bekommen. Früher hatte sie mal mehr Pfunde auf den Rippen gehabt. Dafür passte die Badehaube noch, auch die Schlappen. Es war eiskalt in den Umkleidekabinen. Eine blödsinnige Idee hierherzukommen. Sie packte ihr graukariertes Handtuch und stapfte Richtung Dusche. Die erste Herausforderung. Zu Hause wusch sie sich nur noch mit Waschlappen und Seife.

Die Wasser, die aus dem Duschkopf kamen, waren angenehm warm. Doch Frou-Frou wusste: Bloß nicht warm duschen vor dem Schwimmen, dann fällt das Eintauchen ins Becken umso schwerer. Also schaltete sie die Dusche auf kalt, hielt vorsichtig den rechten Fuß unter den Strahl. Er war nass. Sehr nass.

Nicht groß nachdenken! Einfach abduschen, versuchte sie sich Mut zu machen. Ohne mit der Wimper zu zucken, stieg sie unter den Strahl, nahm ordnungsgemäß ein Stück Seife, schäumte sich ein und spülte das Ganze wieder ab. Die erste Hürde war genommen. Gut gemacht!

Schwieriger wurde es beim Anblick der Wassermassen, die das Sportbecken füllten. Sie schienen sie zu verhöhnen: „Feigling!“, „Angsthase!“, „Zimperlise!“, meinte sie zu vernehmen. Hämisches Lachen und Kichern. Hohe Stimmen, tiefes Brummen. Das Lachen schien immer lauter zu werden. Es wurde reflektiert von den Wänden, ein tausendfaches Echo in ihrem Kopf.

„Kann ich Ihnen behilflich sein?“, wurde sie von einer jungen Frau angesprochen, der ihr Zaudern und Erstarren offenbar nicht verborgen geblieben war. Frou-Frou schüttelte verneinend den Kopf und setzte die Schwimmbrille auf. Das fehlte noch, dass sie Hilfe braucht. Entschlossen stieg sie auf einen Startbock, beugte sich vor, sodass ihre Finger die Zehen berührten, schnellte mit den Armen nach vorne, sprang ab und tauchte mit einem Kopfsprung in die Wasser. Geht doch.

Sie streckte die Arme, genoss die Streckung, die durch den Körper ging. Der Schwung des Absprungs trieb sie viele Meter ins Becken hinein. Dann holte der rechte Arm zur Kraulbewegung aus, der linke folgte. Rechts, links, rechts, links. Bei jedem zweiten Linkskraulen neigte sie den Kopf zur Seite und holte Luft. Die Beine machten Schlagbewegungen. Sie kam erstaunlich schnell vorwärts. Gelernt ist gelernt. Ist offensichtlich wie Fahrradfahren, man vergisst es nie.

Sie überholte zwei Schwimmer zur Rechten, erreichte das Ende der Bahn schneller als erwartet, auch die Wende gelang ihr. Unter Wasser. Wie früher. Mit den Füßen abstoßen und auf zur nächsten Bahn. Das Kreisen der Arme beim Kraulen wurde immer geschmeidiger. Offenbar erinnerten sich Gelenke, Muskeln und Sehnen. Der Atem wurde gleichmäßiger. Sie kraulte und kraulte und kraulte und dachte nichts. Doch dieses Nichtdenken nahm sie nicht wahr. Sie war einfach nur Körper, Bewegung, Atem, Kraulen, Beine, Arme, Kopfneigung, Wende, Abstoßen, Weiterschwimmen.

Nach acht Bahnen sagte eine innere Stimme, dass sie jetzt eine Pause machen könnte. Eine andere aber fand das lächerlich, machte noch entschiedener die Wende, stieß sich noch etwas kräftiger vom Beckenrand ab und kraulte noch ein bisschen schneller.

Vierhundert Meter... Früher bin ich fünfzehn Kilometer und mehr geschwommen. Okay, das ist schon ein paar Jahre her, aber zweitausend Meter müssen schon drin sein. Vierzig Bahnen. Das wäre doch gelacht.

Nach weiteren acht Bahnen wollte das Kraulen nicht mehr ganz so geschmeidig gehen. Die Schultergelenke schmerzten. Auch die Hüfte spürte sie. Die Beine schienen von Bahn zu Bahn schwerer zu werden. Die Paddelbewegungen gelangen mühsam. Auch die Wasser wurden widerspenstiger. Überhaupt! Sie realisierte, dass überall um sie herum Wasser waren, ekelige Wasser, feuchte Wasser. Ihr gesamter Körper war nass, umgeben von diesem flüssigen, schlüpfrigen Element. Für einen Augenblick verlor sie die Kontrolle, kam mit dem Rhythmus durcheinander, kraulte zweimal rechts, musste innehalten.

Das musste doch wohl drin sein, diese läppischen zweitausend Meter zu schaffen! Sie holte Luft, atmete bis in den Bauch und das Becken hinein. Es wurde warm dort. Mit neuem Schwung hob sie zu weiteren Bahnen an.

Nach dem viertem Kraulschlag merkte sie, dass sie wütend war, auf sich, auf die Wasser. Sie packte die Wut in den Beinschlag hinein, holte aus mit dem rechten Arm, zog ihn mit aller Kraft durch die Wasser. Ich lasse mich von dir nicht unterkriegen, sprach sie zu den Wassern. Auch du wirst mich nicht besiegen, ermahnte sie das erschöpfte linke Schultergelenk. Sie trat mit den Beinen aus, traf Melusine, die Schleimscheißerin. Sie trat gegen Oskar, den Heuchler. Und immer wieder erschien Bruno, der sie verlassen hatte. Bruno, der sie rausgeschmissen hatte, der sie gedemütigt, beleidigt hatte. Sie trat gegen Franziska, war wütend, dass die jetzt in Marquardt wohnte. Zu guter Letzt trat sie nochmals gegen die Wasser. Warum auch immer. Sie meinte, dass sie das verdient hatten.

Als sie die zweitausend Meter überstanden hatte, legte sie den Oberkörper über den Beckenrand und blieb für Momente so liegen.

Plötzlich hörte sie eine Stimme: „Sie sind so anmutig geschwommen. Das hätte ich Ihnen gar nicht zugetraut."

Aus dem Augenwinkel erkannte Frou-Frou die junge Frau, die ihr vorhin hatte helfen wollen. Sie war zu entkräftet, um irgendetwas zu antworten.

„Darf ich Ihnen meine Hand anbieten?"

Frou-Frou packte zu und ließ sich aus den Wassern hieven.

„Ich bin Anna. Und du?"

„Frou-Frou. Ist französisch."

„Ah, Frou-Frou. Du knisterst also wie Seide. Das ist ein schöner Name."

Die beiden setzten sich auf eine der Bänke, wickelten sich in ihre Handtücher ein und lächelten sich zu.

Ich hab´s geschafft!, dachte die Ältere und fühlte so etwas wie ein Glücksgefühl.

## 17.

Es dämmerte schon, als sie nach Hause kam. Frou-Frou hängte Badeanzug, Badehaube, Handtuch und Schwimmbrille an einer Leine zum Trocknen auf. Die hatte sie in ihrem verglasten Balkon gespannt. Kurz huschte ihr Blick über die Neustädter Bucht. Der Himmel war blau, öffnete mal nicht seine Schleusen, um Mensch und Maus mit Wassern zu überschütten. Sie öffnete eines der Fenster, um frische Luft in die Wohnung zu lassen. Es war ungewöhnlich warm für den zweiundzwanzigsten März.

Gerade wollte sie einen Teller aus dem Oberschrank ihrer Küchenzeile holen, als ein „Rumms!" sie aufschrecken ließ. Erst glaubte sie, der Wind hätte das Fenster der Loggia zugestoßen, doch dann erblickte sie das graue Etwas, das auf vier Pfoten auf ihrem Boden stand. Einfach so. Nicht aus heiterem, sondern aus bewölktem Himmel. In den dreizehnten Stock hinein, direkt zu Frou-Frou.

War das ein Stoffvieh? Wollte sie jemand auf den Arm nehmen? Aber wer warf solch ein Teil in den dreizehnten Stock. Sie ging zum Fenster und schaute sich in alle Richtungen hin um. Nichts. Alle Fenster waren geschlossen. Kein Mensch weit und breit. Wo konnte dieses Etwas nur hergekommen sein? Sie ging zurück ins Wohnzimmer, hockte sich auf die Knie, um sich dieses Ding genauer zu besehen. Dass es sich um eine echte, lebendige Katze handeln könnte, war jenseits ihrer Vorstellungskraft. Sie beschnüffelte es, inspizierte es mit Argusaugen.

Das Ding bewegte sich. Frou-Frou schreckte auf. Es wanderte um Frou-Frou herum. Die drehte sich ebenfalls, suchte nach einem verborgenen Mechanismus in diesem Katzen-Etwas. Auf acht Pfoten umkreisten die beiden einander, ließen sich nicht aus den Augen. Was war das? Wie kam das hierher?

Beider Ohren waren aufs Äußerste gespitzt. Die Augen weit aufgerissen. Nasenflügel waren geöffnet, die Geruchsknospen aktiviert. Alle Hautporen standen auf Empfang. Dieses Etwas war nicht einzuordnen. Sinneswahrnehmungen wanderten von den Rezeptoren zum Neokortex, fanden dort kein Raster, in das sie einschnappen konnten, zogen weiter zum Limbischen System, das keine passende emotionale Reaktion auf dieses Ding wusste, sodass die aufgenommenen Informationen abermals weitergeschoben wurden zum Stammhirn, wo mit einem Mal alte, uralte Erfahrungsräume sich öffneten. Erinnerungen an ferne Zeiten. An früheres Sein. Tierische Erinnerungen. Animalisches Sein.

„Miauuuu - miiiiiiiau", ertönte der erste Vierfüßler.

„Chhhhh, chhhhhhh", kam die Erwiderung.

„Mihh – mihh - mimihhhh."

„Grrr – grrr - grrrr."

„Chhhhhhhhhh - chau!"

„Chauuuu - chuu, chauuuu."

„Fchhh."

„Fauchhh, fchhh."

„Mauuuuz, mauuuuz."

„Schleck - schleck."

„Schnurr - schnurr."

War das da eben tatsächlich sie gewesen? Frou-Frou war verwirrt. Sie setzte sich auf ihr Sofa. Die Katze sprang auf ihren Schoß. Hatte sie sich eben wirklich in eine Katze verwandelt? Hatte sie gefaucht und die Pfoten einer Katze abgeschleckt? Erstarrt sass sie da. Für einen Moment stand die Zeit still. Kein Laut war zu hören. Selbst die Gedanken in Frou-Frous Kopf waren verstummt.

Dann begann das graue Wollknäuel auf ihrem Schoß genüsslich zu schnurren, drehte sich auf den Rücken und streckte alle Viere von sich, als wäre es hier zu Hause. Warm fühlte es sich an in Frou-Frous Schoß. Erschrocken sprang sie auf und jagte das Katzentier von sich.

Das wusste nicht, wie ihm geschah, mauzte kurz und rettete sich mit einem Sprung auf den Wohnzimmerschrank. Aus schmalen Schlitzen schaute die Katze auf Frou-Frou herab. Die bewegte die Zunge vor und zurück, um wieder zu Worten zu kommen.

„Komm´ sofort da runter! Ich kann hier keine Katze gebrauchen."

Die Gefellte spitzte ihre Ohren, machte jedoch nicht die geringsten Anstalten, ihren Platz zu verlassen.

Frou-Frou überlegte einen kurzen Augenblick, nahm ihren Hausschuh und warf nach der Katze, verfehlte jedoch ihr Ziel, sodass diese sitzen blieb.

„Verfluchtes Miststück! Wirst du wohl da runterkommen! Such´ dir ein Zuhause, wo es dir besser geht. Ich bin ein miserables Frauchen. Und sowieso: Ich bin kein Frau-chen. Hau´ ab!"

Das Katzentier neigte den Kopf. Es schien Frou-Frou sehr wohl verstanden zu haben, rührte sich aber immer noch keinen Millimeter von seinem Platz. Anstatt sich von dannen zu machen, legte es sich hin, ließ Frou-Frou jedoch keine Sekunde aus den Augen.

Die nahm ihre Kaffeetasse, füllte sie mit Wassern und schüttete diese in Richtung Schrank. Es spritzte in alle Richtungen. Rinnsale liefen die Schrankwände hinunter. Frou-Frou war der Anblick zuwider. Immerhin erreichte sie das Ersehnte, die Katze sprang auf, machte einen Buckel und landete mit einem Satz – auf Frou-Frous Kopf. Krallen schoben sich in Haare und Haut. Frou-Frou schrie auf, die Katze miaute. Der Schwanz ragte in die Höhe, dann landeten vier Pfoten auf dem Boden. Mit Fußtritten trieb Frou-Frou das Katzentier Richtung Eingangstüre. „Vom Himmel nichts Gutes", zischte sie ihm hinterher.

18.

Dunkle Wolken standen in der Nacht darauf am Himmel. Tropfen rieselten hernieder, fielen auf die spiegelglatte Fläche der Neustädter Bucht. Bittersüße Harmonien entlockten sie den Wassern, stets einen halben Ton tiefer als der erwartete Wohlgesang. Klagelieder waren es, die der See sang. Traurig klangen sie, voller Wehmut und Schmerz. Die Wolken begleiteten die Lieder des Sees. Wogten sanft hin und her, als wollten sie die große Mondin trösten, die über ihnen thronte. Tränen flossen aus deren Kratern. Tränen des Mondinnenherzens. Ein ganzer See strömte hernieder.

Auch die Katze saß an den Ufern des Sees, jammerte, jaulte und miaute. Mit den samtenen Pfoten wischte sie sich die Tränen aus den Augen, sammelte sie auf einem Seerosenblatt. Prall gefüllt segelte es auf der spiegelglatten Fläche des Sees, fand den Weg zur Großen Vasenschwämmin, netzte sie mit dem Salz all der Tränen. Die Mondin sang.

Verschlossen dein Herz,
deine inneren Wasser verklungen.
Lei lulu lei, lei lulu lei.
Trocken erklingt deine Stimme,
wann hast du zuletzt gesungen?
Lei lulu lei, lei lulu lei.

Versperrst mir deine Pforte,
versperrst sie mir und auch dir.
Lei lulu lei, lei lulu lei.
Auch nicht die Zartheit der Katze
Öffnet ihr oder dir die Tür.
Lei lulu lei, lei lulu lei.

Leila, li leila, leila li lu
Leila, li leila, leila luhu.
Leila, li leila, leila li lu.
Leila, li leila, leila, luhu.

Sanft und leise schlichen die Pfoten der Katze aufs Ufer zu. Sie legte ihren wollweichen Leib an die Ränder des Sees, kugelte nach links und nach rechts, verband sich mit der Gischt der Wasser, wurde eins mit den Perlen des Sees. Schaum schmiegte sich an Fellhaar, Wollpinsel fand zu perligem Weiß. Ein Wiegen und Wogen ging durch sie beide. Konturen verschwammen, bis eins sie wurden, das Fell und der Schaum. Ohren verschwanden, Schwanz löste sich auf, Katze tauchte unter in den Wassern des Sees.

Leila, li leila, leila lilu
Leila, li leila, leila luhu.
Leila, li leila, leila lilu.
Leila, li leila, leila luhu.

## 19.

Am Anfang war das Nichts. Da war nichts als Nichts. Rundum Leere. Ein Loch. Dunkel. Doch niemand kann nichts denken und auch nicht nichts begreifen. Ein Nichts kann nicht sein. Als das Nichts das begriff, lachte es über die Unmöglichkeit seines eigenen Daseins. Es lachte und lachte. Doch in der Leere des Nichts tat sich nichts durch das Lachen des Nichts. Nichts war zu hören. Nichts lachte mit. Nichts vibrierte, nichts resonierte durch die Schwingungen des Lachens. Als das Nichts das erkannte, wurde es traurig.

„Ach, wäre da doch ein Etwas, das ich rütteln und schütteln könnte mit meinem Lachen. Ein Etwas, das sich biegt und krümmt durch die Wellen meiner gurgeligen Töne. Ein Etwas, das mit mir lacht und Späße macht."

Und so kam es, dass das Nichts das erste Wesen schuf. Geschaffen durch die Töne des ersten Lachens. Geboren aus dem Nichts. In ihrem runden kugeligen Bauch wogten die Wellen, die durch das Lachen des Nichts entfacht wurden. In ihren Ohren verfing sich der Klang dieses Lachens. Und weil diese erste Frau nicht anders konnte, so lachte sie. Weil es schön war zu lachen. Weil sie eine Antwort geben wollte auf das Lachen des Nichts. Weil sie es genoss, mit dem Nichts verbunden zu sein.

Das viele Lachen machte sie jedoch durstig. Ihre Kehle wurde trocken und sie ersehnte nichts mehr als Wasser. So erschuf sie den ersten Fluss, der direkt in ihren Mund hineinfloss. Tropfen für Tropfen, Schluck für Schluck, Liter um Liter trank diese erste Frau. Sie war die Göttin der Wasser, ihre Erschafferin, ihre Urmutter. Sie trank und trank. Ihr Bauch füllte sich immer mehr mit Wassern an, wurde runder und runder, bis er zu platzen drohte.

„Ich wünschte, ich könnte die Wasser auch wieder entlassen", dachte sie bei sich. „Ich brauche einen zweiten Mund, durch den die Wasser entweichen können." So erschuf sie ihre Vulva. Sie öffnete ihre Beine und entließ einen Schwall von Wassern. Die Wasser formten sich zu Flüssen, Seen und Ozeanen.

Damit diese einen Ort hatten, auf dem sie fließen konnten, schuf sie die Erde. Damit es in den Wassern lustig zugehe, schuf sie Fische, Schwämminnen, Algen und all die Wesen, die die Wasser bewohnen. Sie brachte ihnen ein Lied bei, das sie stets singen sollten, um sich an den Anfang, die große Urmutter und an das Lachen des Nichts zu erinnern.

<u>Gesang der Wasserwesen</u>

Anfang und Ende,
zusammen, eins.
Zerstückelst du sie,
so erhältst du keins.

Der Anfang endet,
damit das Ende erwacht.
Wer das Ende umarmt,
dem ein Anfang lacht.

Schlei, schlu schlei, dihu,
Schlingeli, schlei, dihu.
Schlei, schlu dihu – dihu.
Schlamm. Schlamm. Schlamm.
Schlei, schlu schlei, dihu,
schlingeli, schlei, dihu,
schlei, schlu dihu – dihu.

Anna liebte diesen Mythos. Wieder einmal stand sie in der Kuhle der Neustädter Bucht und dachte an diesen. Sie hatte sich heute so fremd gefühlt unter ihren Kommilitonen. Die sprachen so eine harte, nüchterne Sprache. Keiner von ihnen las Gedichte und beschäftigte sich mit Poesie. Wie wollten die sich für die Wasser einsetzen, wenn sie den Klang der Wasser nicht kannten?

Sie warf einen Blick hinauf zur großen Mondin, die immer noch hell vom Himmel herableuchtete. Vor drei Tagen erst war Vollmondin gewesen.

„Bestimmt wohnst du dort oben, große Wassergöttin! Du Urmutter! Du Schöpferin allen Seins! Ich liebe die Wasser, die du geschaffen hast. Ich liebe ihren Klang. Ich liebe ihren Gesang. Wie sehr wünschte ich mir jemanden, der ihn auch hören kann und der mit mir sein möchte."

## 20.

„Hast du das gelesen?"

Frou-Frou und Magda saßen auf einer der Banken, die am Ufer der Neustädter Bucht standen. Beide waren in warme Decken gehüllt. Fünfundzwanzigster März. Es war wieder winterlich kalt. Auf das Wetter war kein Verlass. Die Wasser der Bucht hatten vier Grad Celsius. Anders die Wasser in ihren Körpern. Dort waren es gut und gerne sechsunddreißig Komma acht Grad. Die Wasser schwangen in Frou-Frous Arm hin und her, während sie die Zeitung auf ihren Knien umblätterte. Es blubberte und gurgelte in ihrem Bauch.

„Als wenn es nicht schon genug Wasser in Potsdam gäbe. Sie wollen den alten Stadtkanal wieder freilegen. Komplett. Rausgeschmissenes Geld. Zwei Hauptverkehrsadern müssen sie dafür umlegen. Die Autos werden sich noch mehr stauen. Auf so bekloppte Ideen können nur Männer kommen."

Auch wenn sich Frou-Frous Worte an Magda richteten, sie blieb mit ihrem Blick auf die schwarzen Zeilen gerichtet. Die Pobacken kniff sie zusammen, um nichts von dem Schwingen in sich zu spüren.

„Wieso hast du die Katze nicht behalten?"

„Was will ich mit einer Katze? Ich hätte dir besser gar nicht von ihr erzählen sollen. Der Kanal wird genau bei dir um die Ecke enden. Der hat früher schon immer gestunken."

„Du könntest mit einer Katze reden, könntest sie füttern und dich dabei daran erinnern, dass auch du zu essen und zu trinken brauchst."

„Hm."

Frou-Frou faltete die Zeitung zusammen und legte sie neben sich. Dabei kamen erneut die Wasser in ihren Armen zum Schwingen. Auch die Flüssigkeiten in Gedärm, Magen und Blase schwappten hin und her. Es war ein einziges Wogen und Wallen.

„Außerdem wärst du nicht mehr allein. Einsamkeit führt zu Stillstand, Stillstand zum Verstummen."

„Ich komme gut alleine zurecht."

Frou-Frou setzte sich aufrecht hin, schaute ins Leere. Für einen Moment wusste sie nicht, was sie tun sollte. Die Zeitung hatte sie ausgelesen. Magda wollte sie nicht zuhören. Dem Schwappen in sich erst recht nicht. Zusätzlich zur Gesäßmuskulatur spannte sie Bauch- und Rückenmuskeln an.

„Wer behauptet, er käme gut alleine zurecht, dem traue nicht! Wir Menschen sind soziale Wesen."

Magda rückte ein Stück näher an Frou-Frou heran, wollte den Arm um sie legen. Frou-Frou wich ihrem Zugriff aus und stand auf. Durch das Aufstehen kamen die Flüssigkeiten in ihrem Becken erneut in Schwung. Der Bauch waberte hin und her, die Brüste schlackerten.

„Jetzt hör´ auf, mich wie meine Mutter zu behandeln! Deine Ratschläge kannst du dir sonst wo hinstecken. Ich will keine Katze. Zwischen Mensch und Tier kann es keine ebenbürtige Beziehung geben. Jemand, der mich anhimmelt oder von mir abhängig ist, fehlte mir gerade noch."

„Da kennst du die Katzen nicht. Die haben ihren eigenen Kopf und wissen genau, was sie wollen."

Magda gab nicht so schnell auf. Sie stellte sich vor die Freundin, umgriff sie von vorne.

„Mir reicht´s zu trainieren."

Frou-Frou drehte sich um, zeigte ihr den Rücken und schaute – auf die Wasser. Magda realisierte, dass sie so nicht weiterkommt, setzte sich auf die Bank und zündete sich eine Zigarette an. Wenn sie nicht weiterwusste, paffte sie eine.

„Wie weit kommst du?"

Frou-Frous Haltung entspannte sich. Der Abstand tat ihr gut. Sie konnte wieder atmen, die Schultern lösten sich. Auch der Rücken wurde weicher und elastischer.

„Dreitausend Meter schaffe ich. Nur dieser Lärm ist kaum auszuhalten. Ständig grölt jemand herum. Von den Wänden hallt alles zurück. Ich habe mir schon Ohrstöpsel gekauft. Hilft nicht."

„Und wie kommst du mit den Wassern zurecht?"

Mit einem Mal hörte die Schwimmerin ein lautes Stöhnen und Ächzen aus ihrem Bauch. Die Entspannung hatte das Gedärm in Bewegung gebracht. Es gluggerte und blubberte. Die Ohren rauschten. Frou-Frou kam es vor, als würde ihr ganzer Körper anfangen zu wanken und zu schwanken. Ihr Kopf fühlte sich an, als wäre er ein Goldfischglas, angefüllt mit Wasser. Ihr wurde schwindelig. Sie hielt sich die Schläfen und hoffte, dadurch die Wasser zur Ruhe zu bringen.

„Was soll mit den Wassern sein?"

„Naja, die letzten Jahre war das nicht gerade eine Liaison amoureuse zwischen dir und den Wassern."

Frou-Frou packte Zeitung und Decke. Sie wollte nach oben. Sie musste sich hinlegen. Sie hatte keine Lust, eine Migräne zu bekommen.

„Ich mag´s immer noch nicht. Ich schwimm´ halt."

Frou-Frou ging.

„Pass´ auf, dass du nicht eine von diesen schrulligen Alten wirst. Eine von denen, die alles vergessen", rief ihr Magda hinterher.

„Würd´ ich gerne", raunzte Frou-Frou zurück. Dabei merkte sie, wie bei jedem Schritt die Wasser in ihrem Kopf hin und her schwappten. Nicht nur dort. Entsetzlich.

## 21.

Was für ein Glück, die Kopfschmerzen waren weg. Eine Viertelstunde stramm marschieren hatte geholfen. Nichts hören. Nichts sehen. Kein Mensch, der auf einen einredete.

Das hätte ihr noch gefehlt, eine Migräne zu entwickeln. Die Wasserphobie reichte ihr schon. Ab jetzt würde sie sich von den Wassern nicht mehr fertig machen lassen. Sie würde sie einfach ignorieren, so tun, als wenn es die Wasser nicht gäbe. War ihr früher doch auch geglückt. Das würde sie schon wieder hinbekommen.

Und mit dem Schwimmen? Na, da würde sie sich einfach auf ihre Bewegungen konzentrieren. Das Schwimmen wollte sie nicht sein lassen. Schwimmen tat ihr gut.

„Guten Tag", wollte Frou-Frou die Rollatorin grüßen, die ihr im Hausflur entgegenkam. Einfach so. Nicht, weil sie sie kannte. Nicht, weil sie ihr wirklich einen guten Tag wünschen wollte. Stattdessen kam jedoch nur ein „Gttt gttt tntn Tgg Tgg Tg Tg Tg Tg" über ihre Lippen. Etwas fehlte. Was? Das waren doch keine Worte. Das war doch Taubengegurre.

„Gtn Tg. Gtn Tg." Die Vokale fehlten. Alle Vokale waren verschluckt, verschwunden. Wo konnten sie hin sein? Vokale konnten doch nicht einfach verschwinden. Eben waren sie doch noch da gewesen. Ich kann sie noch denken, nur beim Sprechen fehlen sie. In meinem Denken also gibt es sie noch. Sind die Vokale in meinem Kopf geblieben? Oder sind gedachte und gesprochene Vokale zwei verschiedene Dinge? Seltsame Gedanken. Wieso dachte sie auf einmal über Vokale nach?

Die Rollatorin schüttelte den Kopf. Für sie war Frou-Frou ein weiterer Beweis dafür, dass die Welt nur aus Irren bestand. „Die sind alle verrückt, total verrückt", murmelte sie beim Hinausgehen.

„Chchch bnnnn bnnnn nnnnchchchchtt vrrrrckt."

Kein Vokal wollte mehr aus ihrem Mund kommen. Es war wie verhext. Sie konnte die Vokale denken, aber nicht sprechen. Ich bin nicht verrückt. Ich bin nicht verrückt. Ich bin nicht verrückt. Wie ein Mantra wiederholte sie innerlich diese Worte. Ihre Zunge wanderte durch den Mundraum, als könnte sie die Vokale hinter einem Zahn oder aus dem Gaumen hervorlocken. Irgendwo mussten sie doch sein. Frou-Frou gehörte nicht zu den großen Rednerinnen. Nicht mehr reden zu können, war etwas anderes.

„Gh schn f! Gh schn ffffff!"

Verflixt. Jetzt konnte sie nicht einmal mehr die Fahrstuhltür beschimpfen. Die ging auf, entließ Frou-Frou aus ihren Fängen. Die ihrer Vokale Beraubte fand den Wohnungsschlüssel, schloss auf, um zu erkennen, dass der gesamte Flur überschwemmt war.

Schuhe standen in den Wassern, der Fußabtreter schwamm auf den Wellen. Es strömte aus dem Badezimmer. Die Wasserphobikerin öffnete die Badezimmertür, sah, wie die Wasser unter der Waschmaschine hervorschossen. Auch im Bad war alles überschwemmt. Die Bodenmatten waren vollgesogen mit Wasser, ermattet klebten sie auf den Fliesen und ließen die Fasern hängen. Eine Klopapierrolle lag in den Fluten. Eines ihrer Blätter flatterte auf den strömenden Wellen.

„Vfl Schschschss!"

Frou-Frou rannte zum Telefon, um den Hausmeister anzurufen. Gerade noch rechtzeitig fiel ihr ein, dass ihr beim Telefonieren die Vokale fehlen würden, der Hauswart sie also nicht verstehen konnte.

Die Wasser abstellen. Wo ist der Zufluss? Sie kroch durchs Bad, schaute neben Klosettwasserkasten, unter das Waschbecken, hinter die Waschmaschine. Ein Hahn. Super. Sie versuchte, den Zulauf zur Waschmaschine zuzudrehen. Nichts. Der Hahn klemmte. Mist!

Sie rannte in die Küche, öffnete den Schrank unter der Spüle, überlegte, schaute zum Wasserhahn des Spülbeckens und entdeckte den Hauptwasserhahn. Mit ihrer rechten Hand begann sie zu drehen. Er ließ sich bewegen. Sie drehte nochmals, um ganz sicher zu sein, dass der Hahn jetzt zu war. Das Rauschen verebbte. Eine Welle von Entspannung rieselte von oben nach unten ihren Körper entlang.

Hausmeister oder Wasser schippen? Was mache ich zuerst? Sie entschied sich für die schnellstmögliche Entsorgung der Wasser, zog Schuhe und Strümpfe aus, holte einen Eimer unter dem Spülbecken der Küche hervor und begab sich Richtung Bad.

## 22.

Schwapp. Schwapp. Schwapp-schwapp. Schwu. Schwapp-schwapp. Schwallallallaaaaa. Schwipp. Schwapp-schwapp. Schwuuuuuu. Schwell. Schwall. Schwung. Schwing. Schwing. Schwing. Schwaaaaaa.

Schwob schwi schwuns schwört? Schwöne Schwände. Schwo schwöne Schwände. Einmal schwapp hinein. Schwing schwung. Hin und her. Hin und her. Schwing. Schwung. Schweng. Und in einem Schwallallallaaaaa rein in die Toilette. Hui! Hei! Heissassa.

Und wieder schwapp schwapp schwapp in den Eimer hinein, aus dem Eimer heraus. In den Eimer hinein. Aus dem Eimer heraus. So viel Kreiseln. So viel Drehen. Tschüüüüüüj.

Ob sie ahnt, dass wir ihr die Vokale gestohlen haben? Aaaaeeeeiiiii. Aiiiiii. Ehhhhhh. Ohhhh. Uhummmmmmm. Aoooooohummmm. Uhummmmm. Uaehhhhh. Eiiieiiieiiieiiiiii. Uahhhhh. Eiiieiiieiiieiiiii. Ohhhhhhhhh.

Die hättest du gerne zurück, hm? Wir geben sie dir erst, wenn du uns zuhörst. Mit uns spielst. Mit uns lachst.

Ups! Da sind wir doch glatt neben das Klo gepladdert. Alles wieder nass. Oh, weh. Schnell wieder wegschaufeln. Schauf schauf schauf.

Na, komm´ schon! Fang´ uns! Schwing´ den Eimer!

Ätschibätsch! Du kriegst uns nicht. Da sind wir seitlich wieder vorbeigeflossen.

Hier, hier, hier. Hier sind wir. Die große Pfütze bei der Badewanne. Genau hinter dir.

Ohje, jetzt ist sie hingefallen. Da bleibt keine Hose trocken. Die wirst du dir wohl ausziehen müssen. Na, los, mach schon! Oder traust du dich nicht?

Hihihi, Frou-Frou ist nackig. Ich habe ihren nackten Bauchnabel gesehen. Und den nackten Popo. Überall nackte Haut. Wie schön.

Oh, ein Handtuch. Das ist gemein. Jetzt saugt sie uns auf und wringt uns in die Wanne hinein. He, warte doch! Wir haben doch noch deine Vokale. Wenn du uns jetzt alle wegspülst, bist du deine Vokale los! Tropf tropf wring wring. Ohhhhhhhh!

Wir werden wiederkommen. Versprochen. Wir kommen ganz bestimmt zurück. Bis du uns magst. Ja, wir möchten, dass du uns magst. Sonst behalten wir einfach deine Vokale.

Achtung, jetzt kommt ein Fön! Sie meint es ernst. Kommt, wir verdampfen! Pschhhhhh! Neinnnnn! Bitte nicht!

Wir schluckgluckgluckglucken gleich deine Konsonnnnnanten. Einen nach dem anderen. Geben sie nnnnnnnicht mehr her. So schöne Wwwwörter. Du weißt doch gar nichts mit ihnen annnnnnnzufangen. Du, du, du, du Wortverächterin! Sprachverweigerin! Wasserhasserin! Du, schwupp, du, tssss hui, du vertrocknetes Etwas!

## 23.

Als Frou-Frou nach dem Wasserdesaster aufwachte, waren nicht nur die Vokale verschwunden, jetzt wollte auch kein einziger Konsonant mehr ihrer Kehle entweichen. Sie bewegte die Zunge, presste Lippen aufeinander, zog sie auseinander, stellte die Zähne übereinander und versuchte, Luft hindurchzupressen. Nichts. Kein Laut.

Schon gestern, nachdem sie den Hausmeister gefunden hatte, hatte sie sich nur schriftlich mit ihm verständigen können. Sie hatte etwas von Kehlkopfentzündung geschrieben. Er hatte den Hahn an der Waschmaschine schließen können, hatte die Wasser wieder angestellt und ihr mitgeteilt, dass sie einen Waschmaschinenmonteur werde kommen lassen müssen. Der Stopp beim Wasserzulauf wäre defekt. An Wäschewaschen könne sie erst einmal nicht denken.

Der Monteur würde um vierzehn Uhr kommen, bis dahin war noch Zeit. Wieviel Zeit so ein Tag hatte, wenn man nicht arbeiten musste. Unendlich viel Zeit. Ich weiß noch nicht, ob mir das gefällt. Ich habe Durst. Außerdem gibt es da so ein seltsames Ziehen in mir. Es geht vom Bauchnabel aus. Hoffentlich habe ich nichts am Darm. Das fehlte noch: Kaum in Rente, schon werde ich krank. Aber eigentlich ist es nicht der Darm. Oder ist da der Darm? Es kommt vom Bauchnabel. Wie so ein Kreisen. Und dann dieser Zug. Es zieht nach vorne. Aber wohin?

Ich geh´ schwimmen, entschied sie sich. Viertausend Meter. Badeanzug, Kappe, Brille und Handtuch genommen und auf Richtung Blu.

Der Einstieg war leicht, die mittlere der fünf Bahnen so gut wie frei. Ein älterer Herr und ein offensichtlich trainierter Kraulschwimmer teilten sich die Bahn mit ihr. Der ältere Herr war Brustschwimmfanatiker. Hoffen wir mal, dass er mich nicht zu häufig tritt. Die Grätschbewegungen beim Brustschwimmen hatten es in sich.

Ihre Arme kamen ihr heute runder und geschmeidiger vor. Sie flossen nach vorne, schoben mit Leichtigkeit die Wasser nach hinten. Frou-Frou glitt durch das Becken. Schnell fand sie einen Rhythmus. Auch wenn die Wasser im Becken standen, sie hatte den Eindruck, als würden sie fließen. Sie tauchte ein in die Strömung, wurde von ihr getragen.

Rechts links rechts Atem holen. Links rechts links Atem holen. Heute atmete sie bei jedem dritten Zug. Zu Anfang versuchte sie noch, die Züge zu zählen, dann verhaspelte sie sich, wusste plötzlich nicht, ob sie erst bei Zug zweiundzwanzig mit dem linken Arm war oder schon bei dreiundzwanzig. Von vorne anfangen? Ach, egal. Jetzt war sie schon einmal in den Wassern drin. Würde sie heute also nicht zählen. Oder doch?

Rechter Arm vor. Wo genau endete eigentlich der Zug des rechten Armes? Wenn die Fingerspitzen vorne sind? Doch da gab es gar keinen Stopp. Die Bewegung floss weiter. Wie und was soll ich da zählen? Den Schwung? Die Streckung? Frou-Frou war verwirrt. Sie, die Zahlenfanatikerin fühlte eine ungekannte Fremdheit den Zahlen gegenüber. Hart wie ein Messer kamen sie ihr vor. Das wäre, als wenn sie den einen von dem nächsten Schwimmzug abschneiden würde. Dabei gingen beide ineinander über, waren nicht voneinander zu lösen. In jeder Bewegung deutete sich schon die nächste an, flossen beide ineinander.

Was für seltsame Gedanken. Meine Bewegungen fließen. Ich fließe. Mein Leben fließt.

Nein, mein Leben fließt eigentlich nicht. Schon lange nicht mehr. Genau genommen seit über sieben Jahren. Seit dem Ende der Ehe. Da ist es zum Stillstand gekommen. Da bin ich zum Stillstand gekommen. Die ganzen sieben Jahre waren eigentlich nur eine einzige Minute. Jahre, Minuten, Stunden. Auch so eine komische Art des Zählens.

Gibt es Zeit eigentlich, wenn ich mit ihrer Hilfe keine Räume durchschreite? Oder durchschwimme? So wie jetzt. Jetzt stehe ich nicht mehr still. Ich bewege mich. Fließe durch diese Wasser hindurch.

Sie spürte die fließenden Wasser um sich. Sie fühlte das Fließen der Wasser. Sie fühlte das Fließen ihrer Bewegungen. Ein einziges Fließen.

Wahrscheinlich machte das der Schlafentzug. Oder die Sprachlosigkeit. Nicht nur, dass ich keine Angst mehr habe, von Wassern umgeben zu sein. Es ängstigt mich auch nicht, selber wie Wasser zu sein. Ein Fluss, der immer weiterfließt. Aber wo fließe ich hin? Ich weiß es nicht. Jetzt gerade fließe ich, fließe einfach.

Ihre Gedanken flossen immer weiter. Nach etlichen Bahnen merkte sie, dass sie auch vergessen hatte, die Bahnen zu zählen. Wie sollte sie wissen, ob sie die viertausend Meter geschafft hatte? War das noch wichtig?

„Achtzig Bahnen“, hörte sie eine vertraute Stimme. „Du bist durch die Wasser geschwommen wie ein Aal. Hinter dir sanfte, gleichmäßige Wellen. Ich musste an ein impressionistisches Gemälde denken: Leuchtende Wasser.“

Da hatte sie also tatsächlich die viertausend Meter geschafft, ohne es zu merken. Gerne hätte sie die junge Frau fragen wollen, weshalb sie Frou-Frous Bahnen gezählt hatte. Doch sie erinnerte sich, dass sie nicht sprechen konnte. Sie deutete auf ihren Hals, öffnete lautlos den Mund.

„Ah, Kehlkopfentzündung! Die hatte ich auch schon einmal. Das geht wieder vorüber. Mir hat es geholfen zu singen. Das hört sich vielleicht unlogisch an, es hat mir aber jedes Mal gut getan. Heute hast du beim Schwimmen viel glücklicher ausgesehen als beim letzten Mal.“

Die junge Frau reichte Frou-Frou die Hand und half ihr aus dem Becken. Frou-Frou erinnerte sich, dass sich die andere beim letzten Mal als Anna vorgestellt hatte.

„Ich beobachte gerne Menschen in den Wassern. Es ist faszinierend, wie sich ihre Gesichtszüge verwandeln. Sie werden so viel weicher. Die Wasser spülen alle Ecken, Kanten und Scharte hinfort. Sie machen alles so rund. Selbst die Haut an Armen und Beinen sieht heute viel zarter aus bei dir.“

Frou-Frou war es unangenehm, so detailliert beobachtet zu werden. Sie schaute an sich herab und musste Anna recht geben. All die Falten an Ellenbogen und Knien waren fortgespült. Die Haut war glatt.

„Ich liebe die Wasser. Ich verehre sie. Ich bewundere, was sie mit den Menschen machen. Sie stillen ihren Durst, sie reinigen sie, sie machen sie fließend und weich. Sie haben eine große transformatorische Kraft."

„Jetzt übertreiben Sie aber!"

Frou-Frou hatte einfach drauflosgeredet und realisierte jetzt erst, dass plötzlich Töne, ja sogar ganze Wörter aus ihrem Mund kamen. Erstaunt hielt sie inne.

„Wie wundervoll! Siehst du, sie können alles verwandeln. Jetzt haben sie deinen Hals gesundet."

Frou-Frou wusste nichts darauf zu erwidern. Dafür wusste Anna, was als Nächstes zu tun war. Sie nahm Frou-Frous Handtuch und wickelte es ihr um die Schultern.

„Wir sind Privilegierte in einem privilegierten Land", sagte Anna, setzte sich auf eine der Banken neben dem Sportbecken und forderte Frou-Frou auf, sich neben sie zu setzen.

„Wie meinen Sie das?", fragte Frou-Frou. Irgendetwas interessierte sie an dieser jungen Frau, die so gar keine Scheu zu kennen schien, die so offen wirkte, so ganz anders als sie selbst.

„Wir haben gesunde Wasser, können uns täglich duschen, mit Wasser unsere Notdurft entsorgen. Wir können unsere Pflanzen gießen, unsere Tiere stillen. Wir dürfen uns einfach nur an den Wassern erfreuen, in ihnen schwimmen, sie anschauen, auf ihnen fahren. In Potsdam sind wir von Wassern umgeben. Von Süßwassern, köstlichen Süßwassern. Weißt du, wie viele Menschen wer weiß was dafür geben würden, wenn sie auch nur einen Bruchteil davon hätten? Die meisten haben nicht einmal genügend Wasser, um sich täglich satt zu trinken."

„Ich habe diese Welt nicht erschaffen", bemerkte Frou-Frou lapidar, schnappte sich Brille und Kappe und war im Begriff aufzustehen. Das Gespräch wurde ihr eindeutig zu politisch. Politik war noch nie ihre Sache gewesen. Sie hielt sich lieber aus allem raus.

„Jährlich sterben Tausende und Abertausende von Menschen an verseuchten Wassern.“ Anna hielt sie am Handgelenk fest.

„Sollen sie halt Kaffee trinken. Ich trinke auch keine Wasser.“ Frou-Frou schüttelte die Jüngere ab.

„Ich möchte gegen solche Zustände kämpfen. Das kann so nicht weitergehen. Ich mache das einfach nicht mit. Deswegen studiere ich Geoökologie.“

„Trotzdem kommen Sie in ein gechlortes, kapitalistisches Freizeitbad? Ich gehe jetzt. Mir wird kalt.“

„Du verstehst das vielleicht nicht. Hier kann ich bis auf den Grund meiner selbst sehen. Ich kann meine innere Stimme hören.“

„Stört Sie der Lärm nicht? Ich finde es ohrenbetäubend laut.“

Frou-Frou ging. Ihr war das Gespräch unangenehm. War es der Lärm um sie herum oder waren es Stimmen in ihr, die mit einem Mal erwachten?

Welchen Sinn hat dein Leben? Wofür engagierst du dich?

Frou-Frou wollte sie nicht hören. Immerhin: Ihre Sprache hatte sie wiedergefunden.

## 24.

Soll ich den hier nehmen? Der Anzug ist von dreihundertsiebenundvierzig auf hundertdreiundsiebzig herabgesetzt. Zusammen mit den Tauchschuhen sind das zweihundertachtzehn einundachtzig. Ein Sechstel meiner monatlichen Rente. Dafür brauche ich keine Monatskarte mehr für den Bus und keine Eintrittskarten für das Schwimmbad. Den Krach gestern mochte sie nicht nochmal ertragen. Sie würde im Freien schwimmen.

Frou-Frou saß auf ihrem Sofa. Auf dem Wohnzimmertisch der Laptop. In einem Block notierte sie Preise und Summen.

Wenn ich den anderen nehme, komme ich preiswerter weg, aber der hat nur fünf Millimeter Dicke. Ich kaufe den. Ich brauche die sechs Millimeter, damit ich im Winter schwimmen kann. Bis zu null Grad Wassertemperatur und minus zehn Grad Lufttemperatur. Das müsste reichen. Die Tauchschuhe haben eine Dicke von sechs Komma fünf und ein gutes Profil. Damit kann ich über Steine laufen. Die nehme ich auch.

Frou-Frou tippte Name, Adresse und Kontonummer ein und gab die Bestellung auf. Lieferzeit zwei bis drei Tage. Da konnte sie nächste Woche mit dem Training beginnen.

Sie schaltete den Rechner aus und ging Richtung Fenster. Neustädter Bucht. Havel. Kein Mensch weit und breit. Bei den Temperaturen hielt es die Menschen zu Hause. Frostbeutel. Aber sie nicht. Sie würde es genießen, endlich wieder in Ruhe ihre Bahnen zu ziehen. Draußen. Auf dem Fluss.

## 25.

Es war Freitag, der neunundzwanzigste März. Es hatte vier Grad und war eine kalte Nacht. Die Hochhäuser an der Neustädter Bucht warfen ihre Schatten auf die schwarzen Wasser. Wellen klatschten an das Mauerwerk des Dampfmaschinenhauses, das die Westseite der Bucht zierte. Das Restaurant mit seinen acht Rundbögen erinnerte an ein schwimmendes Wassergewächs.

Den ganzen Tag war Anna von Vorlesung zu Vorlesung gehechtet. Daten, Zahlen, Statistiken. Ihr Kopf surrte. All das Weiche und Zarte, das sonst in ihr beheimatet war, hatte sich verflüchtigt. Anna wusste nicht, wohin, hoffte aber, es in der von ihr geliebten Trauerkuhle wiederzufinden. Sie schaute gen Himmel. An diesem prangte ein leuchtendes Etwas, das seine Strahlen auf die Wellen der Havel warf. Das silberne Licht der Mondin strömte in Anna hinein, breitete sich in ihr aus wie eine zarte Vibration. Es brachte ihr Herz zum Klingen und Schwingen, ließ ihren Kehlkopf erbeben.

Füllest wieder Busch und Tal
Still mit Nebelglanz,
Lösest endlich auch einmal
meine Seele ganz;

Breitest über mein Gefild´
Lindernd deinen Blick,
wie des Freundes Auge mild
über mein Geschick.

Was für schöne Worte Goethe vor über zweihundertfünfzig Jahren für dich gefunden hat, dachte sie. Ich wünschte, ich könnte ebenso dichten wie er. Manchmal fehlen mir die Worte. Sie bleiben aus oder rutschen einfach weg. Ich weiß nicht, wohin. Ich würde dich so gerne lobpreisen, liebe Mondin.

Keinen Mann in der Mondin, nicht das kleinste Lebewesen haben sie auf dir gefunden. Hätten sie etwas finden können, was den alten Märchen und Gedichten entsprochen hätte?

Dass es auf dir keine Wasser gibt, das hat mich sehr traurig gemacht, liebe Mondin. Ich hätte dir gerne Wasser gewünscht in deinen Kratern und Hechte, die in den Wassern springen, Schleien, die sie durchschwimmen. Sprudelnde, quirlige Wasser.

Bei ihren letzten Worten war Annas Blick den Strahlen der Mondin herunter auf die Erde in die Wasser hinein gefolgt.

Ich will euch fühlen. Ich will ganz in euch eintauchen, ihr geliebten Wasser.

Sie breitete ihre Arme aus, ließ kleine Wellenbewegungen von den Handgelenken über die Ellenbogen zu den Schultergelenken gleiten. Die Wirbelsäule formte Schlangenlinien. Becken und Knie wogten hin und her. Es war ein weich fließender Tanz, den Anna an den Ufern der Havel vollführte.

Sich wie ein Seestern ausbreiten und zu dir hinaufschauen, große Mondin. Für mich bist und bleibst du eine Frau. Eine Frau, die atmet, die fühlt, die lebt, die denkt, die spricht und die träumt. Wie gerne würde ich deine Träume kennen, Mondin.

Mit ihren Händen griff sie durch die Stäbe des Geländers und langte an das nachtdunkle Nass.

Die Nüchternheit, mit der ihr betrachtet werdet, geliebte Wasser, schmerzt mich. H zwei O. Ist das Poesie? Was verrät das darüber, wie ihr euch anfühlt? Das Wort Wasser klingt so hart. Als wenn es euch in Einzahl geben würde. Als wenn ihr neutral wäret, ein Neutrum. Meine Gefühle für euch sind alles andere als neutral. Ich liebe euch, ihr wundervollen Wasser und dich, silberglänzende Mondin.

## 26.

Am gleichen Tag, zur gleichen Zeit, ein anderer Ort, nur gute achtzig Meter Wasserlinie entfernt.

Der Neoprenanzug und die Schuhe waren heute Nachmittag angekommen. Frou-Frou wusste, dass es nicht erlaubt war, durch die Innenstadt zu schwimmen. Erst recht nicht durch den Hafen. Doch um diese Uhrzeit würde keiner der Ausflugsdampfer mehr unterwegs sein.

Sie zog Pulli und Hose aus, legte sie ordentlich auf das Sofa. Dann streifte sie sich die Strümpfe über die Zehen und legte sie zu den anderen Kleidungsstücken. Sie schlüpfte in die Beinöffnungen des Anzugs hinein. Das Material war widerspenstig, sie musste feste ziehen, bis ihre Füße am anderen Ende herausschauten.

Hin und zurück schaffe ich die Strecke auf keinen Fall. Neun Kilometer sind viel. Melusine wird sich wundern, wenn sie mich im Neoprenanzug auf der Veranda sieht. Egal. Soll sie sich halt wundern. Hauptsache, sie fährt mich nach Hause.

Unter Hochspannung zog Frou-Frou den Anzug über die Schultern. Die Kapuze über die Haare. Dann holte sie die Tauchschuhe aus dem Karton und stülpte sie sich über die Füße. Der Reißverschluss klemmte. Sie musste einige Male ziehen, bis die Schuhe über den Knöcheln schlossen.

Die Karte, die Max gezeichnet hatte, war prima. Sie wollte durch die Stadt schwimmen. Mittendurch. Hafen, Nicolaikirche, Freundschaftsinsel, vorbei an der Feuerwehr, unter der Humboldtbrücke hindurch, dann zur Schiffbauergasse, Hans-Otto-Theater, weiter zur Glienicker Brücke. Sie wollte an all diesen bekannten Orten vorbei schwimmen, auf die die Stadt so stolz war. Sie hinter sich lassen. Auch wenn es verboten war. Oder gerade weil es verboten war? Da war sie sich nicht so sicher.

Sie nahm ein Paket Traubenzucker vom Tisch, öffnete es und stopfte es sich in den Mund. Alles. Gleichzeitig. Bloß nicht unterzuckern!

Dann ging es los. „Flapp“, „flapp“, „flapp“, „flapp“, schlürfte sie mit ihren Tauchschuhen über die glatten Stufen der dreizehn Stockwerke. Wohnungsschlüssel und Haustürschlüssel hatte sie in der kleinen Tasche am Knöchel des Anzugs. Sie kontrollierte nochmals, ob der Reißverschluss zu war. Sie fühlte sich nackt. Sie war es nicht gewohnt, Kleidungsstücke so eng am Körper zu tragen.

Endlich hatte sie es geschafft. Sie öffnete die Tür zum Eingangsbereich. Kein Mensch in Sicht. Blitzschnell huschte sie aus der Haustür und in Richtung Neustädter Bucht.

Wer sang denn da? Neben all dem „Tschüj“, „Miep“, „Zzzzzh“ hörte sie eindeutig Frauengesang. Egal. Was interessierte es sie? Wer so verrückt war, alleine im Dunkeln zu singen, würde sie schon nicht anschwärzen.

Frou-Frou ging dicht an den Büschen entlang. Mit ihrem schwarzen Anzug war sie kaum zu entdecken. Ein kurzer Sprint über den Plattenweg, dann war sie bei den Taiwanesischen Löwen. Die Stufen runter und in die Wasser hinein.

„Platsch“, „grumpf“, „grumpf“,„plitsch“, „platsch“. Die Wasser waren eiskalt. Füße bewegen, Arme bewegen, Körper in Bewegung halten. Frou-Frou stampfte mit den Schuhen auf den sumpfigen Grund. Die Hände wedelten vor und zurück. Brille befeuchten, aufsetzen und dann los. Rechts links rechts Atem holen, links rechts links Atem holen.

## 27.

Wahrscheinlich nervt es dich, dass ich mich schon wieder zu Wort melde. Was macht die Mondin in dieser Geschichte? Die soll sich um die Wasser kümmern. Mehr nicht. Außerdem: Haben wir das alles nicht längst hinter uns gelassen – beseelte Gestirne und übernatürliche Wesen? Gott ist tot.

Ich hätte damals versagt, magst du mir vorwerfen. Frou-Frou hätte immer noch ihre Wasserphobie. Auch wortgewandter wäre sie nicht geworden. Von Lachen keine Spur. Dieser ganze Hokuspokus um die Katze. Hätte das irgendetwas gebracht? Dann dieses Rumgeschubse mit Anna und dieser Alten. Wo sollte es hinführen? Die beiden wären so verschieden. Die würden halt nichts miteinander zu tun haben wollen. Alle Magie vergebens. Verlorene Liebesmüh. Denkst du.

Deine Prophezeiung hat sich bewahrheitet. Leider. Die beiden sind aneinander vorbeigezogen. Die eine hat gesungen, immerhin, die andere ist geschwommen, jede in ihrer Welt, in ihrer Blase.

So ist er halt, der Fluch der Menschheit. Ihr seid als Individuen geboren und zur Einsamkeit verdammt. Kennst du solche Gedanken? Gewiss. Sie sind dir vertraut. So wie ein jeder weiß, dass jenseits unserer Atmosphäre der leere Raum ist. Kein Gott, einfach Nichts, ein Loch. Ab und zu ein kleiner Planet, den man sich näher besehen kann mit der Frage, ob dort noch irgendwelche Ressourcen auf uns warten, die wir ausbeuten können. Oder ob es möglich ist, dort hinzuziehen, wenn dieser Planet unbewohnbar geworden ist?

Euer Gott war die Sonne, auch wenn ihr es nicht leiden konntet, dass die Erde sich um diese dreht und nicht umgekehrt. Nun denn, Hauptsache, sie scheint, bringt Licht, Energie, verdrängt die Nacht und ihre Schatten. Denn die Schatten meidet ihr. Ihr mögt sie nicht, meine Kinder. Dabei braucht ihr sie täglich, um ihnen all das aufzuladen, was euch lästig ist: Träume, Sehnsüchte, Gefühle und Gelüste. Stattdessen Pflicht erfüllen, gehorsam sein.

Das nenne ich Scheitern. Scheitern an der Freude über das, was dieses Leben zu bieten hat, was es dir täglich schenkt. Warst du heute schon dankbar? Für deinen Körper, für einen Atemzug, eine Welle der Wut oder der Trauer? Für eine Begegnung? Hast du gelacht?

Anna und Frou-Frou zogen in dieser Nacht aneinander vorbei. Der Moment war noch nicht gekommen, an dem sie einander erkannten. Sie konnten sich nicht vorstellen, dass es einen anderen Menschen gab, der sich für sie interessierte, der sie akzeptierte so wie sie waren.

Frou-Frous Ohren waren nicht bereit für Annas Gesang. Sie verschloss ihr Gehör, schwamm weiter, verließ die Bucht. In ihr war der Klang von tausend Worten. Tausend Sätze, die sie nicht gesagt, die sie verschluckt hatte, die in ihr festsaßen wie klebriger Schleim. Ihre Ohrmuscheln waren voll.

Anna wurde heimgesucht von einer Welle der Peinlichkeit. Was, wenn sie jemand beobachtete? Scham quälte sie, ließ sie sich verstecken. Sie fürchtete, dass Menschen, die Gesang, Poesie und die Wasser lieben, ausgestoßen werden. So weit war es gekommen mit dem weiblichen Geschlecht.

Einen kurzen Moment schauten sie sich an, trafen ihre Blicke einander, ohne dass sie sich erkannten. Doch sie hatten einander gesehen. Die Zeit hatte stillgestanden. Der Moment verstrich, alleine zogen sie ihrer Wege, einsam und unerkannt. Die Poetin und die Langstreckenschwimmerin.

Ich war bei ihnen, begleitete sie. Sie waren nicht allein, auch wenn sie sich alleine fühlten. Ich blieb dran. Ich gab nicht auf. Ich hielt die Verbindung. Von Frau zu Frau. Von Herz zu Herz.

## 28.

Obere Planitz, Untere Planitz, links abgebogen, dann vorbei am Lustgarten, an der Dampferablegestelle, unter der Langen Brücke hindurch, die Freundschaftsinsel zur Rechten.

Frou-Frou war froh, den Gesang hinter sich gelassen zu haben. Sie genoss die Einsamkeit und die Ruhe. Schon konnte sie den hohen Turm der Heilig-Geist-Seniorenresidenz vor sich sehen, da entdeckte sie rechts hinter dem Inselcafé die Umrisse einer Gestalt. Sie stand mit den Füßen in den Wassern. Offensichtlich gewillt, die Stufen immer weiter hinunterzusteigen, hielt dieses Etwas, was ein Mann zu sein schien, beide Arme eng vor dem Körper. Er trug einen Mantel, der tief nach unten hing.

Was machte dieser Mann um diese Uhrzeit auf der Freundschaftsinsel? Frou-Frou sah, wie er immer tiefer in den Fluss eintauchte, schließlich verschwand. Sie war schon einige Meter an ihm vorbeigeschwommen, da kehrte sie um, sah lediglich Luftblasen aufsteigen, von dem Mann keine Spur.

„Herrje, was machen Sie denn da? Kommen Sie sofort wieder hoch!“ Ungeachtet der Tatsache, dass der solchermaßen Angesprochene sie nicht hören konnte, beschimpfte Frou-Frou den Untergegangenen.

Tauchen zählte nicht zu ihren Leidenschaften. Doch das war jetzt nicht wichtig. Sie holte Atem, tauchte unter und versuchte, den zu ergreifen, der da in die Tiefen gestürzt war. Die Wasser waren dunkel. Die Nacht war dunkel. Sie sah nichts. Beim ersten Tauchgang erwischte sie - nichts.

Noch einmal holte sie tief Luft, versuchte es dann erneut. Ihre Hände ertasteten den Stoff des Mantels, versuchten, an diesem zu ziehen, den dazugehörigen menschlichen Körper an die Nachtluft zu befördern. Es war, als würden Tonnen an dem Stoff hängen. Sie schnappte nach Luft. So schwer konnte doch kein Mensch sein.

Frou-Frou schaute sich um. Weit und breit war niemand in Sicht. Das hier würde sie alleine bewältigen müssen. Mit ihren Händen glitt sie am Mantel des Mannes entlang, ertastete Handschellen. Offenbar hatte derjenige, der hier für immer in den Wassern der Havel versinken wollte, beide Hände aneinandergefesselt. Sie griff in die Taschen des Mantels, beförderte etwas heraus, das sich wie Hanteln anfühlte.

Nachdem sie den Mantel von diesem Gewicht befreit hatte, gelang es ihr, den Kopf des Mannes unter ihre Armbeuge zu klemmen und gemeinsam mit dem Todesmutigen nach oben zu schwimmen. Sie schleifte ihn auf die Stufen, musste selber nach Luft schnappen, bevor sie zur Mund-zu-Mund-Beatmung überging.

Sie hielt die Nase zu, pustete in den Mund hinein. Kalt waren die Lippen. Die Augenlider geschlossen. Dreimal beatmen, dann die Herzmassage, wieder beatmen. Sie tastete am Hals, fühlte den Puls. Immerhin. Der Brustkorb weitete sich, Augen wurden aufgerissen, ein Atemzug. Welch ein Glück.

„Was haben Sie sich dabei gedacht, nachts in die Havel zu steigen? Wenn ich nicht gekommen wäre, wären Sie ertrunken. Sie sind doch noch jung!“

Sie hievte den Japsenden ein Stück weiter die Stufen hinauf. Der Lichtkegel der nahegelegenen Straßenlaterne traf das Gesicht des Mannes. Zu den Atemzügen gesellte sich ein Zittern, das den gesamten Körper erfasste.

„Ich kenne dich doch. Zweitausendsieben. Du hast die Meisterschaften im Langstreckenschwimmen gewonnen. Franz Leistikow. Verfluchte Scheiße! Du musst unbedingt ins Warme. Wo hast du die Schlüssel für die Handschellen? Herrje! Du kannst doch schwimmen. Wieso wolltest du dich unbedingt ertränken?“

Frou-Frou schaute sich noch einmal in alle Richtungen um. Da entdeckte sie die Silhouette einer Frau, die ihren Hund ausführte.

„Hilfe! Zu Hilfe! Wir brauchen einen Krankenwagen. Schnell! Es geht um Leben und Tod. Dieser Mann ist dabei zu erfrieren.“

Erst jetzt realisierte sie, was für ein seltsames Bild sie abgeben musste in ihrem Neoprenanzug, einen Mann auf dem Schoß, dessen Hände gefesselt waren. Nicht nur der drohte zu erfrieren. Ihr selbst war auch bitter kalt. Zumindest zitterte sie ebenso wie der frisch Gerettete.

Bis zum Jungfernsee komme ich heute nicht mehr, dachte sie sich. Melusine werde ich ein anderes Mal einen Besuch abstatten. Die Tour mache ich noch. Komme, was da wolle.

## 29.

Was lenkt unser Leben? Was sorgt dafür, dass sich die Dinge so ereignen, wie sie sich ereignen? Dass plötzlich der Eindruck entsteht, als würde sich eins zum anderen fügen? Ist es der Zufall, der uns lenkt, ein Gott oder die Mondin? Sind es unsere Ahnen, der böse Nachbar oder andere finstere Mächte? Welche Kraft hilft uns, die Dinge entweder so oder genau andersherum zu sehen?

War es ein Wunder, dass Frou-Frou und Franz gleichzeitig an der Havel waren? War es deren Schicksal, dass sie an der Freundschaftsinsel aufeinandertrafen? Sollte hier der Bund für eine neue, tiefe Freundschaft geschlossen werden?

Als Frou-Frou nach der Rettung mit dem Taxi nach Hause kam, saß die Katze neben ihrer Wohnungstüre. Ihre blauen Augen strahlten sie an. Wer wusste, wie lange sie schon hier saß. In jedem Falle wartete sie auf Frou-Frou. Auf sie. Auf niemand anderen. An diesem Abend. Mitten in der Nacht. In der Kälte des auslaufenden Winters.

In einer Plastiktasche trug Frou-Frou Neoprenanzug und Schwimmbrille. Im Krankenhaus hatte sie einen Mantel, eine Hose und einen viel zu großen Pullover bekommen. Wer wusste, wem die mal gehört hatten. Egal, sie wärmten. Die Tauchschuhe patschten auf den Fliesen. Schuhe hatte es keine gegeben. Bislang waren Frou-Frous Füße noch warm. Vielleicht war das der Kaffee, den sie in der Notaufnahme bekommen hatte.

Müde war sie. Nach dem Gewusel um sie herum fühlte sie sich auf einmal einsam und allein. Kein Mensch. Kein Wort. Keine Wärme. Ihr war kalt. Mehr innerlich als äußerlich. Wahrscheinlich war es diese kleine, noch kaum wahrgenommene, geschweige denn akzeptierte Sehnsucht nach Kontakt, die Frou-Frou die Entscheidung treffen ließ, die Katze mit in die Wohnung zu nehmen. Im Kühlschrank gab es noch einen Rest Milch. Die hatte Melusine mitgebracht. Die gebe ich der Katze und ich gehe in die Badewanne, beschloss sie.

Umgeben von der Wärme des perlenden Schaums dachte sie nochmals an Franz. Der war gut versorgt, sie behielten ihn über Nacht im Krankenhaus. Um den brauchte sie sich keine Sorgen zu machen.

Dann wanderten ihre Gedanken zu dem Nachmittag mit Max und Berte. Zu dem Schaum in deren Badewanne. Mit wieviel Freude die beiden gesungen hatten. Wie sehr sie mit dem Aal mitgefühlt hatten. Frou-Frou hatte die Nähe zu den beiden genossen. Die Wärme. Sie konnte jetzt noch fühlen, wie es warm und weich in ihr geworden war. So warm, wie in diesem Moment in der Wanne. Seit sie in dieser Wohnung lebte, hatte sie kein einziges Mal gebadet. Jetzt gluggerte und blubberte es um sie her. Schaumperlen zerplatzten und hinterließen einen kleinen, klitzekleinen Knall. Die Wasser umspielten ihre Haut. Wenn sie sich bewegte, bewegten sie sich mit und streichelten ihre Poren entlang. Ganz sanft, ganz weich.

Nach dem Bad setzte sich Frou-Frou auf ihr Sofa. Bademantel, Decke, Kissen im Rücken, die Füße in dicken Wollsocken, auf ihrem Schoß die Katze. Die hatte während ihres Bades auf dem Klodeckel gesessen und Frou-Frou von dort aus zugesehen. Jetzt kugelte sie sich genüsslich ein, schnurrte und genoss es, von Frou-Frou gestreichelt zu werden.

Heute war ein guter Tag. Ich habe einem Menschen das Leben gerettet, habe eine Katze aufgenommen und gebadet, resümierte sie, schloss die Augen und schlief im Sitzen ein.

## 30.

Seit den Anfängen der Menschheitsgeschichte ängstigt die Menschenwesen nichts so sehr wie die Dunkelheit. Im Dunkeln fürchten sie sich, rücken zueinander, umarmen sich, wärmen ihre Lenden. Die Dunkelheit hat sie erfinderisch werden lassen. Um sie zu erleuchten werden Feuer entzündet, Kerzen gegossen, wird ein jedes Haus mit einer Unzahl an Leitungen durchzogen, um mittels Elektrizität das Dunkle in Licht zu verwandeln. Ungeheuer – erzählen sich die Menschen, wohnen im Dunkeln, lauern in Ecken und unter Büschen und warten nur darauf, sie anzufallen, sie zu erschrecken.

Am gefährlichsten aber sind Gewässer. Diese tückischen Wasser reflektieren das kleinste Fünkchen Licht auf ihrer Oberfläche, um darunter ihre Tiefen zu verbergen. Wer lebt in den Abgründen, treibt dort sein Unwesen? Welche grauenhaften Gestalten haben nichts anderes im Sinn, als Mensch und Tier zu sich in die Tiefe hinabzuziehen?

Der Fahrradweg war spärlich beleuchtet. Franz war die Nedlitzer Straße Richtung Potsdam-Nord herausgefahren. Hier war er lange nicht gewesen. Er erinnerte sich, mit Freunden in dem ehemaligen Militärgebiet Feuer gemacht zu haben. Eigenheimsiedlungen, Supermärkte, Think Tanks, das gab es jetzt hier.

Franz war es nicht gewohnt, mit zwei Rädern unterwegs zu sein. Das eine hatte er sich von seinem Bruder geliehen. Er schob es mit der linken Hand. Die rechte brauchte er, um das eigene Rad zu lenken. Es war schwierig, die Rhythmen der beiden Räder aufeinander abzustimmen.

Wieso sollte er ausgerechnet hier, am Ufer des Jungfernsees, auf Frou-Frou warten? Was wollte sie von ihm? Thermoskanne, zwei Decken und Sitzkissen hatte er auf seinen Gepäckträger geklemmt. In ihm war ein Flackern. Das tauchte immer wieder auf in den letzten Tagen. Seit seiner Rettung vor drei Tagen. So, wie jetzt gerade. Es schien ihn erinnern zu wollen: Beinahe hätten sich deine Lungen nicht mehr mit Luft gefüllt. Dann wäre es zu Ende gewesen.

Der Jungfernsee lag wie ein schwarzes Loch zu seiner Linken. Kein Stern, keine Mondin leuchteten am Himmel. Eine einzige dunkle Masse, die jedes Licht und jeden Laut zu schlucken schien. Büsche und Baumstämme ragten gespenstisch in den schwarzen Schlund hinauf.

Sein Fahrradlicht erhellte kümmerlich die Szenerie. Wenn hier ein schwarzer Körper zwischen all dem Schwarz des Sees und der Bäume erschien, würde er ihn ganz bestimmt nicht erkennen. Wahrscheinlich hatte Frou-Frou keine Lampe dabei. Ihn fröstelte.

Da meinte er, neben dem Plätschern der Wellen und dem Rauschen seiner Räder auf dem Asphalt ein weiteres Geräusch zu vernehmen. Es war gleichmäßig. Franz erkannte den Rhythmus kraulender Arme. Jetzt hörte er auch den wiederkehrenden Atem. Dreier-Rhythmus. Das Schlagen der Arme wurde eindeutig lauter und kam auf ihn zu. Er stoppte, stieg ab vom Rad, musste achtgeben, dabei das Gleichgewicht zu behalten, parkte die beiden Räder und bahnte sich einen Weg durch das Buschwerk zum Ufer.

Seine Augen gewöhnten sich schnell an die Dunkelheit und lernten, Grautöne zu unterscheiden. Er sah eine Gestalt auf den schwarzen Wassern. Sie kam direkt auf ihn zugesteuert, hatte ihn offenbar schon ausgemacht zwischen dem Schwarz der Büsche. Hinter der dunklen Gestalt schwamm etwas in den Wassern, es sah aus wie ein prall gefüllter Wassersack. Aber was befand sich auf dem Sack? Erst beim Näherkommen erkannte Franz die Katze.

„Oh, eine Karthäuser. Sie wirkt gar nicht verstimmt so mitten auf den Wassern. Wo bist du gestartet?“, fragte er die Schwimmerin, die zuerst die Katze an Land springen ließ, bevor sie selbst wieder festen Boden unter den Füßen erlangte.

„Neustädter Bucht. Da wohne ich.“

Frou-Frou öffnete den Schwimmsack und entnahm ihm ein Handtuch. Den Zipper hinuntergezogen, die Kapuze vom Kopf, schüttelte sie erst einmal ihre Haare.

„Das sind bestimmt neun Kilometer.“

„Zehn Komma zwei, sagt meine Uhr.“

„Wieso machst du das?“

Frou-Frou zog sich das nasse Neopren über Schultern und Arme, schob es über die Hüften und wickelte sich das Handtuch um Becken und Oberkörper.

„Ich will alle deutschen Städte durchschwimmen, die mehr als

hunderttausend Einwohner haben. Potsdam ist erst der Anfang."

Dem Schwimmsack entnahm Frou-Frou Unterhemd, Pullover und die übrigen Kleidungsstücke, stieg ganz aus dem nassen, schweren Anzug und wechselte die Kleidung.

„Wieso in der Dunkelheit?"

„Da sind nicht so viele Menschen unterwegs. Flussschwimmen im Innenstadtbereich ist untersagt."

Mütze auf den Kopf, Schal um den Hals und zum Schluss den Mantel noch zugemacht. Franz hatte die Sitzkissen auf einen umgestürzten Baum gelegt und schüttete Frou-Frou Kaffee in einen Thermosbecher. Der aufsteigende Dampf ließ helle Schleier durch das Dunkel der Nacht tanzen.

„Flussschwimmen. Hört sich so an, als wenn das eine eigene Disziplin wäre."

„Keine olympische Disziplin, aber eine neue Bewegung. Flussschwimmer gibt es überall auf der Welt. Habe ich recherchiert."

Frou-Frou reichte Franz den Becher, der ablehnte. Ihm war nicht kalt. Eher im Gegenteil. Auch wusste er noch immer nicht, was Frou-Frou von ihm wollte.

„Hast du mich eigens hierherbestellt, um mir das zu sagen?"

„Ich dachte, dass du das Dunkle liebst."

Franz schwieg. Es war nicht einfach für ihn, über das Ereignis an der Freundschaftsinsel zu sprechen. Dass er das Dunkle lieben könnte, dieser Gedanke war ihm noch nie gekommen. Bisher hatte er es immer für schrecklich gehalten. So schrecklich wie die Erinnerungen an diese Nacht.

„Lass´ uns zusammen trainieren! Dann durchschwimmen wir gemeinsam Berlin. Vierundvierzig Kilometer. Das bringt dich auf andere Gedanken."

Frou-Frou streichelte die Katze auf ihrem Schoß. Franz hatte sie gehört. Er konnte ihr nicht antworten. Die Worte klebten an den Wänden seines Mundinnenraumes. Er bekam sie nicht heraus.

„Ich kann nicht. Ich traue den Wassern nicht mehr."

Frou-Frou nahm seine Anstrengung wahr. „Du misstraust den Wassern? Dich konnte man früher nur mit Mühe aus dem Schwimmbecken bekommen. Was ist passiert?"

Franz wusste, dass diese Frage kommen musste. Er war auf sie vorbereitet. Und doch war es schwer, darüber zu sprechen. Wusste er, weshalb er diese Entscheidung gefällt hatte? Ließ sich das in Worte fassen? War das, was er ihr erzählen konnte, nicht nur eine Erzählung, etwas, womit er versuchte, Sinn zu finden in einer Handlung, die sinnfrei war, die sich jedem Sinn entzog und entziehen wollte? Gerade kam er sich so dumm vor, so unendlich dumm.

„Ich denke, du solltest es erzählen. Das bist du mir schuldig."

Ihre schwarzen Silhouetten ragten vor dem Hintergrund des finsteren Sees in die dunkle Nacht hinein. Ganz nah saßen sie beieinander. Büsche und Bäume schützten sie, schenkten ihnen Geborgenheit. Das Dunkel der Nacht legte seinen schwarzen Mantel über sie. Es kannte Geheimnisse und konnte sie bewahren.

31.

Liiiiiiii laaaaa, leili li lu
Leili li lu,
li la, schwupp schwu.
Liiiiii laaaaaa, leili li lu
Leili la la
Schwapp, schwallalla.

In der Schwärze der Nacht
ward es vollbracht,
dass die Dunkelheit
das Licht gebracht.

Tiefer und tiefer
aus finsterem Grund
öffnet der Todesmutige
seinen goldenen Schlund

Liii laaaa, leili li lu
Leili, li lu
Li la, schwapp schwu.

## 32.

Die Türen von Frou-Frous Wohnzimmerschrank waren weit geöffnet. Alte Schulkarten standen aufgereiht nebeneinander, deren Ränder vom vielen Benutzen abgegriffen waren, aufgerollt auf dicke Holzstangen, verschlossen mit Lederriemen. Frou-Frou hatte sie auf dem Flohmarkt erstanden. Daneben Holzlineale, Winkelmesser, Geodreiecke in großem Format, aus Holz gedrechselt, früher einmal Bestandteil eines Oberschulklassenzimmers.

In der oberen Schublade der Schrankwand waren Messbänder, eine weitere Anzahl an Linealen, Zirkeln, Buntstiftkästen zu erkennen. Darunter wurden Stadtkarten sichtbar. Das blau-gelb von Falk-Plänen mischte sich mit dem zarteren Blau von Michelin-Karten. Hellgrüne Buchstadtpläne, Citypockets in einem kräftigeren Blau. Kompass-Wanderkarten. Auf Sofa, Wohnzimmertisch sowie dem Boden ausgebreitet lagen weitere Falkpläne. Dresden, Magdeburg, Hamburg und auch eine Karte von Berlin.

„Magst du noch ein Stück? Ich esse keinen Kuchen."

Frou-Frou schob Franz ihren Teller mit dem Frankfurter Kranz herüber. Das gab ihr mehr Freiheit, die Karte von Magdeburg vor sich und Franz auszubreiten. Die beiden saßen nebeneinander auf dem Sofa. Die Katze hatte sich neben Frou-Frou eingerollt.

„Nächste Woche starte ich mit Magdeburg. Willst du mitkommen? Ich würde dir einen Neoprenanzug und Tauchschuhe spendieren."

Franz hatte seinen Teller mit dem Kuchen bereits geleert, nahm den zweiten und stellte ihn erst einmal neben sich auf den Boden, um Frou-Frous Fingern folgen zu können, die über den Stadtplan glitten.

„Du hast schon genug für mich getan."

„Wir könnten morgen mit dem Training beginnen."

Sie wies ihm die Stelle, an der sie einzusteigen gedachte.

„Ich glaube, ich möchte erst einmal alleine in die Wasser gehen, bevor ich längere Strecken mit dir schwimme. Mein Unfall ist erst eine Woche her."

Franz lehnte sich zurück und brachte darüber etwas Raum zwischen sich und die Karte. Frou-Frou schaute ihm in die Augen.

„Aber du machst keinen Scheiß, versprochen?"

„Ich bin sehr froh, noch zu leben. Das habe ich dir zu verdanken. Jetzt muss ich mein Leben neu auf die Reihe kriegen. Ich muss mit meinen Eltern sprechen, eine neue Arbeit suchen, schauen, wie ich meinen Traum verwirklichen kann."

Frou-Frou faltete den Plan von Magdeburg zusammen, griff sich die Karte Berlins vom Boden und legte sie über ihrer beider Schoß. Franz schnaufte.

„Ich möchte gerne mit dir durch Berlin schwimmen", erklärte er, „auch wenn ich nicht weiß, ob ich das schaffe. Bis dahin wirst du deine Touren ohne mich machen. Ich bin noch nicht so weit. So schnell geht das nicht."

Das akzeptierte Frou-Frou. Sorgfältig faltete sie auch die Karte Berlins zusammen.

„All diese Karten. In den meisten Städten bin ich nie gewesen. Es hat mir immer gereicht, sie von oben zu besehen. Im Miniaturformat, sodass ich den Überblick behalten kann. Das war immer wichtig für mich: Überblick. Ich bin noch nie alleine in eine fremde Stadt gereist. Eigentlich ist diese Idee mit dem Flussschwimmen verrückt. Und doch möchte ich es machen."

Sie legte die zusammengefalteten Stadtpläne auf den Tisch und stand auf. Dabei erwachte die Katze, sprang auf und war mit einem Satz oben auf dem Wohnzimmerschrank.

„Ich habe mir eine Deutschlandkarte angefertigt."

Frou-Frou entnahm dem Schrank einen alten metallenen Kartenständer, dessen schwarzer Lack an einigen Stellen bereits abblätterte. Mit einem leisen Quietschen klappte sie die Füße aus, stellte sie auf den Boden. Die dicke Leinwand, die Frou-Frou für ihr Kartenwerk erstanden hatte, war um schwarz angemalte Holzstile gewickelt. Einzig die Unversehrtheit von Leinwand und Lack verriet, dass es sich um ein neueres Produkt handelte. Aufmachung und Stil erinnerten an alte Schulzeiten.

Die Kartografin stellte sich auf Zehenspitzen, öffnete die Knoten. Stück für Stück entrollte sich ihr Meisterwerk. „Frou-Frous Flussschwimmwelten" stand mit großen Lettern auf dem Kopf der Karte. Mit geschwungenem Pinsel hatte sie die Buchstaben gemalt. Es war das erste Mal, dass ihr eigener Name an so prominenter Stelle einer ihrer Karten stand.

„Bis auf die Legende ist sie in schwarz-weiß gehalten. Alle Flüsse und die größeren Städte habe ich eingezeichnet."

Voller Erstaunen studierte Franz das Kartenwerk. In der linken oberen Ecke hatte Frou-Frou einen Kasten gemalt mit der Erklärung der verwendeten Zeichen.

„Die Strecken, die ich geschwommen bin, werde ich blau zeichnen. Genaue Länge, Außentemperatur, Wasser-temperatur. Hier wird der Tag eingetragen und wie lange ich gebraucht habe. Das ist das Zeichen für die Einstiegsstelle und das für das Ende. Dort wird vermerkt, wer mit mir geschwommen ist. Hier, das bist du. Mit Neopren oder mit Badehose. Auch für die Katze und den Schwimmsack habe ich ein Symbol."

Franz war beeindruckt, vor allem von der Tatsache, dass er selbst mit verzeichnet war.

„Bist du immer schon geschwommen?"

Franz setzte sich auf das Sofa, um sich die Karte von Weitem zu besehen. Frou-Frou verschob den Ständer ein wenig. Dann setzte sie sich neben Franz.

„Sieben Jahre bin ich überhaupt nicht geschwommen. Nach der Trennung von meinem Mann."

Mit einem gewagten Sprung landete die Katze auf Frou-Frous Schoß, wie um ihr Beistand zu leisten. Bruno. Marquardt. Der Rausschmiss. Finger der Vergangenheit wollten nach ihr greifen, sie zu sich ziehen, Schmerz und Wut in ihr Herz hineintreiben. Frou-Frou streichelte die Katze. Das beruhigte sie und hielt die Finger auf Abstand.

Erneut betrachtete sie die Karte. Vor ihrem inneren Auge sah sie Farben und Symbole für all die Strecken, die sie schwimmen würde. Striche, Linien, Verbindungen. Nichts Abgehacktes, Abgetrenntes. Die Deutschlandkarte wurde zum Abbild ihrer inneren Landschaften, in dem sich jetzt schon, alleine durch ihre Vorstellungskraft, Areale friedlich verbanden, die lange getrennt, isoliert voneinander existiert hatten. Auch Vergangenheit konnte zum erfrischenden See werden.

„Warum nicht?“

Franz griff neben sich zum zweiten Kuchenteller, reichte ihn Frou-Frou mit der Frage, ob sie nicht doch ein Stück wolle. Die wehrte ab. Mit seiner Gabel stach er in das cremige Stück hinein und stopfte es sich in den Mund. Frou-Frou brauchte einen Moment, um zu wissen, worauf sich die Frage bezog. Schwimmen, ihre Wasserphobie.

„Das weiß ich nicht.“

Frou-Frou versuchte, dem Anblick der cremigen Masse und des kauenden Mundes auszuweichen. Sie hob die Katze an ihre Brust, rieb ihr Kinn am Fell des Tieres.

„Aber jetzt schwimme ich wieder. Ich bin mir sicher, auch du wirst schwimmen und eine neue Arbeit finden.“

## 33.

Das Zimmer war klein, das Franz bewohnte. Es wurde dominiert durch den Flügel, der am Fenster des Raumes stand. Ihm gegenüber befand sich ein Hochbett, darunter ein Sofa, rechts davon ein Schreibtisch. Kleiderschrank, Bücherregal, Notenberge, mehr beherbergte der kleine Raum nicht.

Brandenburger Vorstadt, Altbau. Zum Park Sanssoucis war es nicht weit. Die Straßen waren rechts und links von Bäumen geziert. Die Gehwege waren mit kleinen Steinquadern gepflastert. Eine beliebte Wohngegend. Die Räume der Wohnung waren hoch, an den Rändern der Decke gab es Stuck, Parkett, Messingtürgriffe. Das Wohnzimmer hatte Flügeltüren zum Esszimmer hin. Beide Räume waren der Luxus der Wohngemeinschaft.

Nachdem Franz seine Ausbildung zum Klavierbauer abgeschlossen hatte, war er in die WG eingezogen. Drei Mitbewohner. Einer davon war sein Bruder, der ihm das kleine Zimmer besorgt hatte, zugegebenermaßen das kleinste der WG. Für Franz war es groß genug. Hauptsache sein Flügel hatte Platz.

Viele Jahre hatten die beiden Leidenschaften von Franz einander bekämpft, hatten unerbittlich um Zeit gebuhlt. Von Kindheitstagen an hatte er Klavier gespielt und war geschwommen. Beides hatte ihn vollständig in Anspruch genommen. Für Freundschaften hatte es oft keinen Raum gegeben. Das Schwimmtraining hatte morgens vor der Schule begonnen, fünfmal die Woche, dreimal auch nach der Schule. Ab der vierten Klasse hatte Franz ein Sportgymnasium besucht. Einmal wöchentlich Klavierstunde, täglich eine halbe Stunde Etüden. Selbst die Wochenenden waren ausgebucht gewesen. Entweder hatte es einen Schwimmwettkampf oder einen Auftritt als Musiker gegeben.

Franz hätte nach der Schule gerne weitergeschwommen, aber für seine Eltern war es selbstverständlich gewesen, dass er die Musik zu seinem Beruf machen würde. Sie haben ihm zum achtzehnten Geburtstag den Flügel geschenkt. Doch zum Profimusiker hatte es nicht gereicht. Franz hatte es nicht einmal mit einer Aufnahmeprüfung versucht. So hatte er sich entschieden, Klavierbauer zu werden.

Wie sollte er seinen Eltern erklären, dass er arbeitslos und ohne Anstellung war? Sie würden noch weniger Verständnis für sein Interesse an einem Wasserklavier haben als sein Arbeitgeber. Sie waren so stolz auf Franz. Dessen Bruder hatte bis heute keine Ausbildung abgeschlossen, geschweige denn ein Studium. Dass der noch irgendetwas mit den Wassern zu schaffen haben könnte, das ahnten sie nicht. Eigentlich warteten sie nur auf die Schwiegertochter, eine baldige Hochzeit und Enkelkinder.

Franz wälzte sich unruhig im Bett hin und her. Die Begegnung mit Frou-Frou wirkte in ihm nach. Dass auch sie sieben Jahre lang nicht geschwommen war, hatte ihn seltsam berührt. Er hätte niemals gedacht, dass auch sie Abstand zu diesem Element gesucht hatte.

Fürchtete sie es genauso wie er? Dabei machte es ihm nicht wirklich Angst. Oder doch? Es war eine schwierige Beziehung, die er zu den Wassern hatte. Er hasste sie und er liebte sie. Vielleicht aber hasse ich nur meine Eltern, die automatisch davon ausgegangen sind, dass ich nach dem Abitur mit dem Schwimmen aufhöre und mich nur noch der Musik widme? Warum habe ich ihnen nicht widersprochen? Wieso habe ich aufgehört? Ich hätte doch weiterschwimmen können. Ich war volljährig.

Von Potsdam aus war es in den Südwesten Deutschlands gegangen. Zur Oskar-Walcker-Schule in Ludwigsburg, unweit Stuttgarts. Franz hatte tatsächlich ein Zimmer gefunden, in das auch sein Flügel passte. Die Mitauszubildenden hatten ihn wegen dieses Stückes bewundert.

Franz war gerne Klavierbauer geworden. Er hatte ein Faible für die verschiedenen Materialien entwickeln können, aus denen ein solches Musikinstrument bestand und liebte den Geruch nach Holz, die Lacke und die feinen Saiten mit dem leicht pudrigen Geruch.

Nach der Ausbildung war es ein Leichtes gewesen, eine Anstellung zu finden. Dass er wieder zurück nach Potsdam gehen würde, hatte für ihn festgestanden.

Wie Frou-Frou so hatte auch er einen Schlussstrich zwischen sich und dem Schwimmen gezogen. In Ludwigsburg war das einfach gewesen, da hatte niemand von seiner Langstreckenschwimmer-Vergangenheit gewusst. In Potsdam hingegen war er immer wieder den lästigen Fragen ausgesetzt gewesen, warum er nicht mehr schwimmen würde, ob er nicht mitkommen wollen würde zum Heiligen See, an die Havel, ins Blu. Oder ob er die Jugend trainieren würde, man würde stets gute Trainer gebrauchen können. Franz hatte die Fragen gemieden und die Frage. Und er hatte die Wasser gemieden.

Bis er von dieser Band erfahren und das erste Mal ein Hydraulophon zu Gesicht bekommen hatte. Da war es um ihn geschehen gewesen. Es war, als wenn sich all die in ihm aufgestauten und abgewiesenen Wasser mit einem Mal Bann brechen, sich wie ein machtvoller Wasserfall über ihn und sein Leben ergießen würden. Er hatte nur noch an dieses Hydraulophon denken können, war Tag und Nacht damit beschäftigt gewesen, hatte seinen Chef gebeten, ein solches Instrument bauen zu dürfen, der ihn für komplett verrückt gehalten, ihm den Bau verboten hatte, bis er schließlich Franz erwischt und vor die Tür gesetzt hatte. Das war eine Woche, bevor Frou-Frou ihn aus den Wassern fischte.

Dieses Wasserklavier hatte all seine Sehnsüchte und die alte Liebe wieder hervorgeholt. Die Vorstellung, beim Klavierspielen sprudelnde Wasser unter den Fingerkuppen zu fühlen, war so verführerisch, so köstlich, so wundervoll gewesen. Dafür war er bereit, alles andere aufzugeben.

Ich werde ein solches Wasserklavier bauen! Und ich werde meinen Eltern von meinen Plänen erzählen. Ganz egal, was sie davon halten. Ich stehe zu meinen Träumen. Jetzt habe ich nichts mehr zu verlieren. Außerdem werde ich wieder schwimmen. Gleich morgen gehe ich ins Blu und beginne wieder mit meinem Training.

Er schloss die Augen, sodass die dunkle Nacht ihn umschließen konnte. Kurz pochte sein Herz bis in den Hals hinein. Dieses Pochen kannte er bereits. Das Herz fürchtete um sein Ende. In Momenten wie diesen strich Franz mit seinen Händen über Brustkorb, Hals, Arme und Hände. Tränen liefen seine Wangen hinunter. Sie beruhigten ihn, nahmen ihm die Angst, versicherten ihm, dass er noch lebte. Sodass er einschlafen konnte.

# 34.

Magdeburg. Dreizehnter April. Winterliche acht Grad. Die Wassertemperaturen waren jenseits von Badegenuss. Frou-Frou zog den Reißverschluss ihres Neoprenanzuges hoch. An ihren Füßen die knöchelhohen Tauchschuhe. Trenchcoat, Hose, Pulli und die anderen Kleidungsstücke packte sie in den neongelben Sack zu ihren Füßen, rollte die Enden ein, verschloss sie mit einem „Schnapp!“. Sie packte den Sack und stapfte Richtung Wasser.

Während sich Frou-Frou umzog, saß die Katze am Ufer und leckte sich die Pfoten sauber. Sie hatte Frou-Frou die ganze Zeit begleitet, war mit ihr in den Regionalexpress gestiegen, dann in den Bus, quer über die Wiesen und Felder Richtung Westerhüsen. Jetzt zitterte ihr Schwanz, sie war aufgeregt.

Frou-Frou stieg in die Wasser. Im ersten Moment war es furchtbar kalt. Der Anzug füllte sich mit dem kalten Nass. Es würde einige Augenblicke dauern, bis ihr Körper die Wasser auf Körpertemperatur gebracht haben würde. Den gelben Sack zog sie an einer Schnur hinter sich her. Die Katze ging in die Knie und landete mit einem Sprung auf dem Schwimmsack.

Zwölf Kilometer maß die Strecke, die Frou-Frou heute schwimmen würde. Sie hatte sich dagegen entschieden, den alten Elbearm entlang zu schwimmen. Nein, wenn sie durch Magdeburg schwimmen würde, würde sie auch den gefährlichen Domfelsen passieren. Mitten durch die Innenstadt.

Die Elbe floss schnell und wies noch einen hohen Wasserstand auf. Die Pflanzen am Ufer waren überflutet. Äste, Blattwerk, Mülltüten und alte Turnschuhe hatten sich im Schilf und in den Büschen verfangen. Eigentlich hätte sie hier irgendwo Kilometerstand Dreihundertachtzehn finden müssen, doch konnte sie kein Schild entdecken. Egal. Sie wusste, dass sie möglichst in der Mitte des Flusses schwimmen musste. Die Buhnen ragten weit in den Fluss hinein und in deren Nähe gab es starke Gegenströmungen.

Die Wasser hatten einen starken Zug und nahmen sie bei jedem Kraulschlag mehrere Meter mit. In beide Richtungen war kein Lastkahn zu sehen. Die verkehrten immer weniger auf der Elbe. Auch Kanuten und Ruderboote waren keine in Sicht. Ein Schwanenpaar dümpelte am Rand, nahm von der Schwimmenden keine Notiz. Gut so. Die Gierfähre lag am Ufer und würde ihr nicht in die Quere kommen. Bis Buckau gab es keine Brücken. Bis dorthin würde die Tour also keine Schwierigkeiten bereiten.

Frou-Frou hatte einen kräftigen Schlag, auch wenn sie wusste, dass sie mit ihren Kräften haushalten musste. Zwölf Kilometer waren nicht ohne. Von Salbke konnte sie nur aus der Ferne einige Dächer aufblitzen sehen. Rechts links rechts Atem holen, links rechts links Atem holen. Weiter ging es nach Fermersleben. Sie hatte einen guten Rhythmus. Schon sah sie die Spitze des Rotehornparks, wo die alte Elbe abzweigte.

Mittlerweile war ihr warm. Ihr Körper hatte die Wasser zwischen Haut und Anzug aufgewärmt. Die Kraulbewegungen taten das Übrige, ihr einzuheizen. Die Katze saß aufrecht auf dem Sack. Ihr Schwanz zitterte noch immer. Den Blick hielt sie geradeaus gerichtet, als würde sie das Ziel kennen.

Rechts links rechts Atem holen. Die Tauchschuhe an ihren Füßen machten die Beinschläge beschwerlich. Trotzdem war sie froh, diese schwarze, dicke Schicht zwischen sich und den Wassern zu haben. Sie würde sie bezwingen. Sie würde sie meistern. Schicht um Schicht würde sie sie zur Seite schieben. Ihr Beinschlag erinnerte sie an die große Schraube eines Frachters. Sie schaufelte Wassermassen hinter sich, ließ sie aufquirlen, aufschäumen. Links rechts links Atem holen.

Die Badehaube drückte ein wenig, wahrscheinlich würde sie nachher eine Rille auf der Haut sehen. Die Brille presste sich gegen die Augenbrauen- und Wangenknochen. An den Schläfen kniff das Gummi. Beinschlag rechts, Beinschlag links. Zwei Beinschläge auf einen Armzug. Sie kam gut voran.

Der Abzweig zur alten Elbe lag hinter ihr. Vorne kam die Brücke zum Mückenwirt in Sicht. Ihr Kopf fühlte sich leer an. In Gedanken wiederholte sie die Worte Mückenwirt, Mü-cken-wirt. Wie konnte man ein Lokal nur Mückenwirt nennen? Selbst wenn es dort von Mücken im Sommer nur so wimmelte.

Okay, sie konnte wieder denken. Sie musste sich einfach nur zwingen, innerlich weiterzusprechen, Worte, Worte, noch mehr Worte. Egal, ob sie irgendeinen Sinn ergaben. Einfach weitersprechen. Mü-cken-wirt, Mü-cken-hirt, Stü-cken-flirt, Stü-ben-viert, Vier-ben-stüt, Knir-ben-müd, müd... Ja, sie war müde, aber daran wollte sie jetzt nicht denken.

Rechts links rechts Atem holen, links rechts links Atem holen. Beinschlag rechts, Beinschlag links. Immer weiter. Nur nicht nachlassen. Sie würde das schaffen. Sie musste das einfach schaffen. Jetzt war schon die Sternbrücke in Sicht. Bloß nicht den Kopf zu weit aus den Wassern strecken. Das kostete unnötig Kraft. Rechts links rechts Atem holen. Schön in der mittleren Fahrrinne bleiben. Bloß nicht zu nahe an die Brückenpfeiler. Rechts links rechts.

Sie war fast schon an der alten Hubbrücke angelangt, da sauste von hinten ein Motorboot an ihr vorbei. Wer auch immer meinte, im März hier vorbeirasen zu müssen, er hatte nicht mit einer Schwimmerin gerechnet. Die kam für einen Moment aus dem Rhythmus, streckte den Kopf jetzt ein wenig zu viel aus den Wassern, sah noch einen der steinernen Pfeiler der Hubbrücke auf sich zukommen, da wurde sie von einer Gegenströmung erwischt.

Es zog sie nach unten. Für Momente versuchte sie, sich gegen den Sog der Strömung zu wehren. Sie schlug gegen die Mauer, wurde tiefer hinabgezogen. Ein Strudel. Es wirbelte sie nach links und nach rechts. Mittlerweile hatte sie die Orientierung verloren. Um sie herum war Grau. Dazwischen weiße Schlieren. An einigen Stellen schimmerten die Wasser schwarz. Von Tageslicht keine Spur. In ihr Panik. Sie hatte schon immer eine Angst vor tiefen Gewässern gehabt. Tauchen hasste sie. Die Angst kroch die Rückseite ihrer Waden hinauf und hinunter.

Sie spürte, dass sich etwas an ihrem Arm festkrallte: die Katze. Weshalb war die nicht vom Sack gesprungen? Das Tier kroch immer näher an sie heran, schmiegte sich an Frou-Frous Hals. Die wollte es am liebsten von sich stoßen. Da spürte sie Lippen auf den ihren. Luft wurde in sie hineingepustet. Sie traute sich zunächst nicht einzuatmen. Erst da realisierte sie, dass die Strudelwirkung nachgelassen hatte. Sie schienen auf dem Grund des Flusses angekommen zu sein. Immer weiter pustete die Katze Luft in Frou-Frou hinein. Ihr Luftvorrat schien unersättlich.

Da hörte Frou-Frou mit einem Mal einen hellen Gesang:

Schlei, schlu schlei, dihu,
Schlingeli, schlei dihu.
Schlei, schlu dihu – dihu.
Schlamm.Schlamm.Schlamm.
Schlei, schlu schlei, dihu,
schlingeli, schlei dihu,
schlei, schlu dihu – dihu.

Der Boden um sie herum begann zu leuchten. Von allen Seiten schwammen Moostierkolonien heran, zu langen wurmähnlichen Gebilden gebündelt. Das Leuchten schien von ihnen auszugehen. Frou-Frou wendete den Kopf und realisierte, dass sie nur das Strahlen reflektierten, dass von einem anderen Etwas ausging. Dieses Etwas war rot, gefurcht. Es war groß. Frou-Frou hielt es zunächst für eine Vase, die irgendjemand in den Wassern der Elbe versenkt hatte. Welche Vase aber leuchtete? Und konnte singen? Denn dass diese Vase sang, daran bestand kein Zweifel.

Fische schmiegten sich an den zwei Meter großen Hohlkörper. Einige tauchten in dessen Öffnung hinein, krochen wieder daraus hervor. Auch sie schienen zu singen. Frou-Frou traute ihren Ohren nicht. War sie jetzt tot? War es so, wenn man tot war? Sang dann alles? Das hätte sie nicht gedacht.

Für Momente stieß sie die Katze von sich, um besser sehen zu können. Dann aber realisierte sie, dass ihr die Luft ausging und griff erneut nach dem Katzenkörper. Lippe schmiegte sich an Lippe. Auge schaute in Auge hinein.

Wenn ich tot bin, wieso muss ich dann noch atmen, fragte sie sich. Und was macht diese Katze im Reich der Toten?

Etwas stimmte hier nicht. Sie beschloss, wieder aufzutauchen, und wollte sich schon mit den Füßen vom Grund abstoßen, da hörte sie ihren Namen:

„Frou-Frou, Frau wie raschelnde Seide so schön. Wir haben dich gerufen, haben dir die Katze gesandt. Wir brauchen dich. Immer mehr stumme Felder breiten sich aus. Wir brauchen Menschen, die die stummen Felder besingen. Sonst verstummen wir. Wenn wir verstummen, so verstummt auch ihr."

Es war tatsächlich dieses vasenförmige Etwas, das da zu Frou-Frou sprach.

„Du kennst mich nicht. Ich bin eine Schwämmin, das Herz aller Gewässer. Ich lebe schon ewig. Ich bringe die Wasser zum Klingen. Geboren bin ich aus dem Salz der Tränen aller Geschöpfe. Wirst du für uns singen?"

Frou-Frou starrte den leuchtenden Hohlkörper mit weit aufgerissenen Augen an, dann stieß sie sich vom Boden ab. Es dauerte geraume Zeit, bis sie etwas Licht durch die Wassermassen hindurchscheinen sah. Es gelang ihr, den Strudel zu umgehen. Einige Meter hinter dem Pfeiler kam sie an die Wasseroberfläche. Mit einem „Blub" tauchte der gelbe Sack hinter ihr auf. Auf diesem saß kerzengerade die Katze und schüttelte ihr grau-blaues Fell.

Frou-Frou zitterte, ihr war flau im Magen. Eigentlich hätte sie jetzt festen Boden unter den Füßen gebrauchen können. In ihrem Kopf surrten und schwirrten die Gedanken hin und her. Vor sich sah sie Schlieren und helle Punkte. Ihre Pupillen konnten sich nur schwer auf einen Punkt konzentrieren, Konturen verschwammen.

Dann erinnerte sie sich an das Bilderbuch, das sie mit den Kindern gelesen hatte, auch an die Umrisse der Schwämmin. Sie schloss die Augen, fuhr mit den Handflächen über die Lider, rieb die Schläfen. Wie ein Hund paddelte sie mit ihren Armen in den Wassern. Gerade so viel, dass die Strömung sie nicht mitreißen konnte. Sollte sie an den Rand und ihre Tour unterbrechen? Was hatte sie da eben erlebt? War sie gerade dem Tod entkommen? Es hatte sie bis auf den Grund gezogen. Und dann? Sie konnte doch nicht Stimmen gehört haben. Sie bemerkte das Zittern in Beinen und Armen, wahrscheinlich fror sie.

Schließlich beschloss sie, die Tour fortzusetzen, als wäre nichts geschehen. Ihr würde schon wieder warm werden.

Nach der Hubbrücke kam der Dom. Einige Spaziergänger promenierten bereits mit ihren Hunden neben der Elbe. Sie sah die Strudel der Domfelsen auf sich zukommen, ließ sich von ihnen hin und her schütteln, da bemerkte sie das kleine Motorboot, das sich vom Ufer löste, und direkt auf sie zukam.

Erst bei genauerem Hinsehen erkannte sie ihre Freundin Magda, die ihr wild mit einem roten Taschentuch zuwinkte, das Tempo drosselte, je näher sie Frou-Frou kam. Magda? Was hatte die hier zu suchen?

„Wo bist du gewesen? Ich kam gerade um die Ecke, da habe ich von Weitem deinen gelben Sack gesehen. Ich wollte auf dich zusteuern, da kam dieses andere Motorboot des Weges und ich musste ausweichen. Ich bin immer wieder um diesen Pfeiler der Brücke herumgefahren, aber nichts. Nicht einmal die Katze tauchte auf. Als wärst du vom Sein direkt ins Nichts verschwunden."

Magda war aufgewühlt von dem Vorfall. Vor allem war sie froh, dass die Freundin noch lebte.

„Ich habe mir extra ein Motorboot gemietet. Willst du nicht einsteigen? Ich weiß doch, dass du nicht gerne tauchst."

„Alles in bester Ordnung", rief ihr die Schwimmende zu. „Du kannst mich bis zum Gewerbegebiet Nord begleiten. Dort ist die Tour zu Ende. Dann steige ich ins Boot."

Leise tuckernd fuhr Magda neben der Flussschwimmerin her. Sie ließ Frou-Frou keinen Moment aus den Augen. Auch nicht die Katze.

Auch wenn Frou-Frou es niemals hätte zugeben können, sie freute sich, dass die Freundin neben ihr fuhr. Noch einmal würde ihr also solch ein Unglück wie an der Hubbrücke nicht passieren.

35.

„Dass du das geschafft hast! Wie zu deinen besten Zeiten."

Frou-Frou war wieder in Trenchcoat, Pulli und Hosen gehüllt. Mit Freude biss sie in ein Knäckebrot, das Magda mit einer Salamischeibe belegt hatte. Keine Butter. Die Freundin legte ihr eine Decke über die Schultern. Das Boot hatte sie an einem Metallpfosten angebunden.

Von Ferne war die Autobahnbrücke zu hören, die über die Elbe führte. Frou-Frou war bis zum Hansehafen geschwommen. Große Kräne ragten in den Fluss hinein, die bereit waren, Container zu transportieren. Ein Baustoffhandel wurde über die Wasserstraße beliefert. Die Gegend war weit von Idylle entfernt. Egal. Frou-Frou hatte es geschafft. Sie war stolz auf sich. Die Wasser und sie waren wieder Freunde.

„Kann ich was von dem Tee haben?"

Eigentlich war sie keine Teetrinkerin. Zuviel Flüssigkeit. Einzig bei Kaffee machte sie eine Ausnahme. Wachbleibhilfe, kein Getränk. Magda reichte ihr einen Becher mit Kamillentee. Für die Katze hatte sie Milch dabei, die sie ihr in eine Schüssel gab.

„Und von der Suppe?"

Magda schaute irritiert, reichte Frou-Frou aber den Deckel der Thermoskanne, aus dem sie selbst die Suppe hatte löffeln wollen.

„Es ist ewig her, dass du Tee und Suppe zu dir genommen hast."

„Sieben Jahre und zweiundsechzig Tage." Gierig schlürfte die Langstreckenschwimmerin die warme Linsensuppe in sich hinein.

„Darf ich fragen, was sich geändert hat?"

„Ich habe einfach Durst." Frou-Frou löffelte die Suppe, verlangte eine zweite Kelle, trank zwischendurch einen Schluck Tee und grinste.

Magda betrachtete ungläubig die Freundin. War das noch Frou-Frou? Welchen Wandel hatte die gemacht? Was war passiert?

„Du hast einfach Durst. Das ist ein Widerspruch in sich."

Die Katze schlürfte. Frou-Frou schlürfte. Magda wartete einen Moment, dann begann sie zu philosophieren.

„Du warst eine leidenschaftliche Schwimmerin. Wegen dieses erbärmlichen Vertreters des männlichen Geschlechts damit aufzuhören, das habe ich nie verstanden. Was hat das Desaster mit Bruno mit den Wassern zu tun? Ich bin froh, dass du wieder schwimmst. Sag´, wo bist du zwischendurch gewesen?"

„In den Wassern."

In dem Moment, wo sie es aussprach, kam die Erinnerung. Frou-Frou sah die Wasser, spürte die Angst. Sie sah den Brückenpfeiler, sah die Schwämmin, hörte das Lied, spürte mit einem Mal, dass sie nicht wirklich wusste, wo sie gewesen war und ob die Antwort so einfach war, wie sie gerade behauptet hatte.

Sie schaffte es gerade noch, den Kopf über die Reling zu legen, als in einem großen Schwall Suppe und Tee wieder ihren Magen verließen. Magda stürzte zu ihr, nahm sie in den Arm, reichte ihr ein Taschentuch.

„Brauchst du was? Kann ich was für dich tun? Ich hätte dir nicht nachschenken dürfen. So viel Flüssigkeit ist dein Magen nicht gewohnt."

Frou-Frou stöhnte auf. Ein zweiter Schwall Teesuppe verließ ihren Innenraum. Mit der Flut an Linsenstückchen entließ sie auch die Bilder von dem Grund der Elbe. Sie war unterkühlt, hatte sich überfordert, den Enkeln zu lange vorgelesen. Das hatte ihr Gehirn vernebelt. Ihr war elend zumute.

„Traubenzucker. In meiner Manteltasche."

Magda reichte unter Frou-Frous Arm hindurch in deren Manteltasche, ertastete das Paket mit der weißen Kraft, öffnete es und reichte es der Leidenden. Die lutschte vorsichtig an dem Traubenzucker. Erst nachdem keine neue Welle sie erschüttert hatte, aß sie die weiteren Lagen. In ihre schneeweißen Wangen kehrte Farbe zurück.

„Ich fahr uns erst mal hier weg. Dieser verdammte Bruno hat dich völlig ruiniert."

Magda löste die Taue, schüttelte sich ob des trostlosen Ortes und des säuerlichen Geruches. Sie nahm Kehrtwendung Richtung Elbauen. Frou-Frou gab das Gelegenheit, sich neu zu sortieren. Wasser. Schwimmen. Magdeburg. Wasser und Bruno. Ihr Geist freute sich, wieder Halt zu finden. Bruno.

„Was haben die Wasser mit meiner Trennung zu tun? Weißt du das?"

Frou-Frou saß direkt neben ihrer Freundin. Die Katze hatte sich nach ihren Übelkeitsanfällen zu ihr begeben und schmiegte sich an Frou-Frous Seite. Die kraulte sie hinter den Ohren. Die Nähe zu dem Tier tat ihr gut.

„Ich - weiß es nicht."

Magda hielt das Ruder in der Hand und ließ ihren Blick für einen Moment zu Frou-Frou schweifen. Dann starrte sie nach vorne ins Leere. Sie sah, wie die Wasser der Elbe an ihrem Boot vorbeiströmten.

„Vielleicht weil die Wasser fließen und durch die Trennung nichts mehr weitergeflossen ist. Alles kam zum Stillstand. Du hast vielleicht gedacht, die Wasser lügen. Ich weiß auch nicht. Aber die Wasser und Bruno, das sind zwei verschiedene Dinge. Die haben nichts miteinander zu tun."

Frou-Frou hörte Magda zu. Immer noch kraulte ihre Hand die Katze. Ihr Blick war auf die Wasser gerichtet. Sie wusste nicht, ob Magda recht hatte. Was sie wusste, war, dass sie die Antwort ergründen musste.

„Als nächstes schwimme ich durch Dresden."

## 36.

Seit ein paar Jahren schon nutzten viele die Hubbrücke, um sich einander Liebe zu schwören, Schlösser in allen Farben und Formen hingen an den Gittern rechts und links des Durchgangs. Hochzeitspaare befestigten gemeinsam ein Schloss an das Metallnetz und schmissen den Schlüssel in die Elbe. Auf immer und ewig.

Genauso aber nutzten auch diejenigen, die einen Liebsten verloren hatten, diesen Übergang über die Wasser. Auch sie warfen Schlüssel und Versprechen in die Fluten, immer an den Verstorbenen zu denken. Literweise Tränen wurden auf der Brücke geweint, wusste die Mückenwirtin zu berichten.

„Mit dem Salz der vergossenen Tränen könnte ich wahrscheinlich jede Woche meinen Kartoffelsalat würzen“, scherzte sie.

Magda musste auf die Toilette und hatte deshalb das Lokal an der Elbe angesteuert. Die Schlösser an der Hubbrücke waren ihr bei der Durchfahrt aufgefallen, deshalb hatte sie die Wirtin nach deren Bedeutung gefragt.

„Du könntest auch eine Schließe anhängen, um endlich Schluss zu machen mit deiner Trauer um Bruno“, zog sie Frou-Frou auf.

„Trauer? Ich bin wütend auf den Kerl.“

„Was zu guter Letzt aufs Gleiche hinausläuft.“

Dass Magda aber auch immer wieder mit Bruno anfangen musste. Frou-Frou wollte heute nicht an ihn denken. Das war ihr Tag.

„Hast du das Salz geschmeckt, als du an der Brücke warst?“

Frou-Frou wollte nicht an die Stelle ihrer Tour erinnert werden. Es kann nicht sein, dass ich auf dem Grund der Elbe eine Schwämmin gesehen habe, sagte sie sich. Erst recht nicht, dass die zu mir gesprochen hat. Ich muss mehr trinken. Wahrscheinlich halluziniere ich schon vor Austrocknung.

## 37.

„Schwapp“, „schwapp“, „schwapp“. Immer wieder schlugen die Wasser an die Ufer der Neustädter Bucht. „Pschüüü“, „flasch“, tschumm“ wurde es in den dreizehnten Stock gezogen. „Pladder di pladder di pladder di pladder“ fiel es durch die Ableitungen nach unten. „Spritz – spratz – flüh - sprüh“ fiel es auf den nackten Körper von Frou-Frous Nachbarin, die wie jeden Morgen duschte. „Gluckgluckgluckgluck“ tönte es, als Frou-Frou Wasser für ihren morgendlichen Kaffee aufstellte.

Was auch immer gestern in Magdeburg passiert war, Frou-Frou war es bislang gelungen, diese Geräusche von sich fern zu halten. Jetzt ertönte in ihren Ohren ein reinstes Wasserkonzert. Es blubberte, gurgelte, zischte und sauste. Selbst wenn sie die Ohren zuhielt, drang das Fallen ihres Urins zu den Gehörmuscheln. Auch das Schwappen der Wasser unten in der Bucht drang bis zu ihr nach oben hinauf. Es war, als hätten ihre Ohren beschlossen, plötzlich alle Geräusche aufzufangen, die irgendwo von Wassern produziert wurden. Alle. Es war entsetzlich.

Die Katze lag auf dem Sofa und putzte sich. Immer wieder schleckte ihre kleine pelzige Zunge über das gräuliche Fell. Frou-Frou konnte gar nicht hinschauen, sonst dachte sie wieder an ihr Unterwassererlebnis mit der Katze. Hatte sie tatsächlich ihren Mund auf diese Katzenlippen gelegt? Ach Quatsch! Das habe ich mir nur eingebildet. Ich würde niemals eine Katze küssen.

Sie tauchte ihren Pinsel in die blaue Farbe ein und markierte die Strecke, die sie gestern geschwommen war. Die Geräusche, die die flüssige Farbe dabei auf der Karte produzierte, versuchte sie geflissentlich zu überhören. „Fließ – gieß – verbind – geschwind“. Daneben schrieb sie Tag, Uhrzeit, zeichnete den kleinen Neoprenanzug, Katze sowie Schwimmsack ein. Kurz hielt sie inne, dann fügte sie das Symbol eines weiteren weiblichen Wesens neben die Strecke und schrieb den Namen Magdas dazu.

Die Katze schien von all dem Gesumme, Gesurre, Gezische und Geblubber nichts mitzubekommen. Auch nichts von Frou-Frous Gedanken. Frou-Frou goss ihr etwas Milch in eine Schüssel, auch wenn sie den Eindruck hatte, dass das Katzentier es vorzog, Wasser statt Milch zu trinken. Keine Wasserphobie. Habe ich mich geirrt. Aber auch nicht normal, sprach sie zu sich und zu dem Tier.

Schnell den Kaffee getrunken, dann wollte sie raus. Ein Spaziergang tat ihr jetzt bestimmt gut. Die Katze nahm sie einfach mit. Dass die ihr auf Schritt und Tritt folgte, hatte sie längst mitbekommen. Wenn sie nicht sehen könnte, dass es ein Katzenviech war, würde sie es für einen Köter halten. Egal, lief ihr halt eine Katze hinterher.

Im Treppenhaus vergaß sie vor lauter Gurgeln, Sausen und Schlittern die Treppenstufen zu zählen. Die Wände schienen mit einem Mal porös und ließen alle in ihnen ablaufenden Geräusche zu Frou-Frou vordringen. Auch egal, sie wusste eh, wie viele Stufen es waren. Sie sprintete nach unten, durch den Eingangsbereich, vorbei an Frau Blasewitz, der sie heute einen guten Tag wünschte, einfach so, warum auch nicht.

Die Katze übernahm das Kommando und zog sie in Richtung Dampfmaschinenhaus. Frou-Frou war es Wurst, ließ sie sich heute eben von der Katze führen.

Es ging in diese Kuhle. Frou-Frou hatte sie bislang gemieden, sie wusste nicht, warum. Frou-Frou sah all die Taschentücher, die am Geländer festgeknotet waren, verweilte und fragte sich, was Menschen dazu brachte, sich hier hinzustellen und Taschentücher an die Streben zu binden. Diese offen zur Schau gestellten Gefühle waren ihr unheimlich. Etwas in ihr wollte, dass sie zu den Tüchern ging und sie aufknotete, damit alles wieder seine Ordnung hatte. Frou-Frous Ordnung. Sie widerstand dem Impuls.

Für einen Moment hatte sie die Katze aus dem Blickfeld verloren. Sie schaute in alle Richtungen, aber nirgends war das graugefellte Tier zu sehen. Ach, die würde schon wiederkommen. Wahrscheinlich ging sie auf Mäusejagd. Was so eine Katze eben machte.

Anstatt die Tücher aufzuknoten, hielt sie sich mit ihren Fingern am Geländer der Brüstung fest. Wellen schwappten an das Ufer. Schaum bildete sich zwischen Erdreich, Grasbüscheln und abgebrochenen Stöckchen. Viel Schaum. Regelrechte Berge von Schaum. Frou-Frou war irritiert, da wurde ihre Aufmerksamkeit auf etwas anderes gelenkt. Sie hörte Stimmen. Sie sangen. Frou-Frou kannte diesen Gesang und erschauerte.

Schlei, schlu schlei, dihu,
Schlingeli, schlei dihu.
Schlei, schlu dihu – dihu.
Schlamm. Schlamm. Schlamm.
Schlei, schlu schlei, dihu,
schlingeli, schlei dihu,
schlei, schlu dihu – dihu.

Es war der gleiche Gesang, den sie auch in Magdeburg am Fuße des Brückenpfeilers gehört hatte. Und der aus dem Kinderbuch. Dass der jetzt auch hier zu hören war... Kamen die Töne von außen? Das konnte nicht sein. Diesen Gesang gab es nur in ihrem Kopf. Es konnte ihn nur dort geben. Was aber sang da in ihr und wieso?

38.

Schleimschlüpfrig perliger zitternder Schaum, Schaumkronen schmückten den gräulichen Flaum. Tatze verschwand in Wellen und Wogen. Ohren wurden in die Länge gezogen. Ein Kräuseln, ein Zittern, der Schwanz vibrierte, bevor er in die Fluten schwirrte.

Waren es Stunden, Minuten, ein Augenblick? Ging die Zeit vorwärts, ging sie zurück? Wer konnte das ermessen, der in den Fluten der Wasser schwebt? Welche Zeit wurde während des Schwimmens erlebt? Tage, Monate, Jahre? Morgen, zuletzt? Verschwamm nicht alles zu einem einzigen Jetzt? Zum Wir, zum Ich, zum Du? Unendliche Präsens des ewigen Nu.

Schaum tanzte auf wiegenden Wogen. Katzengesang wurde über den Wasserteppich gezogen. Schnurren erklang, Wasser sang. Auf spiegelnder Fläche ein Katzengesicht. Wolltest du es greifen, erwischtest du es nicht. Spiele mit Traum, Schein und Illusion. Glaubtest du das Eine, verschwände es schon.

Am liebsten hätte sie ewig tanzen und schwimmen wollen im Glück, hätte sich mit Wassertropfen gedreht ein Stück, sich um sie zu winden, mit ihnen zu schweben. Doch der Auftrag der Katze war ein anderes Leben. Geschwind wie der Wind schlüpfte sie aus den Perlen von Schaum, tapste auf samtenen Pfoten zu Frou-Frous Saum und umschmeichelte sie wie sonst nie.

„Ach, da bist du ja wieder. Hat es geschmeckt?“

Die Vertrocknete glaubte, die Gefellte hatte an einer Maus geleckt. Die rieb die Ohren, schmiegte den Kopf an Frou-Frous Waden. Frauchen schien verwirrt. Da konnte es nicht schaden, für sie zu singen das fließende Lied, das es nur für Wasserfreunde gibt.

Schlei, schlu schlei dihu.
Schlingeli schlei dihu
Schlei schlu dihu – dihu.

Sie lockte die Alte zurück in ihr Haus, zog ihr dort die Kleidungsstücke aus. Sie hieß ihr zu tragen das Neoprending, dann rein in die Fluten, damit es geling´, dass die Namenlose dort zu ihr spricht, und ihr zeigt ihr rot pulsierendes Gesicht. Die Wasser brauchten sie zum Lachen und Tirilieren, damit die stummen Felder an Macht verlieren.

## 39.

Was ist bloß mit diesem Katzenvieh los? Erst verschwindet es, dann jagt es mich zurück in die Wohnung und zwingt mich, in den Tauchanzug zu steigen. Zwischendurch habe ich mir doch tatsächlich eingebildet, dass es auch dieses Lied singen würde. Jetzt das Schwimmen. Dabei ist mir noch kalt von gestern. Bitterkalt. Wo will die Katze bloß hin? Zwar hat sie keine Leine, aber sie zieht wie ein Hund.

In die Wasser rein? Dabei heißt es, Katzen seien wasserscheu. Auf dich trifft das nicht zu. Du kannst mich doch nicht am helllichten Tag in die Wasser ziehen. Wenn mich einer sieht.

Ach, sollen sie doch denken, was sie wollen. Hier ist es immerhin nicht verboten, schwimmen zu gehen. Und Magda ist in ihr Buch vertieft. Wenn die einmal zu lesen begonnen hat, kann sie nicht mehr aufhören. Anna und Franz haben gewiss anderes zu tun, als hier auf mich zu warten.

Warte doch mal, Katze! Ich bin nicht so schnell. Ich muss erst noch den Schwimmsack an mein Handgelenk binden. Wer weiß, wo du mich hinführst. Dass ich nochmal die Klamotten von irgendwelchen wildfremden Leuten tragen muss, wird mir nicht passieren. Ohne meine Kleidung schwimme ich nicht los. Hörst du?

## 40.

„Ist das Ihrer?“

Eine Hand reichte Frou-Frou den Wassersack. Er leuchtete gelb inmitten des Schilfs und der Büsche. Frou-Frou hatte ihn während ihres Tauchgangs losgelassen, offensichtlich hatte er den Weg ans Ufer gefunden.

Zartes Grün spross aus Baum und Busch. Mittlerweile war es Mitte April. Die Hand gehörte zu einer jungen Frau. Es war Anna. Frou-Frou stieg aus den Fluten der Havel. Immer mehr ihres schwarzen Körpers wurde sichtbar und bahnte sich den Weg hinaus ans Tageslicht.

„Du bist das.“

Die Wasserpoetin erkannte Frou-Frou erst auf den zweiten Blick. Mit der Kapuze auf dem Kopf und dem Taucheranzug sah Frou-Frou ganz verändert aus. Außerdem hatte Anna nicht damit gerechnet, hier der Schwimmerin zu begegnen.

„Schwimmst du jetzt in der Havel? Um diese Jahreszeit?“

Anna fröstelte bei dem Gedanken. Zwar hatte es immer mal wieder zwanzig Grad Außentemperatur, aber die Wasser waren eiskalt.

„Du siehst ganz verwirrt aus. Ist dir vielleicht kalt? Kann ich etwas für dich tun?“

Frou-Frou war in der Tat zu verwirrt, um ihr zu antworten. Sie griff nach Annas Hand, was diese wiederum irritierte.

„Halt mich einfach fest!“

Die durchnässte Schwimmerin umarmte Anna, lehnte den nassen Kopf an das schulterlange Haar. Es tropfte auf die helle Jacke. Anna wusste nicht so recht, wie ihr geschah, unsicher nahm sie ihre Arme und umfasste die Andere. Für Momente standen die beiden da. Tropfen perlten auf den Boden.

„Du brauchst etwas Warmes“, versuchte sich Anna aus der Umklammerung zu befreien.

„Hab´ ich schon“, antwortete Frou-Frou und hielt sie noch fester umklammert.

„Komm´, wir ziehen dir etwas Trockenes an. In dem Sack sind bestimmt deine Kleidungsstücke.“

Anna streifte die Arme der Durchnässten ab und griff zum Schwimmsack. Erneut packte Frou-Frou ihre Hand.

„Magst du nicht mit hochkommen? Ich wohne da vorne, im dreizehnten Stock."

Ohne zu wissen, wie ihr geschah oder was hier geschah, wurde Anna mitgezogen.

„Kennst du dich mit Schwämminnen aus?", fragte Frou-Frou, während sie sich im Aufzug ihres Anzuges entledigte.

„Mit was für Schwämminnen?"

Anna wusste nicht, auf was sie sich da gerade einließ. Hatte sie sich in Frou-Frou geirrt? War die verwirrt? Doch der Blick der Schwimmerin wirkte klar, ihre Rede nüchtern und verständlich.

„Mit Schwämminnen, wie es sie im Meer gibt."

Frou-Frou rubbelte mit dem Handtuch ihre Haare trocken, sodass Spritzer auf dem Spiegel und auf Anna landeten.

„Ah, mit denen."

Nachdem sie die Wohnungstür aufgeschlossen hatte, verschwand Frou-Frou im Bad. Anna blieb in dem kleinen Flur stehen. Ihr war die Situation unangenehm. Sie war lange nicht in der Wohnung eines wildfremden, noch dazu eines alten Menschen gewesen. Wie ordentlich es aussah. Gleichzeitig fühlte sie eine Enge, die ihr den Atem raubte.

„Wir hatten einen Vortrag über Schwämminnen in der Universität. Sie werden immer weniger. Früher wurde im Mittelmeer nach ihnen getaucht. Jetzt aber wird diskutiert, ob man das Tauchen und den Verkauf verbietet. Sie sind faszinierende Geschöpfe. Ich habe früher gedacht, dass sie Pflanzen sind, aber es sind Tiere."

Frisch gekleidet kam Frou-Frou aus dem Bad, ging ins Wohnzimmer und bedeutete Anna, ihr zu folgen.

„Hast du schon mal eine Schwämmin in der Havel gesehen?"

„Gesehen noch nicht. Aber es soll hier kleine grüne Süßwasserschwämminnenkolonien geben."

Unsicher durchschritt Anna den Raum. Aus dem Augenwinkel nahm sie die Karte wahr, die an prominenter Stelle stand. Auch die Fensterfront lockte. Die Aussicht auf die Wasser war grandios.

„Nein, ich meine die großen. Etwa zwei Meter groß."

Frou-Frou setzte sich aufs Sofa, schnappte sich das Laptop und suchte nach Großen Vasenschwämminnen. Anna setzte sich neben sie und bestaunte das gefundene Bild.

„Die gibt es hier nicht."

„Doch. Ich habe gerade eine gesehen."

Anna blickte zu Frou-Frou. „Eine zwei Meter große Schwämmin? Das kann nicht sein. Die brauchen soviel ich weiß Salzwasser."

„Hätte ich auch gedacht. Aber da steht eine."

„Entschuldige, aber ich kann dir nicht folgen! Hier in der Neustädter Bucht steht eine riesengroße Vasenschwämmin, mitten im Süßwasser?"

„Wenn du es nicht glaubst, wir können runtergehen. Direkt bei diesem komischen Geländer mit den Tüchern."

„Dort, wo ich immer singe", sinnierte Anna.

Frou-Frou horchte auf. Es war also Anna gewesen, die damals gesungen hatte.

„Ich bin nicht die Einzige, die in die Senke geht. Viele Menschen geben dort ihrer Trauer Ausdruck", entschuldigte sich Anna.

Ihr Kopf wurde rot. Gleichzeitig ratterte es in ihm. Blitze zischten hin und her, versuchten Verbindungen zu schaffen zwischen soeben Gehörtem und Bekanntem.

„Ich glaube, ich verstehe. Sind Tränen nicht salzig? Vielleicht ist die Schwämmin durch das Salz der Tränen gewachsen, die Jahr für Jahr dort vergossen wurden. Wer weiß, wie viele Menschen schon salzige Tränen in die Wasser geweint haben? Oh, wie poetisch."

Anna drehte vor lauter Aufregung ihre Haare um die eigenen Finger. Frou-Frous Begeisterung wich mit jedem euphorischen Atemzug Annas. Das war ihr unheimlich.

„Na, ich find´s kitschig."

Anna hielt inne.

„Aber es gibt keine andere Erklärung."

„Du meinst, wir haben zurzeit keine andere Erklärung", versuchte Frou-Frou sie zu stoppen.

Doch Annas Fantasie war entfacht. Sie war Feuer und Flamme. Eine Vasenschwämmin, die aus dem Salz ihrer Tränen gewachsen war, begeisterte sie. Dann hatten ihr Gesang, ihre Wasser und die vielen Tücher also doch etwas bewirkt.

„Ich möchte sie sehen."

Zielstrebig machte sie sich auf den Weg nach draußen.

„Ich habe aber nur einen Tauchanzug." Frou-Frou fühlte sich überrumpelt.

„Oh, das macht nichts, ich gehe auch ohne Taucheranzug. Ich möchte sie unbedingt sehen."

„Sie heißt ´Die große Namenlose´."

„Kann sie singen?", fragte Anna und drückte auf den Knopf des Aufzugs. Sie strahlte, sie leuchtete. Eine andere Welt war möglich.

„Nicht nur sie," stöhnte Frou-Frou, die wenig Gefallen daran fand, in einer fantastischen Welt gelandet zu sein.

## 41.

Fünfhundertachtundneunzig, fünfhundertneunundneunzig, sechshundert. Frou-Frou hielt inne. Welcher normale Mensch konnte länger als zehn Minuten die Luft anhalten? Was, wenn Anna etwas zugestoßen war? So lange blieb kein Mensch unter Wasser. Aber was konnte ihr schon passiert sein?

Das Zählen hatte Frou-Frou davon abgehalten, sich Gedanken zu machen, was Anna auf dem Grund der Bucht finden würde. Würde sie die Schwämmin sehen? Würde sie sie hören? Hatte sich Frou-Frou das alles nicht doch nur eingebildet? Wenn Anna so lange unten blieb, hatte sie bestimmt nichts gesehen.

Frou-Frou knibbelte an den Tüchern der Trauerkuhle. Einfach nur, um etwas zu tun zu haben. Die Katze saß ihr zu Füßen und wich Frou-Frou keinen Millimeter von der Seite. Frou-Frous Blick war unverwandt auf die Oberfläche des Sees gerichtet.

Plötzlich kräuselten sich die Wasser, ein rundes Etwas ploppte auf und warf Kreise um sich. Es hätte der Kopf eines Seemonsters, einer Wasserechse oder eines Ungeheuers sein können. Erst das Auftauchen von Annas Nase ließ erahnen, dass es ein menschliches Wesen war, das den Fluten entstieg. Auf Frou-Frou wirkte es wie ein Geist. Unwirklich. Irreal. Angsteinflößend.

Annas Augen strahlten. Sie sah nicht Frou-Frou, nicht das Handtuch, auch nicht die Katze. In Zeitlupe entstieg sie dem See. Ihre Bewegungen waren langsam. Als würde sie schweben. Als wäre sie Teil einer anderen Zeit. Frou-Frou brachte keinen Ton heraus, starrte sie nur an. Anna stellte sich ans Geländer der Kuhle, schaute auf die Wasser, breitete die Hände aus, öffnete ihren Brustkorb den Wassern, dem Himmel, der Weite des Universums und begann zu singen.

Wenn nicht mehr Zahlen und Figuren
Sind Schlüssel aller Kreaturen
Wenn die, so singen oder küssen
Mehr als die Schriftgelehrten wissen

Wenn sich die Welt ins freye Leben
Und in die Welt wird zurückbegeben
Wenn dann sich wieder Licht und Schatten
Zu echter Klarheit werden gatten,

Und man in Mährchen und Geschichten
Erkennt die wahren Weltgeschichten,
dann flieht vor Einem geheimen Wort
das ganze verkehrte Wesen fort.

„Ist das nicht wunderschön?"

Frou-Frou war nicht in der Lage zu antworten. Dass jemand so lange unter Wasser blieb, um dann sofort zu singen, war ihr unbegreiflich.

„Ich hätte gerne vor zweihundert Jahren gelebt und wäre Novalis begegnet, den Brüdern Brentano, Ludwig Tieck, den Arnims. Bestimmt hätte ich mich der Blauen Blume angeschlossen. Doch vielleicht ist das alles auch heute noch möglich."

Tropfen fielen von den Ärmeln des schwarzen Tauchanzuges. Mit den Tauchschuhen stand Anna in einer Pfütze, die immer größer wurde. Frou-Frou fröstelte bei deren Anblick. Die Triefende selbst schien das nicht zu stören. Sie war betört, begeistert, entflammt.

„Ich habe beschlossen, dass ich das Studium hinschmeiße. Ich wollte noch nie studieren. Das habe ich alles nur meiner Mutter zu Liebe getan. Ich werde nur noch singen. Vielleicht nehme ich ein wenig Gesangsunterricht, aber kein Studium. Ich lerne vom Leben. Ich lerne von mir. Ich lerne von den Wassern. Was hältst du davon?"

Frou-Frou hätte mit vielem gerechnet gehabt, nur nicht damit, einen Vortrag über Annas geänderte Studienwünsche zu hören zu bekommen. Dementsprechend brachte sie nur ein „Äh", „Tja", „Hm" heraus.

„Kann sie nicht wunderbar singen? Du hast sie sicherlich auch gehört. Was für ein schönes Lied. All die Schleien, Aale, Welse und Algen, die mit ihr gesungen haben. Ich habe noch nie etwas so Wundervolles gesehen wie diese Schwämmin. Und wie sie geleuchtet hat. Hast du das auch gesehen?"

Frou-Frou nickte. Anna hatte die Schwämmin also auch gesehen. Deren Begeisterung war ihr jedoch fremd.

„Wenn die Menschen sehen, wer hier in der Havel lebt, werden sie nie wieder Abwasser oder Müll in die Wasser schütten. Diese Schwämmin wird alles verändern. Menschen werden sich für den Erhalt der Wasser einsetzen, sie werden wieder singen. Nicht nur ich, alle werden singen. Auch du."

Frou-Frou wurde die Begeisterung Annas unangenehm. Sie wollte ihren Anzug wiederhaben, sich in ihre Wohnung zurückziehen und so tun, als wenn das alles nicht gewesen wäre.

„Na, da bin ich skeptisch. Wahrscheinlich wird sich jeder ein Stück von der Schwämmin abbrechen, mit nach Hause nehmen, um überrascht zu sein, dass die Schwämmin nicht mehr leuchtet."

Aber Anna ließ sich durch Frou-Frous Einwände nicht von ihrer Begeisterung abbringen. Sie sprang, sie tanzte, nahm die Katze auf den Arm, drehte sich mit ihr im Kreis. Der nasse Anzug, die vorbeifahrenden Autos der Breiten Straße, all das schien sie nicht zu stören. Sie war entflammt.

„Diese Schwämmin bringt die große Veränderung. Potsdam wird zum Leitstern für die Welt. Alle werden die Wasser lieben. Alle werden ihnen lauschen und sie verehren."

## 42.

Nach ihrer Begegnung mit Anna und der Vasenschwämmin war Frou-Frou entsetzlich erschöpft. Sie konnte sich gerade noch zwei Äpfel greifen, die sie zum Trocknen auf die Fensterbank gelegt hatte. Gedankenversunken kaute sie auf ihnen herum, putzte sich die Zähne und stieg in ihr Bett.

Die Katze legte sich auf ihre Bettdecke. Hatte sie den Tauchanzug zum Trocknen aufgehängt? Ach, egal. Das konnte warten. Sie wollte nur noch schlafen. Sie hatte kaum vier Atemzüge getan, da glitt sie hinüber in den Schlaf und in Traumwelten hinein.

Das Bild war milchig, undeutlich. Schlieren von Licht. Eine Unterwasserszenerie. Blassgrüne Algen ragten in das Bild. In der Mitte ein Etwas. Das Bild wurde größer. Weiches Gleiten an dieses Etwas heran. Es sendete Licht. Licht in der Dunkelheit. Ein Brummen wurde hörbar. Zu ihm gesellte sich ein klirrendes Surren. Dazwischen langgezogene Töne, als würde ein Bogen über eine Saite fahren. Erinnerungen an Geigenspiel. Das Licht strahlte rötlich. Eine gewölbte Form zeigte sich, nach oben geöffnet. Gewölbte Lippen umrundeten das pralle Rund. Immer näher ging es an diesen Kessel heran, von allen Seiten wurde das große Gefäß umkreist. Mit einem Mal eine Kraft. Sie zog, zog nach unten zum Kesselgrund, ließ ganz darunter kriechen.

Hände umfassten den roten Kessel, fühlten die Furchen und Rillen, spürten ein Sirren unter den Fingerspitzen. Das Gefäß ruhte auf einem Frauen-Bauch. Menschliche Arme und Beine ragten daneben hervor. Frou-Frou erkannte ihre eigenen Füße. Sie hörte Babygeschrei, wiegte den runden Kessel, schaukelte ihn sanft. Ihre Rechte ragte in die Wölbung hinein, umfasste ein kleines Etwas, ein Menschenkind. Sie legte es sanft in den Kessel zurück, wiegte diesen weiter hin und her. Der Kessel schien alles umschließen zu können.

Plötzlich wurde er kleiner, schrumpfte unter ihren Händen. Sie wollte schreien, wollte ihn festhalten. Sie spürte ihren Nabel, ein notdürftig zusammengebundener Knoten. Er schloss die Wunde. Man hatte ihr den Kessel genommen. Ein unsagbarer Schmerz. Jetzt ein Schrei. Ein Bauch. Ein runder, gewölbter Bauch. Ihr Bauch. Der Kessel war noch da. Ihr Bauch war der Kessel.

Sie spürte ein Treten, Schwingen und Gleiten unter ihren Händen. Seltsam rot leuchtete der Bauch. Sie spürte Leben. Unter ihren Fingern Leben. In ihr Leben. Sie erschuf Leben. Wie machte sie das? Welch ein Wunder. Es pulsierte. Leben pulsierte. Es floss. Es glitt.

Stromstöße schossen durch ihren Leib. Sie glitten als Regenbogen über die Haut. Sie spürte ein Strömen und Fließen bis zur Schädeldecke. Gab es noch eine Grenze? Wo hörte sie auf? Wo endete sie? Da war dieses Pulsieren. Es durchströmte sie, kam gleichzeitig von weit her. Sie hörte den großen Kessel. Er war noch da.

Als Frou-Frou aufwachte, lag die Katze auf ihrem Bauch. Frou-Frou schob sie zur Seite und legte ihre Handflächen auf die Partie unterhalb ihres Nabels. Die Haut war fest. Auch die darunter befindliche Muskulatur. Der Bauch war gut durchblutet. Die Wärme der Hände drang in den Bauchraum. Wärme floss aus der Körpermitte in die Handflächen. Hände und Bauch verbanden sich.

Frou-Frou konnte unter der Festigkeit von Haut und Muskulatur das Weiche, das Flüssige spüren. Lymphe. Vorsichtig bewegte sie ihre Handflächen. Sanfte Wellen zogen durch den zarten Zwischenraum. Ein Wogen, Wellen, Gleiten. Eine Hand wagte sich zum Schambein, ertastete Beckenknochen. Die andere wanderte zum Brustkorb, fühlte das Harte, das Feste des Knochengerüsts.

Ein Bild. Sie sah sich als Landschaft. Uferböschung, Klippen, dazwischen ein Meer. In mir ein Ozean. In ozeanischen Wellen habe ich gebärt, habe Leben entstehen lassen. In den Fluten meiner Wasser. Ich bin Wasser. Meine Mitte ein See, das Bauchmeer. Wogen bäumen sich auf, Lichter tanzen darauf, tauchen in Täler, springen auf Höhen. Wenn ich ein Meer bin, wo ist meine Mondin? Welche Mondin zieht an meiner Körpermitte, lässt Flut und Ebbe entstehen? Zeitalter der Ebbe. Bin ich jetzt in der Phase der großen Ebbe? Einst war ich Flut, habe aus meinen Tiefen zwei Wesen entlassen.

Blutmondin. Rote Mondin. Ich blute schon lange nicht mehr. Seit der Trennung. Vertrocknetes Flussbett. Verstummt. Zusammen-gezogen. Wie meine kleinen Brüste. Alles verschrumpelt. Aber einst war ich Flut, war Wasser und Meer. Jetzt bin ich leer. Was wird diese Leere gebären? Womit ist sie gefüllt? Leere der Fülle. Fülle der Leere. Angenehme Leere. Leere ohne Verlangen. Leere ohne Begehr. Diese Leere hat kein Ansinnen. Sie will gar nichts mehr.

Rechts neben sich hörte sie ein Schnurren. Die Katze schmiegte sich an sie. Frou-Frou umgriff sie mit ihren Armen. Deren Haare kitzelten an ihrem Kinn. Frou-Frou musste lachen, spürte die Wärme, streifte mit den Fingern durch das dichte Fell des Katzentiers.

Wie gut, dass ich dich habe, dachte sie und freute sich über die Gesellschaft. Franz hat gesagt, dass du eine Karthäuser-Katze bist. Vielleicht nenne ich dich Chartreuse. Ja, Frou-Frou und Chartreuse. Das passt.

## 43.

„Darf ich reinkommen?"

Mit einer großen Rolle unter dem Arm stand Anna vor Frou-Frous Wohnungstüre. Frou-Frou hatte die letzten Tage nicht mehr an die junge Frau gedacht. Nicht an sie und nicht an das, was sie meinten vor zwei Wochen in der Bucht gesehen zu haben. Sie hatte gar nicht gedacht. Sie hatte trainiert und ihre Tour durch Dresden geplant. Viermal war sie mit Franz geschwommen. Eigentlich wollte Frou-Frou Anna nicht einlassen.

„Ich habe nachgedacht und einen Plan entwickelt."

Ein Plan. Wahrscheinlich befand der sich in der großen Rolle unter Annas Arm. Eigentlich wollte sie nichts davon wissen. Andererseits. Es juckte in ihren Fingern. Sie liebte Pläne. Vielleicht, wenn sie nur einen kleinen Blick auf die Karte warf. Einfach nur um zu sehen, wie Anna Pläne entwarf. Welche Zeichen sie benutzte. Ob sie das richtig machte.

Sie trat einen Schritt beiseite, sodass die Andere an ihr vorbeikonnte. Die stürmte in Frou-Frous Wohnzimmer, schmiss die Jacke aufs Sofa, breitete den Plan auf dem Boden aus und hockte sich davor.

„Hier ist die Neustädter Bucht. Dort sind die Wasser nicht so tief. In die Mitte lassen sich leicht fünf Podeste mit Aquarien bauen. Die sollten so ausgerichtet sein, dass die Zuschauer sie gut sehen können."

Aquarien. Podeste. Noch verstand Frou-Frou gar nichts. Sie stellte sich neben die hockende Anna. Nicht zu nah, aber doch nah genug, um einen Blick auf die Karte erhaschen zu können.

„Die Wiese hinauf könnten wir Sitzkissen auslegen. Es gibt bereits Bänke, denen fügen wir einige hinzu. Rechts und links davon befinden sich Boxen."

Anna hatte Symbole auf die Karte gemalt. Frou-Frou erkannte die „Seerose". Auch ihr Hochhaus war verzeichnet. Die Schwämmin leuchtete rot unterhalb des Dampfmaschinenhauses.

„Ich habe im Internet recherchiert. Es gibt eine dänische Gruppe, die musiziert unter Wasser. Jedes Orchestermitglied ist in einem eigenen Aquarium. In zweien sind Schlagzeuger, in einem anderen ein Violinist. Es ist eine Titangeige, mit der er unter Wasser spielen kann. Außerdem spielt er eine Glasharmonika. Dann gibt es noch eine Sängerin, die ein Hydraulophon spielt. Ich kannte diese ganzen Instrumente auch nicht."

Frou-Frou schwirrte der Kopf. Anna redete eindeutig zu schnell. Sie schaute eingehender auf die Karte in der Hoffnung, einen Blick auf die Namenlose werfen zu können. Das Rot. Die Schwämmin. Ihr Bauch. Der Gesang. Es surrte in ihren Ohren.

„Warte, ich spiele dir eines ihrer Lieder vor."

Anna holte ihr Handy hervor, entriegelte es und suchte nach dem Video. Frou-Frou hockte neben ihr vor der Karte.

„Das ist großartig. Ich hatte zuerst geplant, Tonabnehmer in die Wasser zu legen, um den Gesang der Schwämmin für alle hörbar zu machen. Doch das würde niemand glauben. Da kam mir die Idee mit dem Wasserorchester. Schade. Mein Handy ist alle. Nicht so schlimm, dann spiele ich dir das Stück ein anderes Mal vor."

Sie steckte ihr Handy ein, hakte Frou-Frou unter, beugte sich wieder über die Karte.

„Ich habe bereits mit den Wasserwerken gesprochen. Sie sind bereit, das zu finanzieren. Schließlich geht es um die Wasser. Ist das nicht wunderbar? Auf das Dampfmaschinenhaus möchte ich ein Foto der Schwämmin projizieren. Die Zuschauer werden denken, dass das irgendeine Schwämmin ist, die irgendwo im Meer lebt. Dann kommt die Überraschung.

Du bietest jedem, der möchte, an, mit dir auf den Grund der Bucht zu tauchen, um die Schwämmin zu besichtigen. Das Gebiet sperren wir großflächig ab. Wer mit dir taucht, startet hier vorne."

Tauchen. Frou-Frou fühlte sich übertölpelt. Das war ihr zu viel.

„Ich mache da nicht mit. Ich trainiere."

Sie befreite ihren Arm, entzog sich Annas Zugriff und stand auf. Anna blickte erstaunt auf.

„Was hast du denn auf einmal? Du hast sie doch auch gesehen. Du warst doch auch fasziniert."

„Ich weiß nicht, was ich gesehen habe. Jedenfalls mache ich da nicht mit."

Frou-Frou überkreuzte die Arme, wich Annas Blicken aus sowie den Verlockungen des Kartenwerks.

„Aber die Schwämmin braucht uns."

Anna zeigte auf die rote Schwämmin unweit der Trauerkuhle. Die Furchen, der schwülstige Rand, alles hatte sie detailgenau gezeichnet. Selbst die flatternden Taschentücher und den Tränenfluss. Frou-Frou war hin und her gerissen. Durch die Zeichnung war die Schwämmin wieder so real, zum Greifen nah, so echt.

„Wenn da unten eine Schwämmin ist, dann ist die bislang auch gut ohne mich ausgekommen. Ich ziehe es vor zu trainieren. Franz braucht mich. Da bin ich mir sicher. Außerdem dachte ich, dass du singen und nicht andere managen wolltest."

Anna war Frou-Frous Faszination der Karte nicht verborgen geblieben. Ruhig und gelassen rollte sie das große Papier zusammen.

„Wer ist denn Franz?"

Angespannt registrierte Frou-Frou, dass sich die Karte ihren Blicken entzog. Zu gerne hätte sie nochmals einen Blick auf die Schwämmin geworfen.

„Ein unglücklicher junger Mann."

Anna rollte ein Gummi um die Rolle. Sie genoss Frou-Frous Bedauern, dass sie ihr die Karte entzogen hatte.

„Ein unglücklicher junger Mann also..."

„Ja. Er braucht mich."

„Wieso? Ist er dein Sohn?"

Anna zog ihre Jacke an, bereit für den Abschied. Frou-Frou wollte, dass sie geht. Andererseits wollte sie nichts lieber, als nochmals einen Blick auf die Karte zu werfen. Die Schwämmin. Gab es sie wirklich?

„Nein, mein Sohn kommt besser ohne mich klar."

„Ein junger Mann also? Dem du einfach so hilfst?"

Mit langsamen Schritten bewegte sich Anna Richtung Ausgang. Sie hoffte, Frou-Frou umstimmen zu können. Die sah sie entschwinden.

„Er ist in Not."

Frou-Frous Hände zitterten. Sie wollte Anna aufhalten, wollte ihr die Tür versperren.

„Offensichtlich ist seine Not schlimmer als die Verschmutzung der Gewässer, als das Austrocknen großer Gebiete der Erde, als der Untergang vieler Wasserwesen."

Anna redete sich in Rage. Dabei kam sie Schritt für Schritt ins Wohnzimmer zurück.

„Er hat versucht, sich das Leben zu nehmen."

Frou-Frou entriss Anna die Karte, löste das Gummiband und entrollte sie auf dem Wohnzimmertisch.

„Und ausgerechnet du willst ihm helfen, wieder Lebensmut zu bekommen."

„Ich kenne ihn von früher. Habe ihn als Jugendlicher trainiert. War mal Langstreckenmeister."

Anna setzte sich neben Frou-Frou aufs Sofa.

„Wie wollte er sich umbringen?"

„Hat versucht, sich zu ertränken."

Frou-Frou starrte auf die Vasenschwämmin, sah, dass Anna auch ein Bild Frou-Frous eingefügt hatte.

„Er vertraut den Wassern nicht mehr. Wir trainieren zusammen. Langstrecke."

„Dadurch wird er die Wasser nicht lieben."

Anna sah, wie fasziniert Frou-Frou von all den kleinen Zeichen und Symbolen auf der Karte war.

„Okay, wir schließen einen Vertrag. Ich helfe diesem Franz, Vertrauen zu den Wassern aufzubauen. Du hilfst mir bei der Durchführung des Wasserkonzertes. Abgemacht?"

Sie reichte Frou-Frou die Hand, die einschlug, ohne in dem Moment genau sagen zu können, zu was sie sich bereit erklärte.

„Ich dachte mir schon, dass wir uns einig werden und habe einen Sekt mitgebracht."

Anna drückte Frou-Frou ein Glas in die Hand. Frou-Frou stieß an, kippte den Schluck hinunter und rannte sogleich würgend Richtung Klo.

„Was hast du denn so plötzlich? Kann ich dir helfen?“

Anna rannte ihr hinterher, bekam mit, wie Frou-Frou schon den Deckel schloss und auf die Spülung drückte.

„Ach, nichts. Ich habe mir den Magen verdorben. Kommt schon mal vor.“

## 44.

Frou-Frous Leid dauerte mich. Ich fühlte ihren Schmerz in meinem eigenen Mondinnenleib. Die Wasser waren wütend auf sie. Sie verweigerten sich ihr. Ich machte mir Sorgen, große Sorgen. Ihr Menschen kommt nicht ohne Wasser aus. Weshalb log sie Anna an und erzählte nichts von ihren Problemen mit den Wassern? Schämte sie sich?

Die Idee, Frou-Frou jetzt schon die Vasenschwämmin zu zeigen, war nicht in meinen Kratern gewachsen. Ihr Menschen glaubt nicht an Wunder. Wenn eines geschieht, erschreckt ihr und lauft davon. Das war nicht das, was ich mir wünschte, um Frou-Frou das Lachen zu lehren.

Was die beiden betrifft, so hatten sie beide ihre Geheimnisse. Frou-Frou mochte Anna nichts von ihrer Aquaphobie erzählen. Anna verschwieg ihre Angst, den Weg der Sängerin zu gehen. Sie glaubte immer noch, sie müsse sich um andere kümmern, dürfe nicht der eigenen Lust folgen.

Geheimnisse. Wie anstrengend kann es sein, sie zu verbergen, sie für sich zu behalten? Wieviel Kraft braucht es täglich, um zu verhindern, dass jemand ein Geheimnis lüftet, es offenbart? Verstecken, verschweigen, bedecken, ablenken, leugnen. So vieles, was ihr Menschen euch ersinnt, um Dinge geheim zu halten.

Nicht, dass mir das Dunkle, das Verborgene, das Versteckte fremd wären. Ich liebe sie, diese kleinen Heimlichkeiten. Am meisten mag ich es, wenn sie in vertrautem Kreis, an geschütztem Ort gelüftet werden. Gewispert in das lauschende Ohr eines Freundes. Getuschelt mit der Schwester hinter vorgehaltener Hand.

Wie sich Frou-Frou wohl fühlte? Es waren so viele Geheimnisse, die sie mit sich herumtrug. Niemandem hatte sie von dem seltsamen Verschwinden der Vokale und Konsonanten erzählt. Auch wusste keiner, dass sie beinahe in Magdeburg ertrunken wäre. Die Begegnung mit der dortigen Vasenschwämmin – sie behielt sie für sich. Das plötzliche Auftauchen und der Kuss der Katze – ein Geheimnis, das noch auf seine Offenbarung wartete. Nur Anna wusste von der Schwämmin in der Neustädter Bucht. Alle anderen Geheimnisse trug Frou-Frou in sich verborgen.

Wann platzt ein Gefäß? Auch ein Mensch ist nichts anderes als ein großer Körper. Er kann nicht immer weiter gefüllt und vollgestopft werden. Auch die menschliche Ausdehnungsfähigkeit hat ihre Grenzen. Zerreißproben? War Frou-Frou deshalb oft so angespannt? Es war so vieles, was von ihr mitgeteilt werden wollte, was heraus wollte, was sich befreien wollte. Die Alte spürte das nicht einmal.

Mein Herz trauerte, dass die beiden Frauen sich nicht einander anvertrauten. Kein Frauenbund, keine Schwesternschaft. Vielleicht, vielleicht, wenn sie endlich lachte, dass das Lachen dann die Befreiung brachte.

## 45.

Erst die Sache mit der Kehlkopfentzündung, dann die Behauptung, sie habe sich den Magen verdorben. Es war Frou-Frou peinlich, dass Anna sie bereits zweimal in misslichen Umständen erlebt hatte. Sie mochte nicht als jämmerliche Alte erscheinen.

Mit einer Maske vor Mund und Nase hockte sie vor ihrer Toilette. An den Händen trug sie Gummihandschuhe, mit denen sie die Kloschüssel von Resten ihres Erbrochenen reinigte.

Die suchten doch alle nur einen Grund, um sie zu bemuttern. Von wegen. Sie konnte alleine für sich sorgen. Das hatte sie die letzten sieben Jahre schon bewiesen. Sie brauchte niemanden!

Mit aller Kraft drückte sie auf den Spülknopf, ließ die Wasser durch den Toilettentopf laufen.

Worauf hatte sie sich da eigentlich eingelassen, als sie in Annas Hand einschlug? Es war alles so schnell gegangen, viel zu schnell. Frou-Frou hatte dem gar nicht folgen können. Außerdem hatte sie die ganze Zeit auf diese Zeichnung schauen müssen, konnte den Blick nicht abwenden.

Sie stülpte sich die Handschuhe von den Fingern, ließ sie in den Putzeimer fallen, nahm die Maske vom Gesicht und entsorgte auch diese.

Das war doch nur eine Zeichnung gewesen. Nichts weiter als eine Zeichnung. Immer wieder hatte sie auf die Vasenschwämmin blicken müssen. Vielleicht drei Komma fünf Zentimeter groß. Keineswegs größer. Ein kleines Symbol. Zugegeben, kein schlecht gezeichnetes. Das musste sie Anna lassen, zeichnen konnte sie. Die Karte war sehr professionell gewesen. Frou-Frou hätte sie nicht besser machen können.

Sie warf einen Blick auf das Katzenklo, das sie für das Tier gekauft hatte. Der Sand wies nicht die geringsten Katzenspuren auf. Kein Haufen, kein Urin. Das Katzentier weigerte sich, diese Entsorgungsstätte zu benutzen. Frou-Frou musste einen Moment innehalten, um die Katze nicht als undankbares Mistvieh zu beschimpfen.

Die hatte während Frou-Frous Putzaktion immer wieder eine der Klopapierrollen vom Regal gefegt, hatte sie mit ihren Tatzen über den Boden flutschen lassen, sodass die Fliesen mit Papier bedeckt waren. Das hatte Frou-Frou ganz wuschig gemacht. Nacheinander wickelte sie das Papier wieder auf die Rollen.

„Komm´, lass´ uns spielen! Ich umschling´ deine Waden, kitzle dort deine Haut, bis du kicherst ganz laut“, wisperte das Tier Frou-Frou zu, wenn die es hätte hören können. Mit ihrem Schwanz umwedelte es die Beine der Seniorin.

„Lass´ das! Ich mag nicht, wenn du um mich streichst! Du hast so feine Härchen.“

Frou-Frou wich dem Fellpinsel aus, tapste mal nach rechts, mal nach links. Die Katze folgte ihr, streifte mit dem Schweif über die Beine, ganz sanft, ganz verspielt. Die Alte versuchte, sich dem Gestreiche zu entwinden, sprang über den Schwanz. Die Gefellte tippte an Frou-Frous Knöchel. Frou-Frou schreckte auf. Ein Satz über den Rücken des Tieres. Die Katze miaute, kroch durch die Beine. Die Alte schnappte zu, erwischte das Schwanzende. Auf den Klodeckel gesprungen, nach hinten gedreht. Ein Springen und Hopsen, ein Wirbeln und Atmen. Frou-Frou wurde schwindelig. Sie musste sich setzen.

„Was ist denn in dich gefahren? Du bist doch sonst nicht so penetrant. Ich will das nicht. Verstanden?“

Der Schwanz der Katze glitt elegant durch die Lüfte, malte Kurven und Schleifen, wackelte verspielt.

„Ich streichle dich, neck´ dich, treib´ mit dir meinen Spaß. Bring´ dich zum Lachen. Vergiss´ all den Brass! Springe, juchze und tobe! Dich zum Lachen zu bringen, ich hiermit gelobe.“

Frou-Frou packte ihren Wohnungsschlüssel und flüchtete aus ihren eigenen vier Wänden. Das Katzentier schlich hinterher, durch das Treppenhaus, alle Zweihundertvierunddreißig Stufen. Eine jede von ihnen schien Frou-Frou zu verhöhnen, ihr zuzulachen. Auch die Wände kicherten. Die Wasser gluggerten in den Leitungen. Die Katze tanzte von Podest zu Podest, flog beinahe die Treppe hinunter. Mit erhobener Tatze gebot sie den Wassern zu schweigen.

Mit wütenden Augen schaute Frou-Frou sie an, achtete einen Moment nicht auf die Stufen, stolperte, ergriff das Geländer, landete auf den Knien und kroch vierfüßig weiter. Sie hätte heulen können vor Wut. Was hatte das Katzenviech vor?

Die schlingelte und schlängelte sich aus dem Haus, führte Frou-Frou ins Freie hinaus und hin zu der Kuhle, zwischen Busch und Baum, an des Gewässers weiß schäumendem Saum. Sie hoffte mit Inbrunst, mit feucht-fröhlicher Kraft, dass sie als Wasserkatze es schafft, sie zum Lachen zu bringen, die vertrocknete Frau, denn sie wusste genau: Die Wasser schenken Feuchtigkeit, sie bringen Lachen, Humor. Ohne beides kommt Leben jedem gruselig vor.

Die Gefellte sprang mit einem Kopfsprung in die Wasser. Es spritzte nach allen Seiten. Das Schwanzende verschwand im See. Danach nichts. Frou-Frou hielt inne. In ihr rumorte es. Sollte sie sich in die Fluten werfen? Die Katze retten? Eine Fontäne spritzte aus den Wassermassen. Die Katze tauchte auf, miaute ganz laut, legte sich auf den Rücken, streckte Beine und Schwanz weit von sich. Ihr Kopf ruhte auf verschränkten Armen. Das Tier wirkte ruhig, ganz entspannt. Frou-Frou war von diesem Anblick gebannt. Welche Katze ließ sich schon wie ein Seerosenblatt auf den Wassern treiben?

Der Mund öffnete sich, entließ eine Blase, zart schimmerte sie, glänzte. Eine zweite, eine dritte folgten. Schaum bildete sich an den Lippen der Katze. Es schäumte, sprudelte, perlte aus dem Mund heraus. Frou-Frou hörte Kichern und Glucksen. Es blubberte, gurgelte und schallte. Es gluggerte der komplette Algenwald. Mit ihm trällerten Tropfen, Schaumkugeln und Wogen. Ein Lachen wurde in die Höhe gezogen.

Blubb
blubb blubb
blubbeldi
blubbeldi dei
Blubb
blubb blubb
blubbeli
blubbeli bei

Blubb bla
blubb blubb
bla bla blubbelda
Blabla blubb bla
blubb bla
blabbeldida

In Frou-Frous Gesicht zuckte es und zerrte. Die Muskeln waren irritiert, wussten nicht, ob sie sich an- oder entspannen sollten. War sie wütend oder sollte sie lachen? Eine Katze, die sang.

Gurgel di gargel
di schaum schallalla
Schaum schum di schusel
di fusel flafla
Schurgel di gaum
di flaum del schuschel
Muschel di wuschel
del flaumel
difell

„Du bist keine gewöhnliche Katze. Natürlich bist du keine gewöhnliche Katze. Warum habe ich das nicht längst begriffen? Du steckst mit denen unter einer Decke. Ihr wollt mich fertig machen. Ihr wollt mich alle fertig machen. Aber das lasse ich nicht zu. Sucht euch eine andere Sängerin für eure stummen Felder! Ich mache bei keinem Wasser-Event, bei keiner Vasenschwämmin-Rettungsaktion oder sonstwas mit. Ich habe euch durchschaut. Und du, Katze? Du kannst bleiben, wo der Pfeffer wächst oder meinetwegen, wo es diese stummen Felder gibt. Bei mir kommst du nicht mehr rein. Auf keinen Fall!“

Wütend stapfte Frou-Frou den Weg zurück zum Wall am Kiez. Sie würde jetzt schwimmen gehen. Alleine. Ohne dieses Vieh. Das würde sie auf andere Gedanken bringen und würde helfen, die Wut loszuwerden, die in ihr brodelte.

46.

„Wieviel hast du heute getrunken?“

Frou-Frou war nach ihrem heutigen Schwimmtraining gerade wieder zur Tür hereingekommen, da klingelte das Telefon. Es war Magda. Nach dem Rausschmiss der Katze hatte sie täglich trainiert. Das war jetzt vier Tage her. Sie klemmte den Hörer unters Kinn und begann, die nasse Kleidung in der Loggia aufzuhängen. Frou-Frou schwieg.

„Ist die Katze noch bei dir?“

Frou-Frou schwieg weiter.

„Du hast sie vor die Türe gesetzt, nicht wahr? Wäre ein Wunder, wenn du ein lebendes Wesen dauerhaft an dich ranlässt.“

Handtuch, Badekappe, Badeanzug. Seit neuestem schwamm Frou-Frou wieder ohne Neopren. Es war Anfang Mai. Die Wassertemperaturen waren angenehm. Erst recht für Leistungssportler.

„Hast du genug über mich hergezogen? Dann kann ich jetzt auflegen.“

Sie wollte schon den roten Punkt an ihrem Handy drücken.

„Ich habe es nicht so gemeint. Ich mache mir Sorgen um dich.“

„Ich brauche deine Sorgen nicht.“

„Warst du trainieren?“

Frou-Frou stellte das rechte Bein auf, beugte es. Den linken Fuß stellte sie nach hinten, streckte das linke Bein, kam dadurch in einen Ausfallschritt und dehnte die Rückseite des Beines.

„Ich trainiere jeden Tag. Weshalb fragst du?“

„Normalerweise stimmt dich das friedlicher. Aber gerade wirkst du wie ein Pulverfass.“

Sie zog das linke Bein nach vorne, stemmte es in den Boden, streckte dann das rechte nach hinten, um es zu dehnen.

„Na, dann sei froh, dass du nicht in meiner Nähe bist.“

„Bin ich auch.“

Frou-Frou schnaufte. Sie zog das rechte Bein zum linken. Beide Füße standen nebeneinander. Mit dem Oberkörper beugte sie sich nach vorne, die Beine hielt sie dabei gestreckt.

„Hast du nun etwas getrunken?“

„Ja.“

Das Handy drohte zu Boden zu fallen. Frou-Frou klemmte es fester unters Kinn.

„Wieviel?“

„Einen Kaffee.“

„Einen Kaffee? Das nennst du viel.“

Frou-Frou führte die Arme neben dem Körper an ihren Schultern vorbei in die Höhe. Sie stellte sich auf die Fußspitzen, die Finger zeigten zur Decke. Der Körper war angespannt.

„Ich habe nicht behauptet, dass ich viel getrunken habe.“

„Ein ausgewachsener Mensch braucht täglich anderthalb Liter Flüssigkeit. Mindestens.“

Nachdem Frou-Frou die Arme wieder an den Seiten heruntergeführt hatte, schüttelte sie Beine und Arme aus.

„Ich bin ein schrumpelnder Mensch. Da braucht man nicht mehr so viel.“

„Frou-Frou! Du musst mehr trinken!“

„Ja, ich habe verstanden. War das alles? Dann lege ich jetzt auf.“

Sie holte das Handy unter dem Kinn hervor, drückte Magda weg und schmiss es aufs Sofa.

47.

Frou-Frou saß. Vor ihr standen sechs Gläser angefüllt mit Leitungswasser. Klar. Sauber. Rein. Neben ihr auf dem Sofa die Katze. Aufrecht, angespannt. Nach dem Gespräch mit Magda hatte sie sie gleich wieder aufgenommen. Von wegen sie ließe niemanden an sich ran. Dass sie hinter der Katze eine Verschwörung gewähnt hatte, war Vergangenheit. Eigentlich war sie froh, nicht mehr allein zu sein, aber das dachte sie nur heimlich, im Verborgenen.

Die Katze hatte ihr den Rausschmiss nicht übelgenommen. Nur was Frou-Frou heute vorhatte, sorgte das Katzentier.

Die Wasserphobikerin holte einen Eimer aus dem Schrank unter der Spüle. Dann ging sie zum Sofa. Sie brauchte Platz. Für den Eimer. Den hatte sie sich zwischen die Beine geklemmt. Außerdem kotzte es sich besser im Sitzen. Aber das wollte sie lieber gar nicht erst denken.

Immer wieder hatte sie auf Magdas Nachfrage hin versucht zu trinken. Egal was. Sie hatte es mit Saft probiert. Mit Bier. Mit Tee. Erfolglos. Einzig ihre zwei Kaffee am Tag bekam sie herunter. Der Rest wählte gleich wieder den Rückwärtsgang. Bei ihr zu Hause ging das noch, aber im Kaffee oder vor den Augen anderer war ihr das peinlich. Deswegen hatte sie sich vorgenommen, heute so lange Wasser zu trinken, bis es drinnen blieb. Eher würde sie nicht aufhören. Alle anderen Menschen waren in der Lage, Flüssigkeiten zu sich zu nehmen. So unnormal war sie doch gar nicht, als dass sie nicht in der Lage wäre, einfache, stinknormale Wasser zu trinken.

Das erste Glas ging runter wie nichts. Sie wartete noch einen Moment, bevor sie das zweite zu sich nahm. Dass es bei den ersten Schlucken so wirkte, als würde alles in Ordnung sein und sie könne alles in sich behalten, kannte sie schon. Die Kotzerei setzte meist erst nach dem dritten Glas ein. Nach etwa siebenhundertfünfzig Milliliter Flüssigkeit.

Das zweite Glas ging auch runter. Fünfhundert Milliliter, ein halber Liter. Wer sagt´s denn? Ging doch. Bislang war alles noch drin. Weil sie sich so freute, trank sie das dritte Glas in einem Rutsch. Rutsch, flutsch, weg war es. Schnell stellte sie es wieder auf den Tisch. Die Katze miaute.

Pladder di flodder di kodder. Sie wollte gerade das vierte Glas anheben, da erwischte sie eine Welle und mit ihr kamen die Wasser. Raus war es. Nicht nur das letzte Glas. Auch die ersten beiden Gläser fanden den Notausgang. Immerhin. Nichts daneben gegangen. Sie hatte gut gezielt. Es roch leicht säuerlich. Einige Reste des Knäckebrotes von heute morgen waren dabei. Die Haare der Katze standen zu Berge, schnell verkroch sie sich unter den Wohnzimmerschrank.

Okay. Warten. Nur nicht so schnell wiederholen. Der Magen musste sich beruhigen. Am besten esse ich etwas. Radieschen. Ja, sie hatte noch ein paar Radieschen im Kühlschrank. Die waren von letzter Woche. Das war gut. Da waren sie nicht mehr ganz so feucht. Schwänzchen abgeschnitten, in den Mund. Kauen. Und fertig.

Breitbeinig setzte sie sich wieder auf ihr dunkelblaues Ledersofa. Lederimitat. Preiswert bei Ebay erworben. Die beiden Sofakissen – ebenfalls Lederimitat – quetschte sie sich in den Rücken, so konnte sie aufrechter sitzen und war näher am Kotzeimer. Die drei leeren Gläser hatte sie wieder mit Wassern gefüllt. Doch sie begann mit dem vierten, ließ die ersten drei links liegen.

Langsam trinken. Du hast alle Zeit der Welt. Schließlich bist du Rentnerin. Niemand wartet auf dich. Niemand hetzt dich. Lass´ dir Zeit! Schluck für Schluck kippte sie das Leitungswasser in sich hinein. Der weiche Strahl floss durch Gaumen und Speiseröhre, kitzelte an den Schleimhäuten, eierte dann ein wenig herum, bevor er in den Magen wogte.

Frou-Frou hätte sich diese Wellenbewegung nicht so plastisch vorstellen sollen. Sie hatte noch nicht einmal die ersten zweihundertfünfzig Milliliter intus, da ergoss sich der Schwall rückwärts in den Plastikeimer. Dunkelblau. Passend zum Sofa hätte man meinen können, wenn Frou-Frou solche Überlegungen nicht viel zu anstrengend gewesen wären. Die Wasser nahmen die Farbe des Eimers an. Obenauf schwammen die Reste der Radieschen.

Okay. Ich hab´s verstanden. Ich darf auf keinen Fall an Wellen denken, wenn ich Wasser trinke. Am besten schaue ich einen Film. Eine Naturdokumentation. Über Tiere in der Wildnis. Serengeti. Da gibt es wenig Wasser. Das bringt mich auf andere Gedanken. Einen Fernseher hatte sie nicht, aber ein Handy. Schaute sie halt mit dem. Irgendwas auf YouTube. Das Display im Blick und die Wasser getrunken. Nicht nachdenken, einfach trinken. Zweihundertfünfzig Milliliter, fünfhundert Milliliter, siebenhundertfünfzig Milliliter, ein Liter. Hier legte sie eine kurze Pause ein. Tausendzweihundertfünfzig, Tausendfünfhundert. Geschafft! Sechs Gläser. Sie lehnte sich nach hinten. Die Katze schaute neugierig unter dem Schrank hervor.

In ihrem Bauch gluggerte und blubberte es. Sie fühlte die Flüssigkeit hin und her schwappen. Ihr ganzer Bauch ein Wogen und Wehen. Kaum hatte sie das Wort Wogen gedacht, eigentlich hatte sie es noch gar nicht gedacht, sondern war erst in einem Anflug von Denken und von Worten begriffen gewesen, vielleicht war es auch nur das Bild einer Welle gewesen, was dazu geführt hatte, dass die ganzen Tausendfünfhundert Milliliter wieder den Rückwärtsgang wählten, bis auf den letzten Tropfen.

Frou-Frou fühlte sich leer. Sie konnte nicht mehr. Scheiß Serengeti. Scheiß Wasser. Sie würde jetzt noch ein Knäckebrot essen, um überhaupt etwas im Magen zu haben. Trocken. Ohne alles.

„Ach, Katze! Wie machst du das? Du trinkst so viel Wasser. Gestern hast du zwei Liter getrunken. Ich habe aufgepasst. Alles ist dringeblieben. Nicht ein einziger Schluck lief über."

Die Katze schlich sich an Frou-Frous Beine heran. Ihr Schwanz zeigte kerzengerade nach oben, nur das Ende war leicht eingeknickt und vibrierte. Sie machte einen Buckel und streifte immer wieder an Frou-Frous Schenkel heran, als würde sie ihr sagen wollen: Lass´ gut sein! So geht das nicht!

## 48.

„Da vorne. Siehst du? Da ist eine Katze. Genau so eine wie du sie hast. Mit spitzen Ohren und einem runden, dicken Bauch."

Max´ Finger zeigte auf eine der vorbeiziehenden Wolken. Es war Ewigkeiten her, dass Frou-Frou auf dem Rücken gelegen und einfach in den Himmel geschaut hatte. Dabei konnte sie wunderbar das gestrige Wasserdesaster vergessen. War das damals in den Sommerferien mit Magda gewesen? Magda und sie waren zusammen an der Ostsee zelten gewesen, hatten die Wolken beobachtet und versucht, Liedanfänge in ihnen zu sehen. Magdas Eltern hatten Westkontakte gehabt. Die hatten ihr heimlich LPs mitgebracht. Da hatte Frou-Frou nicht mithalten können. „Blowing in the wind" war der Hit gewesen.

„Meine Katze hat aber einen viel längeren Schwanz."

Melusine hatte Frou-Frou gebeten, wieder auf die Kinder aufzupassen. Dieses Mal wäre es ein Friseurtermin. Anselm, ihr Mann, hätte ihr zum wiederholten Male gesagt, wie zerzaust sie aussehen würde. Frou-Frou würde doch ganz bestimmt nicht wollen, dass Anselm sie, Melusine, verließe. Da hatte Frou-Frou nicht nein sagen können.

Das Haus der Tochter hatte nicht nur einen Garten. In der ersten Etage des Doppelhauses gab es eine Terrasse, wo die Großmutter auf einer Decke lag. Neben ihr befand sich Max, seine linke Hand hielt die Hand der Oma, mit der anderen zeigte er in Richtung des hellblauen Himmels. Berte saß auf dem Bauch ihres Bruders, Chartreuse auf dem Bauch von Frou-Frou.

„Vielleicht hat der Hase dort den Schwanz abgebissen."

Der kleine Finger wanderte zu einer weiteren Wolkenformation. Frou-Frous Augen wanderten mit. Sie sah eine Ballung weißen Dunstes. Zwei Zipfel von weißem Etwas ragten in die Höhe. Mit etwas Fantasie waren darin Ohren zu erkennen.

„Aber Hasen essen doch keine Katzenschwänze", versuchte die Großmutter beim Spiel der Einbildungskraft mitzuwirken.

„Die da oben schon", beteuerte das Kind.

„Was du nicht sagst. Dass die Wolkenhasen so was machen. Da müssen die Wolkenkatzen aber aufpassen."

Frou-Frou schaute erneut gen Himmelszelt. Etwas in ihr sprang. Es sprang wie ein Hase von dem Erleben der Sechzigjährigen zu dem Erleben einer Vierjährigen. Sie war wieder klein, stoppelhaarig, trug kurze Hosen, hatte spacke Beine. In ihr war ein Juchzen und Jauchzen. Wolkenhasen, die Wolkenkatzen jagen. In diesem Moment waren in ihr eine Oma und ein Kind. Liebevoll schaute sie mit Großmutteraugen auf die Vierjährige, die sie einmal gewesen war. Der machte es Spaß, sich Geschichten auszudenken. Es nahm dem Leben diesen bleischweren Ernst. Als wäre alles möglich, als wäre das Leben nicht begrenzt und eng. Und als wäre sie nicht schon die alte, berentete Seniorin.

„Da hinten kommt ein Zauberer. Der kann den Hasen bestimmt verzaubern. Dann tut er der Katze nicht mehr weh."

Max stellte sich hin, um dem Zauberwesen ein Stück näher zu kommen. Er war ganz in die Geschichte eingetaucht. Frou-Frou hockte sich neben ihn. Chartreuse umkreiste ihre Beine.

„Stimmt. Ich kann den Hut erkennen. Wahrscheinlich braucht der Zauberer dafür einen Zauberspruch."

Oma und Enkel schauten sich an. So schnell wollte ihnen kein passender Spruch einfallen. Sie suchten und suchten.

„Zauber-, Zauber-, Zauberer,
der Hase frisst keine Katzen mehr."

Erstaunt blickten sich die beiden an, dann schauten sie zu Berte. Berte hatte gesprochen. Völlig selbstverständlich schaute das Mädchen hinauf zu den Wolken. Frou-Frou folgte ihrem Blick.

Wenn dieses kleine Mädchen Zauberworte in sich finden konnte, vielleicht konnte auch sie sich an Worte der Macht erinnern. Kindliche Worte, magische Worte. Ein Lied? Früher hatte sie gerne gesungen, erinnerte sie sich auf einmal. Sie hatte viele Lieder gekannt. Auch durch Magdas Westsammlung. In diesem Moment war es *Both sides now* von Joni Mitchell, das ihr einfiel und das sie den Kindern vorsang.

Wann hatte sie die Fähigkeit verloren, in jeder Wolke genau das zu sehen, was sie in ihr sehen wollte? Wer sagte ihr, dass Wolken nur Wolken seien? Könnten sie nicht alles sein? Lag es nicht an ihr, schöpferisch mit diesem Wassergeflecht umzugehen?

Frou-Frou atmete tief ein. Sie fühlte sich frei und leicht. Frei wie ein Vogel im Wind und leicht wie die Wolke am Firmament. In ihrem Überschwang hob sie die kleine Berte hoch und drehte sich mit ihr im Kreis. Die schrie. Frou-Frou ließ sie zu Boden. Woher der plötzliche Umschwung? Was hatte sie falsch gemacht?

„Oma muss Berte fragen“, erklärte das Kind der Großmutter.

Die nickte ihr zu, um zu signalisieren, dass sie verstanden hatte.

Friedlich krabbelte das Kind auf den Schoß Frou-Frous. Aller Ärger war wieder vergessen.

„Oma?“ Auch Max schob sich näher an die Großmutter heran. „Wolken sind doch Wasser?“

„Wassertropfen.“ Frou-Frou entspannte.

„Oma? Magst du die Wasser jetzt wieder?“

Es rumorte in Frou-Frou. Jetzt bloß nicht an gestern denken. „Sie sind okay.“

Max reichte Frou-Frou die Hand. „Oma, ich will zusammen mit dir durch Potsdam schwimmen.“

## 49.

Es war ein windstiller Tag. Keine einzige Wolke zeigte sich am Himmel. Es hatte einundzwanzig Grad, kalt für den Monat Mai. Seit Tagen hatte es nicht mehr geregnet. Die Wasser hatten sich auf Temperaturen zwischen fünfzehn und sechszehn Grad eingependelt. Die Havel zeigte sich in kristalliner Klarheit.

Die Erlen an der Ostseite des Templiner Sees spiegelten sich auf der glatten Oberfläche des Gewässers. Von der anderen Seite, vom Grunde des Sees schlängelten sich grüne Pflanzlinge bis zur Wassergrenze. Bald würden sich Erlen und Algen küssen an der Grenze der Wasser, im Spiegel des Sees.

Kleine Schleien umschlichen die Stängel der Seerosen, die sich aus dem Schlamm ans Licht hinaufbohrten. Die grünen festen Blätter tanzten bereits auf der Wasseroberfläche. Wie ausgebreitete Schalen öffneten sie sich. Eine pralle runde Knospe wartete mit geballter Kraft in deren Mitte. Sie wusste, dass sie eines Tages erblühen würde. Das Wissen um ihr weiß strahlendes Blütendasein steckte bereits in ihr. Kleine Perlen von Wasser kugelten auf den dunkelgrünen Blättern hin und her. Sie umtanzten die Knospe und deren zukünftiges Sein. Tschumm tschei, schlumm schlumm, plingeli plei.

Rechts links rechts Atem holen. Links rechts links Atem holen. Rechts links rechts Atem holen. Frou-Frou und Franz durchpflügten die Wasser in gleichmäßigem Rhythmus. Ihre Körper kerzengerade, die Arme nach vorne gestreckt. Stromlinienförmig glitten die beiden Schwimmenden durch den See. Die Muskeln angespannt bis zur Fußspitze. Sekundengleich drangen ihre Fingerkuppen in das nasse Element, schoben es nach hinten. Einzig der gelbe Schwimmsack mit der Katze, der sich hin und wieder erhob und auf den Wogen tanzte, durchbrach die horizontale Ausrichtung.

Siebenhundertfünfzig Milliliter rechts, siebenhundertfünfzig Milliliter links. Frou-Frou hatte heute schon ein ganzes Aquarium voll Wasser hinter sich gelassen. Rechtes Bein, linkes Bein. Rechtes Bein, linkes Bein. Mit jedem Beinschwung schob sie ein Glas Wasser hinter sich, kämpfte es nach hinten, trat es hinfort.

Zweihundertfünfzig Milliliter rechts, zweihundertfünfzig Milliliter links. Arme und Beine verdrängten gemeinsam einen ganzen Liter Wasser. So viel konnte sie niemals trinken. So viel würde sie niemals trinken. Rechts links rechts Atmen. Links rechts links Atmen.

Schließlich berührte Franzens Hand das Ufer. Er zog sich mühsam die kleine Leiter hinauf und setzte sich auf den Rand des Stegs. Hinter ihm erstieg Frou-Frou die Stufen. Sie war stolz auf sich, aber völlig geschafft.

Sie hatten es geschafft, wenn auch völlig außer Atem. Zwanzig Kilometer von der Neustädter Bucht bis nach Werder, dann zurück Richtung Ferch. Hier beim Fischerhaus hatten sie sich mit Anna und Severina verabredet, die bereits auf sie warteten.

„Heute wirst du Anna kennenlernen“, versuchte Frou-Frou ihre Erschöpfung zu überspielen. „Sie weiß, wie du deine Angst vor den Wassern noch effektiver bekämpfen kannst.“

Sie setzte sich mit letzter Kraft neben Franz auf das wettergegerbte Holz. Aus ihrem Schwimmsack beförderte sie zwei Handtücher. Eines davon reichte sie Franz. Chartreuse marschierte über den Steg und auf den nächstgelegenen Baum.

„Das Training hilft mir schon, mich neu einzustimmen auf die Wasser.“

Franz war es unangenehm, dass sich Frou-Frou so für ihn einsetzte. Das war er nicht gewohnt. Er wischte sich die Tropfen aus dem Gesicht: Wasser- und Schweißtropfen.

„Sicher?“

Franz nickte, schwer atmend.

„Du wirkst immer noch sehr angespannt.“

„Das liegt daran, dass ich nicht weiß, ob ich die vierundvierzig Kilometer durch Berlin schaffe.“

Franz erhob sich schwerfällig und ging den Steg entlang Richtung Ufer, weg von Frou-Frou. Die kam ihm hinterher.

„Du willst wirklich nicht mit nach Dresden? Das Wetter ist optimal. Anna und ihre Freundin können uns mitnehmen. Diese Severina hat einen VW-Bus."

Franz schnaufte, ließ sich von Frou-Frou den gelben Sack geben.

„Ich brauche Zeit, um mich auf meine neue Situation einzustellen. Mein Projekt verlangt viel Aufmerksamkeit."

Die beiden schauten sich an, schlugen ihre flachen Handflächen gegeneinander. Es war ein Ritus, wie er unter Sportlern üblich ist. Er sollte Mut machen, er sollte dem Gegenüber Kraft schenken, ein gestecktes Ziel zu erreichen. Komme, was da wolle.

Sie verließen die Wassernähe, suchten festen Boden unter den Füßen. Kein Blick zurück. Kein Dankeswort an den See, der sie getragen hatte. Stattdessen trockneten sie ihre Körper und freuten sich, dass Leiber nach dem Sport gut durchblutet waren, dehnten Muskeln und Sehnen, indem sie Ausfallschritte, Grätschen und Vorwärtsbeugen machten. Auch hierbei hätten sie einen Blick auf die Wasser werfen, hätten sich nochmals an der glitzernden Fläche erfreuen können. Sie sahen sie nicht. Konzentriert auf die eigene Atmung, das Ziehen und Zerren in den Hinterseiten der Beine hatten sie die Wasser längst vergessen, jeden Gedanken an deren Tiefen und Kräfte vermieden.

Chartreuse schaute den beiden hinterher, sah sie um das Restaurant abbiegen. Zeit für die Katze, in die Fluten zu steigen und mit den Seerosen zu tanzen.

## 50.

„Das ist unfaßbar. Sie haben die Anklage gegen die acht Schweinehunde einfach fallen lassen. Zwölf Kinder sind gestorben. Mehr als achttausend haben von den verseuchten Wassern getrunken. Alles, weil diese Typen verseuchte Wasser in die alten Bleirohre gelassen haben. Sie selber haben wahrscheinlich teures Perrier-Wässerchen in feinen Kristallgläsern getrunken, während sie den Armen dieses Gift vorgesetzt haben. Ein Skandal, was in Flint passiert. Mich bekommt niemand nach USA. Da ist alles erlaubt. Vor allem für die, die Kohle haben."

Severina schimpfte. Frou-Frou war das unangenehm. Am liebsten hätte sie das Weite suchen wollen. Anna bat sie und Franz Platz zu nehmen. Severina hatte ihren gelben VW-Bus quer über drei Parkplätze gestellt. Die Seitentüre war geöffnet. Sie selbst saß auf der Schwelle zu ihrem Gefährt. Vor dem Wagen waren vier Klappstühle und ein Campingtisch aufgespannt. Franz und Frou-Frou setzten sich. Unsicher wanderten ihre Blicke hin und her. Anna stand neben der Schiebetüre, schaute Severina eindringlich an. Die steckte ihr Handy schnell in die Hosentasche.

„Schon gut. Ich will nicht allen die Laune verderben an diesem wunderschönen Maientag. Wer will ein Bier?"

Severina griff hinter sich und beförderte einige Flaschen auf den Tisch. Keiner der anderen wollte Bier. Mit einem „Plopp" kippte sie den Verschluss ihrer Bierflasche herum. Schaum drang aus der Öffnung. Sie stülpte ihren Mund darüber und trank.

„Ah, es geht doch nichts über ein kühles Bier."

Anna räusperte sich entschuldigend und verteilte dabei Teller und Besteck an alle. „Wir kennen uns von Fridays for Future", erklärte sie beschwichtigend den anderen. „Severina studiert Umwelttechnik in Witten-Herdecke. Bei der großen Klimademo in Berlin haben wir uns das erste Mal getroffen."

Die angehende Umweltexpertin umgriff Annas Hüften, schob sich an ihr vorbei Richtung Tisch. Der Stuhl unter ihrem Po knarzte, als sie sich darauf fallen ließ.

„Und haben seitdem viel auf die Beine gestellt. Erzähl´ ihnen ruhig von unserer Aktion gegen die Kleingartenvereine! Die meisten haben Sickergruben, die sie regelmäßig entleeren müssen. Hat jemand von euch schon einmal ein Entsorgungsfahrzeug bei einem Kleingartenverein gesehen? Nein, niemand. Ist denen zu teuer. Stattdessen haben sie Löcher in ihre Gruben gemacht und lassen die ganzen Fäkalien ins Grundwasser fließen. Das sieht ja niemand."

Um Annas Hals bildeten sich rote Flecken. Sie wollte nicht über Abwässer und Fäkalien sprechen, während sie den Tisch deckte. Außerdem registrierte sie, dass Frou-Frou und Franz kein Wort sagten. Sie versuchte, die beiden einzubeziehen. „Wir haben eine Petition eingereicht. Nicht, dass wir etwas gegen Kleingartenvereine und Kleingärtner hätten. Es wäre für keinen Kleingärtner ein Problem, sich eine Trockentoilette zuzulegen, um unsere Wasser vor Verschmutzung zu retten. Das könnt ihr doch bestimmt verstehen. Es wäre schade, wenn dieser wunderbare See verseucht würde."

Franz hörte ihr aufmerksam zu. Frou-Frou trug die heutige Schwimmzeit und Schwimmstrecke in ein Notizheft ein. Kleingartenvereine interessierten sie nicht. Da nahm sie lieber Zuflucht zur Welt der Zahlen und Messbarkeiten.

„Hier gibt´s noch Trinkwasser. Aber das kann schnell kippen. Dann wird diese Gegend zum verseuchten Niemandsland. Tiere sterben, Pflanzen gehen ein, Menschen erkranken und krepieren."

Es war deutlich, dass Severina eine gehässige Freude an Negativszenarien hatte. Außerdem konnte sie es nicht leiden, wie Franz Anna ansah. Die war rot im Gesicht, setzte sich auf den vierten Stuhl.

„Wollen wir nicht lieber das Essen genießen? Ich habe Gemüsespieße vorbereitet. Severina hat Bier. Außerdem gibt es eine vegane Torte. Was hast du mitgebracht, Frou-Frou?"

„Buletten. Und Kaffee."

Frou-Frou bekam von den Tändeleien zwischen den dreien nichts mit. Stift und Notizheft packte sie in den gelben Sack und holte Tupperdose und Thermoskanne hervor.

Anna versuchte die Tatsache zu überspielen, dass Frou-Frou ein Fleischgericht mitgebracht hatte. Severina und sie waren Vegetarierinnen. Von Franz wusste sie es nicht.

„Frou-Frou hat mir erzählt, dass du Instrumente baust", versuchte sie das Gespräch auf unverfänglichere Themen zu lenken.

Franz´ Gesichtsfarbe nahm den Teint einer frisch erblühten Seerose an. „So so. Hat sie sonst noch was über mich erzählt?"

„Was für Instrumente baust du denn?"

„Eigentlich baue ich zurzeit keine Instrumente. Ich habe meinen Job verloren."

Anna war sichtlich betroffen von Franzens Mitteilung. Schnell reichte sie ihm ein Stück der veganen Torte.

„Das tut mir so leid."

Franz lehnte ab. Er wollte keinen Kuchen. Stattdessen nahm er lieber einen Gemüsespieß.

„Ach, ist vielleicht gut so. Ich möchte ein Wasserklavier bauen."

„Tatsächlich? Ein Wasserklavier?"

Anna ließ Zucchini, Paprika und Zwiebeln auf den Teller fallen.

„Ja, ein Hydraulophon. Es gibt einen Kanadier, der so ein Instrument gebaut hat. Eigentlich für Blinde, damit diese die Musik fühlen können. Dabei kommen Wasser aus Löchern geströmt. Wenn man diese zudrückt, erklingt ein Ton."

Anna schaute Franz wie paralysiert an.

„Ich kenne ein Hydraulophon. Ein dänisches Orchester spielt damit."

Wenn Luft eine Farbe hätte annehmen können, hätten die Partikel zwischen Anna und Franz jetzt zu leuchten begonnen.

„Ja, genau. Mit denen stehe ich in Kontakt. Ich bin dabei, eines zu bauen. Wenn du willst, kann ich es dir zeigen."

Die Nähe zwischen Anna und Franz war derart intensiv, dass kein Wassertropfen zwischen ihnen Platz gehabt hätte – auch kein Blick Severinas.

„Das hört sich wunderbar an. Dann zeige ich dir, wie du deine Angst vor den Wassern überwindest."

Mit ihren Augen verschlangen sie sich, wurden einander zur köstlichsten Speise, die Gemüsespieße, vegane Torten und Biergenüsse verschmähen ließ. Frou-Frou wurde es zu viel.

„Ich geh´ dann mal."

## 51.

Magda war aufgeregt. Seit Tagen schon ging Frou-Frou nicht ans Telefon. Sie hatte bei ihr geklingelt. Ohne Erfolg. Sie hatte sich sogar ins Blu gesetzt und dort in dem stickigen lauten Raum auf die Freundin gewartet. Nichts. Die Freundin schien wie vom Erdboden verschluckt. Auch die dritte Zigarette, die sie rauchte, vermochte Magda nicht zu beruhigen.

Die Bücherstapel auf ihrem Schreibtisch schob sie zur Seite, um Platz zum Schreiben zu schaffen. Das *Taoteking*, das *Herz-Sutra* von Taisen Deshimaru Roshi sowie Sartres *Das Sein und das Nichts*. Dazwischen lag Asche verstreut, die sich wie eine Erinnerung an Vergänglichkeit auf die Buchrücken gelegt hatte. Auch die wischte Magda fort.

Sie hatte nachgedacht in den letzten Tagen. Immer wieder. Die Frage, weshalb Frou-Frou nach der Trennung mit dem Schwimmen aufgehört hat, war ihr nicht mehr aus dem Kopf gegangen. Die Antwort, die sie in Magdeburg gefunden hatte, schien ihr nicht in ausreichendem Maße Aufschluss zu geben über die Radikalität, mit der Frou-Frou die Vermeidung jeglicher Wasser betrieb. Sicher, Frou-Frou schwamm wieder, aber die Abneigung allem Flüssigen gegenüber war geblieben. Das hatte sie gemerkt, als die Freundin das zu sich Genommene von sich spie.

Magda wusste: Frou-Frou hasste die Wasser. Etwas tief in ihr war offenbar anhaltend der Auffassung, dass es besser wäre, Abstand zu diesem Element zu halten. Nicht, dass Frou-Frou das bewusst getan hat. Nein, gewiss nicht. So viel hatte Magda verstanden. Aber welcher Teil der Freundin hatte beschlossen, die Wasser zu meiden? Was bezweckte sie damit? Magda hatte hin und her überlegt, um diesen unbewussten Gast in Frou-Frous System zu fassen zu kriegen.

Als sie vor drei Nächten unterwegs war, um Zander zu angeln, war ihr die Erkenntnis gekommen: Bruno war es gewesen, der nie die Wasser gemocht hatte. Schon dessen Mutter hatte furchtbare Angst vor den Wassern gehabt, nachdem sie als Kind beinahe ertrunken wäre. Magda konnte sich noch gut an Familienfeiern erinnern, wo sich die Schwiegermutter geweigert hatte, mit an den See zu kommen. Bruno war meist bei ihr geblieben. Angeblich, weil sich jemand um sie hatte kümmern müssen. In Wirklichkeit hatte er genauso viel Angst vor den Wassern gehabt wie seine Mutter und wie jetzt Frou-Frou. Die Angst hatte sich von der Mutter auf Bruno und dann auf Frou-Frou übertragen. Aber wozu? Das machte doch keinen Sinn.

Allerdings schaffte diese Angst vor den Wassern eine Gemeinsamkeit zwischen Bruno und Frou-Frou, die auch nach der Trennung fortbestand, erkannte Magda. Ähnlichkeit schafft ein Gefühl der Verbundenheit. Das war es. Frou-Frou hatte Angst vor den Wassern entwickelt, um weiterhin eine Verbindung zu Bruno zu halten. Mit einem Mal schien Magda alles sonnenklar. So musste es sein. Frou-Frous Wasserphobie war ihr Versuch, den Getrennten weiter an sich zu binden.

Diese Erkenntnis wollte sie seit Tagen der Freundin mitteilen, aber die ging nicht ans Telefon, öffnete nicht die Tür. Magda blieb nichts anderes übrig, als der Freundin einen Brief zu schreiben.

„Werte Frou-Frou!

Ich habe dein Unbewusstes entschlüsselt. Du liebst Bruno immer noch. Bruno hasst die Wasser. Um weiter mit ihm verbunden zu sein, hat dein Unbewusstes beschlossen, ebenfalls die Wasser zu hassen. Deswegen aber wird Bruno nicht zu dir zurückkehren. Das ist ein Trugschluss. Sieh´ das ein!

Du hast Bruno schon als junges Mädchen geliebt. Du hast ihn angehimmelt, diesen Pedanten, der die Entwicklung Potsdams zur Brandenburgisch-Preußischen Residenzstadt auswendig kannte. Ihr habt beide eine Leidenschaft für das Planen und für Karten. Stundenlang hingt ihr über altem Kartenmaterial und konntet dabei Wetter, Nahrungsaufnahme und Kindergeschrei vergessen.

Bruno hat sich für eine andere entschieden. Franziska ist keineswegs ein Ersatz für dich. Er hat Angst vor dem Älterwerden., deshalb möchte er eine Verjüngungskur. Das wird ihm nicht helfen. Wenn er das zugeben würde, wäre sein Ruf ruiniert. Bruno wird nicht zu dir zurückkehren. Hör´ also auf damit, die Wasser zu hassen!

Ihr hattet viele gemeinsame Jahre. Ihr habt zwei Kinder, was ich nie zu Wege gebracht habe. Dafür kannst du dankbar sein. Mit denen solltest du schwimmen und philosophieren.

In Freundschaft, Magda."

## 52.

Kinderfüße patschten auf nasse Fliesen. Ein Vierjähriger mit grüner Badehose sprang in die Wasser. Auf einem Wasserreifen kamen zwei Kinder kreischend die Wasserrutsche hinunter. Wasser spritzten in alle Richtungen, als sie in der Auslaufrinne endeten.

Franz war bereits beim Wärmebecken, als Anna in einem königsblauen Badeanzug mit weichen, fließenden Bewegungen auf ihn zu kam. Der Anzug passte wie angegossen und betonte jede ihrer Formen. Anna lächelte ihn an, reichte ihm die Hand. Franz war unsicher, die Hand war heiß. Es war lange her, dass er mit einer jungen Frau verabredet war. Gemeinsam stiegen die beiden in das Becken, bis die Wasser ihnen an die Brust reichten.

„Du weißt, warum wir das tun?"

Franz versuchte, sich an Annas Worte am Telefon zu erinnern. Sie hatte ihm heute früh gesagt, dass sie sich mit ihm treffen will. Einen Tag nach ihrem Kennenlernen.

„Du willst mich positiver auf die Wasser einstimmen."

Anna nickte. „Du wirst entspannt auf dem Rücken liegen und ich werde dich durch die Wasser tragen."

Auf was hatte er sich da eingelassen? Gleich würde er sich in die Hände dieser attraktiven Frau begeben. Einerseits wünschte er sich nichts sehnlicher als das. Andererseits hatte er Angst, pure, nackte, ekelhafte Angst. Hier gab es kein Ziel. Hier galt es keine Rekordzeiten zu durchbrechen. Hier ging es ums Fühlen, einfach nur fühlen.

Mit einem Seitenblick vergewisserte er sich, dass Anna bereit war. Er ließ sich langsam nach hinten gleiten. Seine Beine flackerten. Anna stand hinter ihm, die Arme hatte sie ausgebreitet. Seine Füße erhoben sich vom Beckenboden. Er wurde von Annas Armen aufgefangen. Millimeterweise stiegen seine Beine nach oben. Dann war ihr Kopf nur wenige Zentimeter von seinem Brustkorb entfernt, er konnte ihren Atem auf seinen Brusthaaren spüren. Ihr linker Arm hielt seinen Nacken. Mit dem rechten unterstützte sie sein Becken. Ihm war flau im Magen.

„Versuch´ zu entspannen!"

Leichter gesagt als getan. Franz versuchte, seine Aufmerksamkeit nicht so sehr darauf zu richten, wie nah Anna ihm gerade war. Es geht um meine Angst vor dem Wasser, sprach er zu sich selbst.

Die Wasser machten ihn leicht, sodass sie ihn tragen konnte. Er spürte, wie sie seine Haut umflossen. Er nahm eine Verspannung im Nacken wahr. Franz schloss die Augen. Es war besser, wenn er sie nicht sah. Er nahm wahr, wie sein Kiefer entspannte.

Mit langsamen Schritten glitt Anna durch das Becken. Es war mehr ein Tanzen als ein Gehen. Ihre Knie waren gebeugt, so dass die Bewegungen der Wasser sie bei den Schritten unterstützen konnten. Sie ging mal vor, mal zurück, drehte sich sanft im Kreis mit ihrem liegenden Gut. Ihr Blick war auf Franz gerichtet.

Sie registrierte die feinen kleinen Veränderungen an seiner Muskulatur. Zuerst waren es die Halsmuskeln, die entspannten, dann wurden die Gesichtszüge weicher. Sie nahm wahr, dass sich der Atem beruhigte. Der Körper Franzens schmiegte sich an ihre Arme, wurde schwerer.

Die Wasser verbanden die beiden. Sie trugen die Hauptlast. Sie hielten Franz. Sie umschlossen ihn. Hielten ihn wie eine Mutter im Uterus. Wiegten ihn. Schaukelten ihn. Hüllten ihn sanft ein in den Rhythmen des Lebens. Die Wellen umschmeichelten ihn, streichelten ihn, berührten jeden Millimeter seiner Haut. Er musste nichts tun, durfte einfach nur spüren, durfte nur sein. Anna gab Obacht, dass niemand von außen ihn störte, ihn und seine Begegnung mit dem feuchten Element.

Die Geräusche rundherum spielten keine Rolle mehr, sie wurden ausgeblendet. Ein sanftes Rauschen und Gleiten drang an Franzens Ohr. Er hörte seinen eigenen Atem. Die Ohrmuscheln waren gefüllt mit perlenden Wassern. Franz war bei sich, gleichzeitig in den Wassern. Sie waren für Momente eins. Es war ein Raum der Zeitlosigkeit. Er wurde schläfrig, fühlte sich leicht benebelt. Ein anderes Reich des Bewusstseins, das er betrat. Hier wich jede Anstrengung. Hier gab es keinen Ehrgeiz. Hier war alles gut.

Anna begann, mit sanfter Stimme *Moonriver* zu singen. Das Lied war passend für diesen Moment. Sie sang es für Franz. Sie sang es für sich. Sie sang. Die Wasser sangen mit ihr. Jeder Wassertropfen tönte und klang.

Für Momente verwandelte sich das Wärmebecken. Der Raum öffnete sich, wurde weit. Decke und Wände verschwanden. Es wurde dunkel, der Himmel deckte alles mit seinem schützenden Mantel zu. Eine runde Mondin leuchtete vom Firmament auf eine Flusslandschaft. Sanft floss der Fluss. Erlen standen am Ufer, spiegelten sich in den Wassern. Das Mondinlicht warf ein leuchtend ovales Fenster auf das Nass.

In diesem Licht sah Anna sich und Franz. Sie leuchteten. Konturen verschwammen. Haut wurde hell und durchsichtig. Körper wandelten sich in große gallertartige Glocken. In ihrem Inneren vier runde, leuchtende Kreise. Lange Schweife zogen sie hinter sich her und tanzten als Quallen im Schein des Mondinlichts. Um sie herum Weite, Freiheit, Nichts.

Als das Lied endete, öffnete Franz die Augen, kehrte zurück zu Badepalmen, Gekreische und Wassergeplatsche. In ihm war immer noch dieses Gefühl des Schwebens, des Gehaltenseins, der Leichtigkeit und einer unendlichen Magie des Seins.

„Es war wie im Traum. Ich war eine leuchtende Qualle."

## 53.

„Nein, ich bin nicht in Marquardt vorbeigefahren."

„Hast du Papa angerufen sein Anwalt hat schon dem Gericht geschrieben eure Rentenpunkte werden aktuell berechnet das dauert das weiß ich von einer Bekannten gibt es bereits einen Scheidungstermin?" Melusine redete ohne Punkt und Komma. Wie immer.

„Nein, ich habe nicht mit deinem Vater gesprochen. Ich möchte nicht mehr mit ihm sprechen. Wieso kannst du das nicht akzeptieren?" Frou-Frou saß auf dem Sofa, vor sich eine Karte von Dresden, daneben ein Notizheft mit Stift. Eigentlich hatte sie keine Lust, mit Melusine zu sprechen.

„Danke dass du mit der Kleinen schwimmen gegangen bist ich hätte es auch längst schon gemacht aber immer kommt irgendetwas dazwischen Max hat gerade einen Husten Anselm ist auf Geschäftsreise hast du Berte das Schwimmen beigebracht sie muss unbedingt schwimmen lernen."

„Ja", sprach sie genervt in das Handy hinein. „Sie kann schwimmen."

„Bist du dir da sicher andere Kinder in ihrem Alter können noch nicht schwimmen ich habe letztens erst von einem Kind gelesen das ertrunken ist während die Eltern direkt daneben standen." Melusines Unsicherheit ließ die Luft surren.

„Doch. Sie schwimmt wie ein kleiner Welpe, strampelt in alle Richtungen. Ich habe sie zuerst noch festgehalten, dann ist sie einfach losgekrault." Frou-Frou wollte das Telefonat schnell beenden.

„Meinst du dass sie Spaß hatte ich weiß nicht was ihr richtig Freude bereitet das Kind ist mir ein Rätsel ob alle Mädchen so sind wie sie Max ist ganz anders bestimmt war ich auch anders."

Mit dem Finger folgte Frou-Frou dem Elbverlauf und suchte eine geeignete Stelle, um ihre Schwimmtour durch die Elbmetropole zu starten. Wie ein Rauschen klangen die Worte der Tochter an ihr Ohr. Sie wollte sie am liebsten wegblenden, wollte nicht an den Ausflug mit der Enkelin erinnert werden. Die Kleine war ihr entwischt.

„Oh, doch, sie wirkte überaus zufrieden. Von Angst keine Spur, hat sich gedreht und ist sogar auf dem Rücken gepaddelt."

„Ihre Flügel hat sie aber getragen bei mir weigert sie sich nämlich die Schwimmhilfen zu tragen schreit dann wie am Spieß total peinlich alle schauen mich dann als wäre ich eine Rabenmutter..."

„Sicher habe ich ihr die Schwimmflügel angezogen", mit energischer Stimme unterbrach Frou-Frou Melusines Redefluss. „Was denkst du von mir?" Das kleine Mädchen hatte sich vollkommen selbständig ausgezogen, war dann Richtung Bad gerannt. Frou-Frou hatte versucht, ihr zu folgen. Vergebens. Schon war die Kleine im Schwimmerbecken gewesen. Ohne Flügel. Das würde sie Melusine nicht auf die Nase binden.

„Hier gibt es überall Wasser alle Kinder sind ständig am Jungfernsee sobald ich sie aus den Augen lasse rennt sie dorthin was wenn sie ertrinkt?"

Pillnitz bis Übigau, achtzehn Komma sechs Kilometer. Stopp am Blauen Wunder. Ich könnte auch bis zum Bahnhof Cotta schwimmen. Da komme ich besser zurück. Verbissen plante Frou-Frou weiter an ihrer Tour. „Was hast du gesagt?"

„Ich mache mir Sorgen, dass sie ertrinkt."

Frou-Frou sah die Enkelin vor sich, deren entspanntes Gesicht. Wie ein Fisch war die Kleine in den Wassern geschwommen. Völlig entspannt. Als hätte sie dahingehört, ein Wasserwesen. Frou-Frou war es gewesen, die versteinert am Rand gestanden hatte, der Enkelin zugesehen, aber nicht in die Wasser hatte gehen können. Diese vermaledeiten Wasser.

„Du brauchst dir keine Sorgen zu machen. Sie wird nicht ertrinken. Hat gar keine Angst vor den Wassern." Im Gegensatz zu mir, wollte Frou-Frou anfügen, ließ es aber dann doch. Zitternd wie ein Aal hatten Frou-Frous Füße auf dem Boden festgeklebt. Berte hatte wie eine Seerose auf den Wassern gelegen. Frou-Frou hatte zu ihr gewollt. Das Mädchen hatte die Oma längst vergessen.

„... hat sie gesprochen?"

Melusines Frage holte Frou-Frou ins Hier und Jetzt zurück. „Nicht mit mir. Aber immerhin hat sie nicht geschrien. Sie hat vor sich hingeplappert. Seltsame Laute." Frou-Frou erinnerte sich an das Befremden, das sie bei Bertes Lautspielereien empfunden hatte. Die Kleine hatte geblubbert, gegurgelt, gelallt, hatte offensichtlich Spaß gehabt, aber die Töne hatten keinen Sinn ergeben.

„Andere Kinder in ihrem Alter sprechen schon ganze Sätze das Kind der Nachbarin spricht sogar schon zwei Sprachen Max hat in dem Alter jeden gefragt der ihm begegnete vielleicht kann sie gar nicht sprechen."

Soll ich beim Blauen Wunder starten? Nein, Pillnitz ist gut. Anna hat mir versprochen, dass sie mich bis dahin mitnehmen können. Ich werde durch Dresden schwimmen. Natürlich werde ich durch Dresden schwimmen. Ohne Begleitdackel. Ohne Angst. Ich werde die Wasser besiegen.

„Hörst du mir überhaupt zu?"

Frou-Frou schreckte auf. „Ach, Melusine. Sie plappert halt so vor sich hin, wie Kinder das eben machen."

„Anselm hat in ihrem Alter auch schon zwei Sprachen gesprochen ich erinnere mich dass ich mich am liebsten mit Tante Magda unterhalten habe..."

Der Wasserstand ist hoch. Die Elbe wird Geschwindigkeit haben. Wie lange ich wohl brauche? Vielleicht komme ich auch ohne Pause durch. Mit Franz habe ich zwanzig Kilometer am Stück geschafft.

„... mit ihrem Bruder redet sie in ganzen Sätzen vielleicht ist sie krank", gibt Melusine ihre Ängste kund.

Frou-Frou schreckte auf. „Du meinst, weil sie nur mit ihrem Bruder und den Wassern redet, wäre sie verrückt? So ein Quatsch! Sie hat halt keine Lust, mit dir zu sprechen. Wird schon einen Grund haben. Mit mir redet sie schließlich auch nicht."

Keine Übernachtung in Dresden. Nicht nötig. Hin kann sie mit Anna fahren, zurück fährt sie mit dem Zug. Das wird klappen. Schade, dass Franz nicht mitkommt.

„Auch Kinder können psychische Störungen haben das hört man immer wieder erst kürzlich habe ich in einer Zeitschrift gelesen dass die Rate der depressiven und ängstgestörten Kinder und Jugendlichen zunimmt ich war schon bei einem Spezialisten."

„Du warst bei einem Psychologen?" Panik ergriff Frou-Frou. In ihrer Familie war niemand krank. Sie nicht und auch keiner ihrer Enkel.

„Er meinte sie hätte eine pränatale Störung würde in den Mutterleib zurückkehren wollen dann hat er mich gefragt ob etwas Dramatisches während der Schwangerschaft passiert sei."

„So ein Unsinn. Sie wird schon irgendwann mit dir reden."

Frou-Frou hatte sich entschieden. Sie würde in Pillnitz starten und bis Schloss Übigau schwimmen. Von Schloss zu Schloss. Mit kleinen Klebchen markierte sie Start- und Endpunkt. In Übigau gab es eine Wirtschaft. Da konnte sie draußen sitzen, einen Kaffee trinken und dann zurück. Sie musste nur dafür sorgen, dass Magda nichts von dem Datum erfuhr und ihr hinterherdackelte.

„Jetzt tue nicht so als wenn du die Einzige wärst die Ahnung von Kindern hat."

Frou-Frou hasste es, kritisiert zu werden. „Zufällig habe ich auch zwei Kinder großgezogen und war selber mal ein Kind. Du hast immer geschmollt, wenn ich losgezogen bin, um die A- und B-Jugend zu trainieren. Wahrscheinlich warst du eifersüchtig." Sie legte das Handy auf den Tisch, schaltete auf Lautsprecher. So konnte ihr Melusine nicht ins Ohr hineinschreien.

„Vielleicht hätte ich gerne Zeit mit dir verbracht."

Akkurat faltete Frou-Frou den Falk-Plan zusammen. „Ich weiß, du hast alles aufgegeben für deine Kinder. Wahrscheinlich ist das der Grund. Das ist Berte zu viel.“ Sie war zufrieden mit ihrem Werk. Es war alles vorbereitet für ihre große Tour. Dieses Mal würde nichts schiefgehen.

„Immer musst du mich kritisieren ein Wunder dass ich nicht verrückt geworden bin bei so einer Mutter du hörst mir überhaupt nicht zu“, jammerte Melusine mit kindlicher Stimme.

„Jetzt fang´ nicht schon wieder an zu weinen! Natürlich habe ich dir zugehört. Du machst dir Sorgen um Berte. Völlig umsonst.“

## 54.

Die Augen des Zanders waren milchig-weiß. Sein Maul stand offen. Die spitzen Zähne sahen aus, als wären sie weiterhin bereit zuzubeißen. Magda hatte den Fisch mit Speck, Zwiebeln und einem Bund Schnittlauch gefüllt. Dazu gab es Bratkartoffeln. Zumindest die hätte Frou-Frou essen können, wenn sie der Einladung gefolgt wäre. Doch Magda hatte weiterhin nichts von der Freundin gehört.

Es war beinahe drei Wochen her, dass sie Frou-Frou das letzte Mal gesehen hatte. Wieso antwortete die Freundin nicht? In den fünfzig Jahren, die sie nun miteinander befreundet waren, war es kein einziges Mal vorgekommen, dass sie so lange nichts von Frou-Frou zu hören bekam.

Wenn ich einen Fisch esse, nehme ich dann die ganze Vergangenheit dieses Fisches in mir auf? Dringt der Geist des Fisches beim Essen in mich ein? Nur der des alten Zanders oder auch der des wilden Jungtieres? Kann ich den Geist des Fisches überhaupt essen? Ist es nicht nur Materie, die essend aufgenommen wird? Was aber ist Materie? Ist sie fleischgewordener Geist?

Frou-Frou und sie hatten so viele Fragen gehabt, als sie sich damals auf dem ersten Feriencamp kennenlernten. Ihre Eltern hatten es geliebt, an der Ostsee zu zelten. Eigentlich verrückt, dass es Prerow auf dem Darß gewesen war, obwohl sie beide in Potsdam gelebt und sogar die gleiche Schule besucht hatten. Dort waren sie einander nicht begegnet.

Magda war damals schon leidenschaftliche Anglerin gewesen. Bei einem der vielen Lagerfeuer, die es am Strand gegeben hatte, waren sie beide die letzten gewesen, die um das Feuer gesessen, in die Flammen geblickt und dabei philosophiert hatten. Mit Stöcken hatten sie in den Gräten der Fische gestochert, die sie zuvor aufgespießt und verspeist hatten.

„Meinst du, dass die Gräten sich daran erinnern, dass sie mal ein Fisch gewesen sind?“

Mit dieser Frage hatte Frou-Frou Magda überrascht. Magda hatte schon damals ein großes Interesse an philosophischen Fragen gehegt. Darüber hatte sie nur leider mit niemandem sprechen können. Die Marxistisch-Leninistische Weltauffassung war gesetzt gewesen, darüber hinaus hatten keine Fragen gestellt werden dürfen. Die meisten hatten sich daran gehalten. Eine materialistische Weltauffassung hatte aber so gar nicht Magdas Lebenserfahrung entsprochen. Wenn alles Materie war, wer stellte dann diese Fragen? In welchem Atom schwebte der neugierige Geist?

Vor allem die Fragen nach der Bedeutung von Zeit waren durch den Materialismus nicht zu stillen gewesen. Wer erinnert sich, wenn ich mich erinnere? Wo ist die Erinnerung gespeichert? Wenn es einen Speicher für Vergangenes gibt, gibt es auch einen für Zukünftiges? Ist die Zukunft bereits in uns angelegt?

Frou-Frou und sie waren sich damals einig gewesen, dass Zeit eine Illusion war. In Wirklichkeit existierten alle Zeiten gleichzeitig. Was gestern war, war auch heute noch da. Was morgen sein würde, war im Gestern und Heute schon angelegt. Wenn aber Zeit eine Illusion war, dann machte es keinen Sinn, irgendwelchen Zielen hinterherzuhechten.

An dieser Stelle hatten sie sich stets verkeilt. Frou-Frou war nämlich der Ansicht gewesen, dass es gerade weil Zeit eine Illusion war, wichtig wäre, den Moment wertzuschätzen und ihn mit klaren Absichten zu ehren.

Magda hatte bis heute keine Ziele entworfen. Buchhalterin, ein Beruf, der sie mäßig interessiert hatte, keine Kinder, kein Mann. Sie war zufrieden mit dem, wie es war. Sie hatte es nicht anders gewollt. Nur dass ihre beste Freundin aktuell keinen Kontakt mehr mit ihr wollte, das hatte sie nicht so gewollt.

„Werter Herr Zander! Können Sie mir sagen, was mit meiner Freundin los ist? Ich weiß, dass es nicht leicht ist, sich neu zu finden nach der Berentung. Auch ich hatte damit zu tun. Aber deswegen kann sie doch nicht ihre Freundin im Stich lassen, oder?“

## 55.

Ich hasse Wasser. Ich hasse Wasser. Ich hasse Wasser. Ich hasse Was-ser!!!!

Stufe für Stufe stapfte Frou-Frou das Treppenhaus hinunter. Achter Mai. Noch vier Tage bis sie Dresden durchschwamm. Die Kapuze ihres Neoprenanzugs hatte sie sich über den Kopf gezogen. Besser wieder mit Anzug schwimmen. Dann würde sie die Wasser nicht so sehr zu spüren bekommen. Die Katze war in der Wohnung. Die kam nicht mit. Frou-Frous Laune hatte sie unter den Schrank getrieben. Die Tauchschuhe der Wasserhasserin patschten auf den kalten Boden.

Kein Mensch braucht Wasser. Sie überfluten Landschaften, sorgen für Hochwasser, zerstören Häuser und Gärten. Ein völlig überbewertetes Element. Glipschig, flutschig, einfach viel zu flüssig. Man kann sie nicht fassen und kaum begrenzen. Außerdem zerstören sie einfach alles, was ihnen in den Weg kommt.

Frou-Frou redete sich in Rage. Mit jedem Wort verschwand ein bisschen von dem Gewicht, das die letzten Stunden auf ihren Schultern, ihrem Brustkorb und dem Rücken gelagert hatte. Versagerin! Wüstenkaktus! Vertrocknete Dörrpflaume! Die Sätze lasteten wie Säcke auf ihrem Körper. Es war ihr unangenehm, es war ihr peinlich, in ihr die blanke Scham, weil sie es wieder einmal nicht geschafft hatte, Wasser zu trinken.

Sie stapfte durch den Eingangsbereich, vorbei an der Rollatorin, die sie dieses Mal nicht grüßte, sondern ihr stattdessen einen Stinkefinger zeigte. Sie musste nicht mehr nett sein. Frau Blasewitz erstarrte, unfähig zu reagieren. Frou-Frou hechtete an ihr vorbei, raus zur Tür, über den Plattenweg und in die Wasser hinein.

Den Wassern würde sie es heute zeigen, wer hier die Stärkere war. Sie fühlte sich kräftig. Sie fühlte sich machtvoll. Sie war sich ihres Sieges gewiss. Zumindest in diesem Moment.

Ohne zu zögern stieg sie in die Fluten. Bloß nicht zimperlich werden. Pobacken anspannen, Rücken strecken. Fußspitzen geraderaus. Rechts links rechts Atem holen. Links rechts links Atem holen. Die Haut am Kopf zog sich zusammen. Die Wasser waren kalt. Die Kälte zog die Innenseiten ihrer Oberschenkel hinauf. Beinschlag rechts. Beinschlag links. Oberschenkel aneinander reiben, aber nicht zu feste.

Die Spritzer auf den Wangen ignorierte sie. Den Sensoren an ihren Handflächen befahl sie, alle Wahrnehmung einzustellen. Alles horchte auf ihr Kommando und das lautete: Wir besiegen die Wasser. Hier, jetzt und sofort! In ihrem Kopf die Anfeuerungsrufe ihres ehemaligen Trainers. Sie hörte Teamkollegen, die sie anspornten. Sie war wieder neunzehn. Die Langstreckenschwimmerin. Die Leistungssportlerin. Bereit zum Kampf. Sie würde es allen zeigen. Sie würde gewinnen.

Kaum hatte sie die Neustädter Bucht verlassen, bekam sie nur noch schwer Luft. Die rechte Schulter schmerzte. Sie sah den Brückenbogen, wollte drunter hindurchschwimmen, legte noch mehr Kraft in Arme und Beine hinein. Rechts links rechts Atem holen. Links rechts links Atem holen. Links rechts – stopp – war sie nicht gerade erst mit dem linken Atem gekrault? Nochmal. Rechts links rechts Atem holen. Links rechts links links. Mist. Schon wieder.

Mit einem Mal spürte sie die Wassermassen unter sich, nahm wahr, wie klein sie war im Verhältnis zur Größe des Sees. Winzig. Ein Wassertropfen in einem Ozean. Verfluchte Scheiße. Sie wollte sich nicht klein fühlen. Sie holte nochmals aus zum rechts links rechts Atem holen, verschluckte sich, schluckte Wasser. Auch das noch.

Au, schlägst du rechts,
dann schlägst du links,
trittst mit den Füßen,
haust mit dem Bein
mitten in meine Wellen hinein.

Du willst mich schlagen,
ich soll dich tragen.
Welch miserables Geschäft!
Mir ist es nicht recht,
dein Diener zu sein.

Willst mich nicht ertragen
in deinem Magen,
glaubst also fürwahr,
dass ohne Gefahr
du kannst mich verschmähen.

Wir werden wohl sehen,
wie lang das kann gehen.
Du bist nicht allein,
du kannst es nicht sein.
Verbind´ dich mit mir!

Mit flacher Hand schlug Frou-Frou auf die Wasserfläche. Die Wasser spritzten ihr ins Gesicht, woraufhin sie nochmals zuschlug, mit den Beinen trat. Eine kleine Welle zeigte sich um sie herum, dann war der See wieder still. Dass sie so wenig bewirkte, machte sie noch wütender. Sie schrie, sie weinte, sie verfluchte den See, die Wasser. Am meisten aber verfluchte sie sich selbst, dass sie es auch dieses Mal nicht geschafft hatte, die Wasser zu besiegen.

Frou-Frou kehrte um, ließ den See hinter sich, stapfte zum Hochhaus zurück, vorbei an der Blasewitz, die nun ihrerseits tausend Flüche über sie ergoss. Sie stieg in den Aufzug, hinterließ eine Spur von Wasser, drückte auf den dreizehnten Stock. Kein Wunder, dass ihr alles misslang. Wer wohnte schon im dreizehnten Stock? Um sie herum eine Pfütze von Wasser. Sie stieg aus, ging zu ihrer Wohnungstür und schloss sich ein.

## 56.

Gott, welcher Schlüssel ist denn jetzt der Richtige? Magda fingerte an dem großen Bund, das sie bei sich führte. Es war einundzwanzig Uhr fünfzehn, Montag, der zehnte Juni, Pfingsten. Eine Affenhitze. Seit Tagen hatte Magda nichts mehr von ihrer Freundin gehört.

Keiner der Schlüssel mochte in den Bolzen der Haustür passen. Frau Blasewitz kam mit ihrem Rollator von innen auf die Glastür zu. Schritt für Schritt, ganz gemächlich. Sie wollte zu dieser späten Stunde noch einen Gang vor die Tür machen.

Magda winkte ihr zu, die Betagte reagierte nicht. So versuchte Magda ihr Glück mit dem nächsten Schlüssel, doch auch der wollte nicht passen. Die Rollatorin öffnete die Türe, schob die Räder ihres Gefährts in den Türrahmen und schaute Magda skeptisch an.

„Was wollen Sie um diese Uhrzeit noch hier?“

„Ach, bitte, lassen Sie mich rein! Eine Freundin von mir wohnt im dreizehnten Stock. Sie hat sich seit Tagen nicht mehr gemeldet. Ich mache mir große Sorgen, dass ihr etwas passiert ist.“

Frau Blasewitz baute sich zu voller Größe auf. Keine Frage, sie würde Magda nicht so einfach vorbeilassen.

„Meinen Sie, Sie sind die erste, die mir solche herzergreifenden Geschichten erzählt und nichts anderes im Sinn hat, als armselige alte Menschen auszurauben? Ich denke gar nicht daran, Sie in dieses Haus zu lassen.“

Die Seniorin schloss die Tür und stellte sich wie ein Wachhund dahinter.

„Ich könnte Sie anzeigen wegen unterlassener Hilfestellung“, schrie Magda durch die verglaste Wand. Sie nahm einen weiteren Schlüssel vom Bund, steckte ihn ins Schloss. Er passte. Endlich. Der Zylinder drehte sich. Magda schob die Tür auf, ignorierte Rollator und Seniorin.

„Wie heißt sie denn Ihre Freundin?“, rief ihr die Blasewitz hinterher, da verschwand Magda schon im Aufzug.

Neun – zehn – elf – zwölf. Der Aufzug schien nie oben ankommen zu wollen. Nervös knibbelte Magda an der Haut neben ihren Fingernägeln, biss die Fetzen mit ihren Zähnen ab. Blut floss. Es war ein unangenehmes Gefühl und doch konnte Magda es nicht lassen, ihre Finger zu beknabbern, wenn sie nervös war.

Wohnung Nummer dreiunddreißig, die letzte auf der rechten Seite. Frou-Frou bewohnte die Ecke. Der Schlüssel neben dem der Haustür passte. Magda öffnete die Türe und rief nach der Freundin. Nichts. Kein Laut. Herrgott, Frou-Frou, wo steckst du nur?

Ohne die Jacke abzulegen, raste Magda durch den Flur in das Wohnzimmer ihrer Freundin. Abgestandene Hitze stand im Raum. Sonst nichts. Alles wirkte aufgeräumt und in bester Ordnung. Erst als sie die Tür zu dem kleinen Schlafzimmer öffnete, entdeckte sie die Gesuchte. Die Katze saß neben ihr, kam sogleich auf Magda zugestürzt.

„Herrje, was machst du hier auf dem Boden? Frou-Frou? Hörst du mich?“

Sie griff nach den Schultern der Freundin und realisierte, dass Frou-Frou zwar kühl, aber nicht vollständig erkaltet oder erstarrt war. Sie schüttelte sie. Ein Ächzen drang aus Frou-Frous Mund, was Magda verriet, dass die Freundin noch lebte.

„Was ist passiert? Warum hast du nicht um Hilfe gerufen?“, fragte sie die Komatöse und wusste, dass von der keine Antwort zu erwarten war. „Hast du getrunken?“

Kein Ton drang aus Frou-Frous Mund.

Einen Krankenwagen, ging es durch Magdas Kopf, während sie bereits zum Handy in ihrer Tasche griff.

Die Rollatorin kam gerade von ihrem Spaziergang zu den Wassern zurück, als Frou-Frou von zwei Sanitätern auf einer Bahre abtransportiert wurde. Magda trug die Katze auf ihren Armen.

„Was hat sie denn?“

„Sie ist komplett dehydriert. Seit Tagen hat sie offenbar keinen Schluck zu sich genommen.“

„Nichts getrunken. Kenn´ ich. Vielleicht hatte sie genug vom Leben“, antwortete die andere lapidar.

So eine dämliche Ziege. Wieso sollte Frou-Frou nicht mehr leben wollen? Gedankenverloren streichelte Magda die Katze. Aber weshalb hatte die Freundin nichts mehr getrunken? Ich dachte, sie hätte sich mit den Wassern versöhnt, sprach sie zu dem Katzentier.

„Die Katze kann aber nicht mitfahren“, wurde sie von einem der Notfallsanitäter zurechtgewiesen.

„Such´ dir ein neues Zuhause! Wahrscheinlich habt ihr beide nie so richtig zusammengepasst“, sprach Magda zu der Vierbeinerin und entließ sie in die dunkle Nacht.

Miau miau, oh weh, oh weh,
meine Liebste ist weg.
Ich rühr´ mich nicht vom Fleck,
sonst vor Kummer vergeh´.

Was geschieht mit der Frau
über die ich sollt wachen,
die nichts hat zum Lachen,
die hasst jedes Blau?

Ohne Sinn und Verstand,
ist sie blind vor Wut,
doch im Herzen gut,
durchs Leben gerannt.

Miau miau, oh weh, oh weh,
meine Liebste ist weg.
Ich rühr´ mich nicht vom Fleck,
sonst vor Kummer vergeh´.

## 57.

Am gleichen Abend und zur gleichen Zeit stand Anna in der Trauerkuhle. Schweiß lief ihr die Schläfen entlang. Anna ahnte nichts von dem, was sich im dreizehnten Stock ereignet hatte. Sie war sooooo verliebt. Heute hatte sie kein Taschentuch mitgebracht, um es an die Streben des Geländers zu binden. Damit die Große Vasenschwämmin trotzdem nicht unter Salzarmut litt, hatte sie ein Pfund Meersalz erstanden.

Salzkorn für Salzkorn tröpfelte auf die Wasserfläche. In ihren Ohren ertönte der Gesang der rundbäuchigen Wasserbewohnerin. Da sah sie Schlieren auf dem glitzernden Spiegel. In Schlangenlinien zog sich ein grüner Teppich über die Wasser. Er reichte weit bis in die Mitte der Bucht.

Blaualgen, realisierte Anna mit Schrecken. Wie entsetzlich. Die letzten Tage war es sehr heiß gewesen. Da nahm es nicht wunder, dass die sich vermehren. Das musste sie tunlichst Severina mitteilen. Da würden sie tätig werden müssen.

Sie zauderte. Eigentlich war sie zum Singen in die Senke gekommen. Sie wollte Wasser und Mondin danken für deren Führung. In wenigen Tagen war Vollmondin. Schon jetzt strahlte der von ihr geliebte Himmelskörper prall vom Himmelszelt. Ohne die geliebte Mondin hätte sie Franz nicht kennengelernt. Franz roch und schmeckte so köstlich. Saftig und frisch, mit einer leicht herben Note. Mit ihm floss sie, wurde leicht und zeitlos.

Wie konnte sie nur an Franz denken, während die Wasser litten, schalt sie sich selbst. Angestrengt versuchte sie, sich in die Not der Wasser einzuschwingen. Mit einem Ausatmer schickte sie Schmerz und Leid in ihr Herz hinein. Es mochte nicht gelingen. Annas Herz hüpfte und tanzte, als müsste sie es festhalten, damit es nicht auf den See spränge, um vor lauter Glück Pirouetten auf der spiegelnden Fläche zu drehen.

Sie hatte es doch nicht zu verschulden, dass es so heiß war. Wenn es nach ihr ginge, dürfte es gerne kühler sein. Ungern wollte sie sich schlecht fühlen, weil sie ausnahmsweise einmal von Herzen glücklich war. Sie wollte so gerne singen. Oh ja, es verlangte sie zu singen. Mit schwingenden Knien stellte sie sich ans Geländer, holte tief Atem und hob an zu tönen.

Da vernahm sie, dass auch die Wasser sangen. Sie hörten Annas Gesang, schwangen sich ein und ließen diesen weiter erklingen. *Fly me to the moon* drang engelsgleich aus Annas Kehle. Die Mondin lachte und freute sich mit Anna über die Liebe und das schöne Lied.

Auch die Blaualgen hörten zu. Schwingend malten sie immer neue Muster auf die Fläche des Sees. Sie saugten sich voll mit Klang. Ein „Plopp" ertönte, mischte sich in den Gesang. Mit diesem „Plopp" zerplatzten die Zellwände der Bakterien. Annas Gesang hatte die stummen Felder zum Klingen gebracht.

58.

MAGDA: Wann hast du Frou-Frou das letzte Mal gesehen?

FRANZ: Vor einem Monat. Wieso? Ist ihr was passiert?

MAGDA: Sie liegt im Krankenhaus. Es sieht so aus, als hätte sie nicht mehr leben wollen.

FRANZ: (schluckte, räusperte sich, Tränen standen in seinen Augen):
Das habe ich nicht gewusst.

MAGDA: Was hast du nicht gewusst?

FRANZ: Dass sie nicht mehr leben wollte.

MAGDA: Ich habe deine Telefonnummer und deinen Namen auf einem Zettel bei ihr gefunden. Woher kanntet ihr euch?

FRANZ: Das ist schon eine halbe Ewigkeit her. Frou-Frou war mal meine Trainerin beim Olympiastützpunkt. Ich war Langstreckenmeister.

MAGDA: Weshalb habt ihr euch jetzt getroffen?

FRANZ: (druckste herum) Das war ein Zufall.

MAGDA: Was für ein Zufall?

FRANZ: Sie hat mich gerettet.

MAGDA: (wartete)

FRANZ: An der Freundschaftsinsel sind wir uns wiederbegegnet. Es war schon dunkel. Sie schwamm ihre tägliche Runde. Mit der Karthäuser-Katze auf dem Schwimmsack. Ich habe sie erst gar nicht gesehen trotz der roten Schwimmkappe und dem gelben Sack. Aber sie hat mich gesehen. Sie hat mir mehrmals zugerufen. Es hat gedauert, bis ich das Rufen gehört habe.

MAGDA: Und dann?

FRANZ: Ich war schon bis zu den Hüften in den Wassern. Da hat sie mich gepackt und ans Ufer geschleppt.

MAGDA: Weil du nicht schwimmen konntest oder weshalb? Was war los mit dir?

FRANZ: Ich hatte mir die Hände zusammengebunden. In den Manteltaschen Gewichte.

MAGDA: Als Übung oder weshalb?

FRANZ: Es war mein dritter Versuch, mir das Leben zu nehmen.

MAGDA: Der dritte? Wieso denn durch Ertränken? Du bist doch ein ausgezeichneter Schwimmer. Gibt es keine anderen Todesarten?

FRANZ: (schwieg)

MAGDA: Habt ihr euch weiterhin getroffen?

FRANZ: Zweimal wöchentlich.

MAGDA: Das letzte Mal vor einem Monat?

FRANZ: Nein, nicht wirklich. Ich habe sie noch vor einer Woche gesehen.

MAGDA: Wieso wolltest du mir das verschweigen?

FRANZ: Würden Sie wollen, dass jeder X-Beliebige von Ihren Suizidversuchen erfährt? Ich wusste schließlich nicht, was Sie von mir wollen.

MAGDA: Worüber habt ihr gesprochen bei eurem letzten Treffen?

FRANZ: Wir haben nicht viel gesprochen. Wir sind geschwommen.

MAGDA: Geschwommen? Nachdem du dich ertränken wolltest?

FRANZ: Ich kann mir nicht vorstellen, dass sie sich das Leben nehmen wollte. Auf mich machte sie einen sehr frohgestimmten Eindruck.

MAGDA: Jeder kann sich mal irren.

FRANZ: Wir wollten zusammen durch Berlin schwimmen. Vierundvierzig Kilometer.

MAGDA: Ganz schön viel Zeit in den Wassern.

FRANZ: Wir schwingen auf den gleichen Ton, Frou-Frou und ich.

59.

Donnerstag, der dreizehnte Juni, achtundzwanzig Grad, die Trockenheit hielt an. Potsdam, Feuerbachstraße, unweit von Franzens Wohngemeinschaft. Drei Zimmer, ein kleiner Balkon zur Straße hinaus. Anna wohnte alleine in diesen feudalen Gefilden. Sie saß auf dem Balkon, neben sich ein Tisch mit Milchkaffee und Keksen. Die Tür zum Wohnraum stand offen. Im Türrahmen stand Severina. Beide waren in blau gekleidet. Blaue Shorts sowie eine blaue Basecup bei Severina. Anna schmückte ein Ballkleid mit ausladenden Volants, das einzige Kleidungsstück, das sie in blau vorzuweisen hatte.

„Siebzehn Uhr, gebongt?“

„Siebzehn Uhr ist gut. Dann haben alle Feierabend.“

„Greenpeace hat gepostet, der BUND sowie Fridays for Future. Eigentlich müssten so dreihundert bis fünfhundert Menschen kommen.“

Anna steckte sich genüsslich einen Keks in den Mund, Vollkorn mit Rohrzucker und Bioschokolade.

„Ich war noch nie bei einem Flashmop.“

„Ist kaum anders als ´ne Demo. Nur dass die Ankündigung spontaner geschieht. Facebook macht´s möglich. Bei Instagram erscheint der Post auch.“

Severina setzte sich auf den zweiten, freien Stuhl. Anna reichte ihr einen Becher mit Milchkaffee.

„Danke, dass du das für mich machst. Ich liebe diesen Ort. Dass jetzt auch dort alles voll ist mit Blaualgen, ist einfach furchtbar.“

Severina setzte die rechte Ferse auf die Balkonbrüstung und schlug das linke Bein darüber.

„Ich mache das nicht für dich. Ich tu´s für die Wasser und für die Zukunft. Dass im Juni schon alles voll ist mit Blaualgen, ist ein Skandal. In der Regel kippen die Gewässer erst nach der Saison um. Das wäre im September. Die neue Wasserrahmenrichtlinie sieht vor, dass alle Fließgewässer ein Gütesiegel bekommen, das nachweist, dass sie mindestens in einem guten ökologischen Zustand sind. Zweitausendsechzehn waren es nur sechsundzwanzig Komma vier Prozent, die ein solches Siegel bekommen haben. Das ist ein Desaster. Die Politik schert sich einen Scheißdreck darum."

Es klingelte. Anna stand auf.

„Das wird Franz sein. Er wollte vor der Zusammenkunft noch bei mir vorbeikommen."

Mit wiegenden Schritten tänzelte sie durch ihr Wohnzimmer. Die Volants schwangen bei jedem ihrer Schritte.

„In Australien haben sie begonnen, Phoslock in die Wasser zu geben. Hier wird es als Bentophos verkauft. Bindet den Phosphor. Das wäre das Mindeste, was die Stadtfuzzis tun könnten."

Anna hörte Severina kaum zu. Ihr Gesicht strahlte, als sie die Wohnungstür öffnete, um Franz zu empfangen. Der hielt einen Briefumschlag in seinen Händen, mit dem er in der Luft wedelte.

„Rate mal, was ich hier habe?"

„Einen Brief von Steve Mann aus Kanada?"

Franz schüttelte den Kopf, nahm Anna in den Arm und küsste sie.

„Ich bekomme eine Förderung, um ein Wasserklavier zu bauen."

Anna hielt sein Gesicht und gab ihm noch einen Kuss auf den Mund. Dann hakte sie ihn unter und führte ihn Richtung Balkon.

„Franz´ Antrag wurde bewilligt. Ist das nicht wunderbar?"

Severina hob nur kurz den Kopf, bevor sie wieder in ihrem Handy verschwand.

„Und wie hoch wird der ökologische Fußabdruck deines Unternehmens sein? Ein normales Klavier verbraucht immerhin keinen Strom", warf sie ihm über die Schulter hinweg entgegen.

Franz lächelte konziliant und schob sich einen Keks in den Mund.

„Ich habe Neuigkeiten“, hielt er auf einmal inne.

Anna schaute ihn an. Sein Gesichtsausdruck verriet, dass es dieses Mal keine positive Botschaft war.

„Frou-Frou liegt im Krankenhaus. Es ist ungewiss, ob sie durchkommt.“

„Woher weißt du das?“

„Ihre Freundin Magda hat mich angerufen.“

Anna musste sich setzen. Der Flashmob, ihr Liebesglück, alles war in dem Moment vergessen.

„Was ist denn passiert?“

„Sie hat versucht, sich das Leben zu nehmen.“

Ein Blickwechsel mit Franz.

„Das kann ich nicht glauben.“

Fassungslosigkeit sprach aus ihren Gesichtern.

„Bingo. Fünfhundert Menschen haben zugesagt.“

Severina steckte ihr Handy in die Hosentasche, stand auf und war zum Abmarsch bereit.

„Hast du nicht gehört? Frou-Frou geht es schlecht.“

„Hab´ ich mitbekommen.“

„Bitte, sei nicht so herzlos!“

„Herzlos? Meine Ressourcen sind begrenzt wie die dieser Erde. Ich kann mich nicht um alles kümmern. Der da braucht übrigens noch blaue Klamotten.“

Franz war in schwarz gekleidet. Severina zog an ihm vorbei.

„´Der da´ ist mein Freund. Er hat bestimmt etwas Blaues dabei.“ Anna umschlang Franz. Beide hielten sich fest.

## 60.

Vierzehnter Juni. Potsdam, Ernst-von-Bergmann-Klinik. Zeit spielte keine Rolle. Dort, wo Frou-Frou war, hatte sie nicht den geringsten Bezug zur Zeit. In der Welt um sie herum wurde sie gewickelt, gewaschen, gefüttert. Ihr Herzschlag, ihre Blutwerte, die Menge ihres Urins, alles wurde kontrolliert, bemessen, gewogen, notiert. Die Tabellen und Spalten am Fußende ihres Bettes füllten sich mit Informationen über ihren Zustand. Frou-Frou bekam von all dem nichts mit. Sie war in einer anderen Welt.

Nicht, dass es sich dabei um keine Welt gehandelt hätte. Nicht, dass sie nichts erlebt hätte. In ihr war eine Fülle an Welt und innerem Erleben. Zeitlich konnte sie das Geschehen nicht zuordnen. Sie wollte es auch nicht. Das war egal. Es war nicht Potsdam. Es war nicht Deutschland. War es ein Ort auf dieser Erde? Es war.

Sie sah sich auf einer kleinen Insel. Eine Hütte, ein Baum, sonst nichts als Sand. Weite Sandflächen. Dahinter das Meer. Mit seinen Wellen rauschte es heran. Frou-Frou konnte es hören. Sie stand im Sand, ihre Füße in die Körner hineingegraben. Bis zu den Knien reichte das trockene Etwas. Sie stand, konnte sich nicht rühren. Ihr Blick ging aufs Meer. Sie sah das Blau, sah die weißen Linien inmitten des Blaus. Am Horizont ein Streifen von milchigem Nichts. Darüber der Himmel.

Kein Vogel, keine Wolke. Nichts, was sich regte in den Lüften. Und doch ein Rufen. Laut, durchdringend. Es hallte über das Meer und wollte zu ihr. Nur zu ihr.

„Komm´ zu mir! Schwimme in mich hinein! Ruhe dich aus! Entspanne dich! Ich nehme dich auf, beschütze dich, halte dich, ich die Mutter, ich das Gefäß allen Seins.“

Es war nicht das Meer, das sie rief, auch wenn sie es hätte durchpflügen müssen, um zu derjenigen zu kommen, die sie einlud. Sie war es, die große Namenlose. Von der Tiefe des Meeres schallte ihr Rufen herauf zu Frou-Frou, zu ihr, der Einsamen, zu ihr, der Vertrockneten, zu ihr, der Hageren, der Angespannten, der Kontrollierenden.

Frou-Frou hörte es, doch sie konnte dem Rufen nicht folgen. Hing fest, klebte fest. Es musste schön sein, ins Meer zu steigen, sich von den Wellen tragen zu lassen. Es musste schön sein, hinabzutauchen, einzutauchen, auf den Grund zu tauchen. Doch sie konnte nicht. Sie blieb hier, an der Oberfläche des Seins, beim Reiben an der Schwerkraft der Dinge.

## 61.

„Was machst du denn hier? Ich habe dir doch gesagt, du sollst dir ein neues Frauchen suchen."

Die Katze saß neben Frou-Frous Türschild. Mit wachen Augen schaute sie Magda an. Wer wusste, wie lange sie schon hier wartete.

„Na, komm´, ich lasse dich rein."

Die Rentnerin öffnete die Tür zu Frou-Frous Wohnung. Sie hatte sich vorgenommen, einfach mal nach dem Rechten zu sehen. Niemand wusste, wie lange die Freundin noch im Koma liegen würde. Vor fünf Tagen hatte sie sie ins Krankenhaus gebracht. Die Hitze stand in der Wohnung im dreizehnten Stockwerk. Sie entriegelte das Fenster, um frische Luft hereinzulassen. Der Kühlschrank war leer. Zwei verschrumpelte Äpfel lagen auf der Fensterbank.

Immer wieder umstreifte Chartreuse den Kartenständer. Ihr Schwanz war aufgestellt, der Rücken zum Buckel geformt. Bei ihrem letzten Besuch war Magda die Karte gar nicht aufgefallen. Die Katze sprang auf ihren Arm, betrachtete mit ihr das Kartenwerk. Im Vorüberschweifen erhaschte Magda das Zeichen für die Vasenschwämmin. Die Strecken durch Potsdam waren verzeichnet, die Tour durch Magdeburg, auch die geplante Strecke durch Dresden. Vollendet hatte die Komatöse sie nicht, sonst wäre sie blau gezeichnet gewesen. Warum nicht? Zwölfter Mai. Die Telefonnummer einer Severina war an den Rand gepinnt.

„Weißt du, warum sie nicht durch Dresden geschwommen ist?" Die burschikose Endsechzigerin hockte sich auf den Boden und streichelte Chartreuse. „Sie hatte offensichtlich alles vorbildlich geplant. War sie da schon entkräftet? Hat sie ihren Plan aufgegeben? Wieso hat sie mir nichts von dem Datum gesagt? Ich sollte diese Severina kontaktieren. Es bleibt ein Rätsel."

Magda setzte sich auf Frou-Frous Sofa. Dorthin, wo sonst die Freundin saß. Chartreuse gesellte sich neben sie.

„Ich wünschte, ich könnte in sie hineinkriechen, wissen, was in ihr vorgeht und was sie die letzten Wochen erlebt hat. Dieser Franz scheint nichts zu wissen. Ach, wenn du doch reden könntest."

Die Katze miaute, rieb ihre Ohren an Magdas Hand, sprang auf den Boden und umkreiste den Papierkorb, der sich neben dem Sofa befand. Alte Zeitungen steckten zusammengeknüllt in dem Plastikeimer.

„Was hast du denn?"

Erneut sprang Chartreuse auf Magdas Schoß, schmiegte den Kopf an deren Brust, schaute in Magdas Augen, wendete dann den Kopf Richtung Papierkorb. Magdas Blick folgte ihr. Sie glitt auf die Knie neben den Eimer, griff zu den Zeitungen. Magda stolperte über eine Schlagzeile: „Dresden", „Umweltaktivisten warten vergebens", „Flussschwimmende Seniorin erscheint nicht."

In ihrem Kopf ratterten die Gedanken. Mit der Seniorin konnte nur Frou-Frou gemeint sein. Wahrscheinlich hatten diese Ökos sie für ihre Zwecke benutzen wollen. Wutentbrannt sprang sie auf, klemmte sich die Zeitungen unter den Arm.

„Diese Schweine! Gewiss haben die ihr das Schwimmen vermiest. Die knöpfe ich mir vor."

Sie wollte schon die Wohnung verlassen, da erinnerte sie sich an Chartreuse. Die war über das Fenster nach außen gelangt, hangelte sich die Hauswand von Fenstersims zu Fenstersims nach unten. Magda verfolgte ihre Kletterkünste.

„Du bist nicht nur eigensinnig, sondern auch gewieft."

## 62.

Montag, siebzehnter Juni, Campus Golm. Eine Woche lag Frou-Frou mittlerweile im Koma. Magda hatte ein Treffen mit Severina vereinbart. Ein Studentencafé. Neben Kaffee mit Kuhmilch, was sich hier kaum noch einer zu trinken wagte, wurde Hafer-, Soja- und Reismilch angeboten. Es war anhaltend unerträglich heiß. Türen und Fenster waren geöffnet, um etwas Durchzug zu erzeugen. Eine barfüßige Studentin mit Dreadlocks fragte Magda, ob sie auch etwas trinken wollte. Die bestellte Wasser, entdeckte Severina, die auf einem durchgesessenen Sofa in der Ecke saß. Das neongelbe Shirt war weithin erkennbar.

Ohne ein Wort des Grußes setzte sich Magda zu der Ruhrpottlerin und warf ihr einen Zeitungsausdruck auf den Schoß. „Ökoaktivisten warten vergeblich“, „Keine Greta Thunberg der Senioren“ stachen als Schlagzeilen aus dem Text hervor.

| | |
|---|---|
| MAGDA: | Haben Sie Frou-Frou überredet, nichts mehr zu trinken? |
| SEVERINA: | Was wollen Sie? Ich kenne diese Frou-Frou kaum. Hab sie nur durch Anna kennengelernt. |
| MAGDA: | Wer ist Anna? |
| SEVERINA: | Eine Freundin. Wir kennen uns von Fridays for Future. Waren beide bei der großen Klimademo in Berlin. Sie fiel mir auf mit ihrer Wasserflasche unterm Arm und ihrem Plakat. Jedenfalls war schnell klar, dass wir uns beide für Wasser engagieren und bei Greenpeace aktiv sind. Anna wohnt um die Ecke von dieser Frou-Frou. |

Wir sind schon viel zusammen gepaddelt. Mecklenburgische Seenplatte – ein Traum. So was gibt´s im Pott nicht. Ich habe noch nie Eisvögel gesehen. Einfach abgefahren. Dass es sowas Cooles hier bei uns in Europa gibt. Die Natur ist super. Einfach geil.

MAGDA: Hört sich alles ganz nett an, was Sie mir über die Eisvögel und Ihre Freundin erzählen. Mich interessiert Ihre Beziehung zu Frou-Frou.

SEVERINA: Hab ich das erste Mal in Ferch getroffen, dann auf dem Weg nach Dresden. In Ferch schwamm sie mit diesem Franz. Zuerst habe ich nur ihren gelben Schwimmsack und die knallrote Badehaube gesehen. Als sie näherkamen, sah ich, dass die ne Katze auf ihrem Schwimmsack sitzen hat. Eine Katze! Die sind doch wasserscheu. Aber die saß da einfach und rührte sich nicht vom Fleck. Eine wirklich schöne Katze. Irgend so eine Rassekatze. Ich weiß nicht, wie die heißen.

MAGDA: Wie kam es dazu, dass Sie sie für Ihre Zwecke eingespannt haben?

SEVERINA: Ich verstand nicht, weshalb sie das eigentlich macht: Städte durchschwimmen, die mehr als hunderttausend Einwohner haben. Wie kommt man da drauf? Voll krass.

MAGDA: Lenken Sie nicht ab! Sie haben etwas geplant gehabt mit meiner Freundin.

SEVERINA: Ich fand´s crazy, ein älteres Semester dabei zu haben.

MAGDA: Haben Sie sie gefragt, ob sie einverstanden ist?

SEVERINA: He, ich bin doch nicht der Babysitter dieser Alten. Wenn die nichts mehr trinken will, soll sie doch.

63.

Mitte
Mitte Mitte Mitte!
eine Mitte Kugel
meine Mit Kugel
in mein Kugel dich
Kriech´ dich ein!
Sollst sein!
in mein gehalten
mein Arm gehalten
meinen Armen
Arm

64.

Wellen schlugen, rollten heran. Frou-Frou stand immer noch auf der kleinen Insel am Meer. Für alle anderen lag sie in einem weißen Bett, angeschlossen an diverse Apparaturen. Koma.

Das Meer kam zu ihr, umspülte ihre Füße, schwämmte sie frei. Frou-Frou ließ sich fallen, glitt hinein in die Fluten, verließ die Hütte, den Baum, die einsame Insel. Wellen trugen sie, nahmen sie mit sich hinaus in die Weite. Ein Schweben. Irgendwann wusste sie, dass sie jetzt tauchen konnte. Einfach so. Schwang sich hinein in die Tiefe, fühlte die Freiheit des Raums, der sie umgab. Keine Mauer, keine Wand, Freiheit. Alle Richtungen standen ihr offen. In die Tiefe zog es sie. Ruhig atmete sie weiter. Auch unter Wasser.

Rot leuchtete die Vasenschwämmin. Frou-Frou sah das Strahlen, hörte das Pulsieren der Schwämmin, sah, wie das Meer erstrahlte in der Nähe des großen Korpus. Sie schwamm näher, kroch hinein, rollte sich ein, wurde ganz weich. Ihr Körper entspannte. Die Namenlose besummte sie, hielt sie in ihrem Arm, ließ ihren Geist wandern. Sie reiste durch die Zeit, flog in die Vergangenheit.

Es war Pfingstsamstag, der achte Juni zweitausendneunzehn. Was für eine Affenhitze. Das hielt kein Schwein aus. Frou-Frou hatte sich einen Ventilator gekauft, doch auch mit dessen Hilfe ließen sich die Temperaturen kaum bewältigen. Immer wieder legte sie sich ein feuchtes Tuch auf Stirn und Waden. Sie, die Feuchtigkeit die letzten Jahre verabscheut hatte.

Es wurde davon abgeraten, sich zu lange der Sonne auszusetzen. Sonnenbrand, Sonnenstich und Kreislaufzusammenbruch lauteten die Wörter, mit denen gewarnt wurde. Gerade die ältere Bevölkerung sollte sich schützen. Am besten, man bliebe zu Hause. Sonnenmilch, Sonnenhut oder sogar zur Mitnahme eines Sonnenschirms wurde geraten. Sechsunddreißig bis achtunddreißig Grad lauteten die Rekordwerte der letzten Wochen. Der heißeste Sommer seit Protokollierung der Wettermessungen.

Frou-Frou konnte den Anblick der Wetterkarten schon nicht mehr ertragen. Mit gelben, orangenen oder sogar roten Farben wurden die heißesten Zonen markiert. Bäume starben, Tiere verdursteten, in Brandenburg durften Kleingärten nur noch bedingt gegossen werden, das Grundwasser wurde knapp. Jetzt auch noch die Unwetterwarnungen. Schauer und Gewitter über die Pfingsttage.

Die Schwimmerin hatte sich vorgenommen, sich von all den Unkenrufen nicht abhalten zu lassen. Sie würde trainieren. Sie war kurz davor, ihren eigenen, ihren persönlichen Rekord zu brechen. Gestern war sie die Strecke zum Jungfernsee hin und zurück in Bestzeit geschwommen. Hitze hin oder her, sie hatte ein Ziel, das wollte sie auch erreichen. Die vierzig Kilometer durch Berlin waren nicht ohne. Dafür musste sie trainieren.

Die Katze weigerte sich, sie zu begleiten. Machte nichts. Sollte die sich halt in den Schatten setzen und schlafen. Sie hatte keine Zeit, um sich auszuruhen. Dass sie immer noch nicht trinken konnte, beunruhigte sie allerdings. Einzig wenn sie an einem feuchten Tuch lutschte, war es ihr möglich, Flüssigkeit zu sich zu nehmen. In einer Thermoskanne nahm sie kalte Wasser mit und ein Tuch. Wasser in den Becher der Thermoskanne, das Tuch eingetaucht, dann daran gelutscht. Es würde schon irgendwie gehen. Es musste gehen.

Um gut in die Wasser einzutauchen hatte sie ebenfalls einen neuen Trick. Sie legte ein weiteres Tuch ausgebreitet auf die Wasserfläche, zog es über den glatten Spiegel, wischte dann mit dem Tuch über ihre Haut. Die Wasser ließen sie in sich hinein. Die Schlappe von Dresden wollte sie nicht nochmals erleben.

Zielsicheren Schrittes stieg sie in den Kessel der Neustädter Bucht. Beobachter auf den naheliegenden Bänken starrten sie verwundert an. Wie eine Fata Morgana erschien sie ihnen, eine Lichtgestalt, ein Fantasma.

Rechts links rechts Atem holen, links rechts links Atem holen. Franz trainierte nicht mit. Nicht zu Pfingsten. Er hatte keine Zeit. Die verbrachte er lieber mit Anna, sodass auch die keine Zeit für Frou-Frou hatte. Würde sie halt alleine schwimmen. Magda würde gewiss angeln. Melusine? Keine Ahnung, was die machte. Wahrscheinlich hielt sie die Mutter für verrückt, weil die bei diesen Temperaturen trainierte. Oskar? An Oskar dachte sie nicht. Der lebte sein Leben. Wie sein Vater. Nein, sie war ganz alleine hier auf den Wassern. Kannte sie. Rechts links rechts Atem holen, links rechts links Atem holen.

Mein Hals ist jetzt schon ganz trocken. Egal. Wenn ich am Jungfernsee bin, kann ich einen Stopp einlegen und an dem Tuch nuckeln. Ein Drittel der Strecke hatte sie schon geschafft. Rechts links rechts Atem holen, links rechts links Atem holen.

Schweiß stand ihr auf Stirn und Oberlippe. Er tropfte die Schläfen hinunter, am Ohreingang vorbei, floss dann zum Kinn und auf die Wasser. Oder waren es die Wasser selbst? Spürte sie einfach nur die Wasser, die sich beim Kraulen auf ihrem Gesicht sammelten und abflossen? Nein, zu heiß. So heiß wurde die Havel selbst in einem solchen Rekordsommer nicht. Ihr Kopf glühte. Bestimmt bin ich rot im Gesicht, dachte sie sich. Einfach weiterschwimmen.

Sie spürte ihre Beine kaum noch. Waren das ihre Füße, die da hin und her paddelten? Mechanisch griffen die Hände immer wieder nach vorne aus. War da vorne? Schwamm sie eigentlich vorwärts? Sie fing schon an, die Orientierung zu verlieren. Die Freundschaftsinsel hatte sie schon hinter sich. Immerhin. Das Café war leer. An einem Pfingstsamstag! Normalerweise war hier die Hölle los an Feiertagen. Wahrscheinlich war es ihnen zu heiß. Weicheier.

Frou-Frou schob das Tempo an, wo auch immer sie die Kraft dafür hernahm. Sie wollte ihr Ziel erreichen. Sie musste. Rechts links rechts Atem holen, links rechts links Atem holen. Vorbei am Hans-Otto-Theater, unter der Glienicker Brücke hindurch. Sie würde es bis zur Brücke des Friedens schaffen. Ganz bestimmt. Rechts links rechts Atem holen, links rechts links Atem holen, nochmals Atem holen. Sie konnte nicht mehr, schon lange nicht mehr. Es war nicht mehr weit. Komm´, Frou-Frou, machte sie sich selber Mut! Das wäre doch gelacht. Das schaffst du.

Auf allen Vieren krabbelte sie das Ufer nahe der Nedlitzer Straße hinauf, ließ sich auf den Boden fallen und war froh, dass ihr eine Esche Schatten spendete. Den Schwimmsack geöffnet, die Thermoskanne nehmen, Deckel abschrauben, Wasser ausschütten, Tuch eintauchen, lutschen. Ah, das tat gut! Am besten gleich noch einmal eintauchen. Nur nicht zu hastig, sonst kommt alles wieder raus. Das kannte sie schon. Schön langsam nuckeln. Die Kanne war voll.

Sie hatte alle Zeit der Welt. Wenn sie nur nicht ihre gestrige Bestzeit übertrumpfen wollen würde. Das konnte sie jetzt schon nicht mehr schaffen. Ärgerlich. Vielleicht konnte sie auf der Rücktour etwas an Tempo zulegen. Sie schraubte den Deckel der Thermoskanne zu, verstaute alles im Schwimmsack und machte sich auf den Rückweg.

Warum war sie so hart zu sich selbst gewesen? Frou-Frou wanderte zurück durch die Zeit. Zurück ins Meer. Zur Vasenschwämmin. Sie lag eingerollt im Inneren des bauchigen Gefäßes. Ganz weich, ganz zart. Es schüttelte sie. Ihr graute vor so viel Selbsthass und Kontrolle. Wem hatte sie etwas beweisen wollen? Was hatte sie so starrköpfig und unsensibel gemacht?

65.

| | |
|---|---|
| OSKAR: | Was willst du von mir? Ich habe keine Zeit. |
| MAGDA: | Der Herr Verwaltungswirt ist mal wieder in Eile. |
| OSKAR: | Verwaltungsfachwirt. |
| MAGDA: | Oh, ich vergaß. Mal wieder Naturschutzgebiete in Bauerschließungsgebiet verwandeln? Oder wobei störe ich an einem Mittwoch, so mitten in der Woche? Ah, ich habe dich bei einem Stelldichein mit deinem Liebsten unterbrochen. |
| OSKAR: | Das geht dich nichts an. |
| MAGDA: | Ich rufe an wegen Frou-Frou. |
| OSKAR: | Was ist mit ihr? |
| MAGDA: | Sie liegt im Krankenhaus. |
| OSKAR: | Ich habe wirklich keine Zeit. Sollen sich andere um sie kümmern. Außerdem hasse ich Krankenhäuser. |
| MAGDA: | Ich bin mir sicher, dass sie von dir keinen Besuch erwartet. |
| OSKAR: | (schluckte) |
| MAGDA: | Ich dachte, du wüsstest, weshalb sie versucht hat, sich das Leben zu nehmen. |
| OSKAR | (schwieg) |
| MAGDA: | Du hattest nicht rein zufällig Kontakt zu ihr in den letzten Wochen? |
| OSKAR: | Seit ihrem unsäglichen Fest, wo sie sich wieder einmal vollkommen daneben-benommen hat, habe ich nichts von ihr gehört. Was mir auch recht ist. Ich bin nicht für das Leben meiner Mutter verantwortlich. Wenn sie keinen Spaß mehr daran hat, ist das ihre freie Entscheidung. |
| MAGDA: | Die dich vollkommen kalt lässt. |
| OSKAR: | Ja. |

MAGDA: Was hat sie dir getan, dass du so kalt gegenüber dem Menschen bist, der dich ins Leben geführt und der dir ermöglicht hat, so zu leben, wie du es heute tust?

OSKAR: (schwieg)

MAGDA: Was bin ich froh, keine Kinder zu haben. Schönen Tag noch, Herr VerwaltungsFACH-wirt.

66.

| | |
|---|---|
| MAGDA: | Entschuldige, wenn ich störe. |
| MELUSINE: | Die Kinder sind gerade eingeschlafen komm´ rein! |
| MAGDA: | Schön hast du es hier. |
| MELUSINE: | Danke womit kann ich dir helfen? |
| MAGDA: | Frou-Frou geht es nicht gut. |
| MELUSINE: | Aha. |
| MAGDA: | Sie liegt seit zehn Tagen im Koma. Sie hat nichts mehr getrunken. |
| MELUSINE: | Seit zehn Tagen schon? |
| MAGDA: | Ich war mir unsicher, ob ich dich anrufen soll. Ihr hattet in letzter Zeit kein besonders gutes Verhältnis. |
| MELUSINE: | Hat sie dir von unserem Streit erzählt? |
| MAGDA: | Was für ein Streit? |
| MELUSINE: | Ach egal. |
| MAGDA: | Was für ein Streit? |
| MELUSINE: | Ich war sauer weil sie für alle immer Zeit hat aber nicht für mich ihre Enkel ignoriert sie ich muss sie fast zwingen Zeit mit ihnen zu verbringen stattdessen trifft sie sich mit irgend so einer Anna einem Franz... |
| MAGDA: | ... oder mit mir. |
| MELUSINE: | Ja ich war ihr schon immer egal aber seit der Trennung von Papa ist es noch schlimmer geworden... |
| MAGDA: | Hattest du den Eindruck, dass sie nicht mehr leben will? |
| MELUSINE: | Was heißt das hat sie versucht sich umzubringen? |
| MAGDA: | So könnte man das nennen. |
| MELUSINE: | (weinte) |
| MAGDA: | Entspann´ dich! Sie lebt noch. |

MELUSINE: Kann ich sie besuchen die Kinder bekomme ich schon irgendwo unter sie braucht mich bestimmt.

MAGDA: Spiel´ ihr ein Stück auf dem Klavier! Da freut sie sich mehr drüber. Sie hat es nie verstanden, dass du deine Karriere als Konzertpianistin für deinen Mann und die Kinder aufgegeben hast.

MELUSINE: ... aber die Kinder brauchen mich.

MAGDA: Und du? Brauchst du dich nicht?

# 67.

Am gleichen Tag. Frou-Frou lag immer noch im Inneren der Vasenschwämmin.

Für alle anderen in der Welt da draußen, für die, die die sterilen Räume bevölkerten, die sich um sie kümmerten, sich um sie sorgten, war die zweite Woche ihres Komas in vollem Gange.

Wasser strömten durch das große Urwesen hindurch, wurden hineingesogen, ausgestoßen. Die Glasfasern vibrierten bei jedem Atemstoß. Das Funkeln und Strahlen der Schwämmin erleuchtete den Innenraum, vermittelte Frou-Frou ein Gefühl von Geborgenheit. Warm und geborgen wie ein Kind im Mutterleib, wie sich auch ihre Kinder einst in ihrem Bauch bewegt hatten.

War sie eine gute Mutter gewesen? Hatte sie alles gegeben? Hatte sie geleuchtet und gestrahlt für ihre Kinder? Hatten sie sich bei ihr sicher gefühlt? Ferne Zeiten. Lange her. Als Ahnungen tauchten sie in Frou-Frous Zellen auf. Ohne fassbare Körperlichkeit. Nicht einmal Bilder waren es. Gedanken, bloße Gedanken. Frou-Frou war zu keinen Gefühlen in der Lage. Dazu war es zu früh.

Sie bekam mit, wie die Namenlose aus der Mitte zwischen zwei Furchen ein kleines stacheliges Etwas entließ, ein schwammiges Miniwesen. Ganz ohne Paarung. Ohne Besamung. Nur aus sich selbst.

Wie schön, dachte sie. Das hätte mir auch gefallen.

Der schwammige Nachwuchs flog durch die Weiten des Meeres, spürte Freiheit, durfte sie fühlen. Sechsunddreißig Stunden hatte er Zeit. Dann musste er sich niederlassen, verwurzeln. Von der Zeitdauer wusste Frou-Frou nichts. Sie beobachtete, wie es geschah. Gewahrsamkeit.

Schwämminnen sind also Einzelgänger, Singles? Erstaunlich. Sie brauchen einander nicht, um sich zu vermehren. Bin ich eine Einzelgängerin? Schwämminnen sind umgeben von vielen Wasserwesen. Wo ist meine Gruppe? Wo gehöre ich dazu? Zu wem will ich mich gesellen? So viele Fragen. Sie kamen und gingen. Frou-Frou ließ sie ziehen.

Immer wieder schlief sie vor Erschöpfung ein. Dann gab es keine Bilder, keine Fragen. Dann kam das Nichts. Die Schwärze, die Nacht, alles dunkel um sie. Sie wusste nicht: Wird es wieder Tag werden? Werde ich wieder aufwachen? Bleibe ich gefangen im Dunkel des Nichts?

68.

MAGDA: Hast du die Scheidung eingereicht?

BRUNO: Deswegen hast du mich bestimmt nicht zu dir bestellt.

MAGDA: Frou-Frou geht es schlecht.

BRUNO: (schluckte)

MAGDA: Es ist nicht klar, ob sie überlebt.

BRUNO: (weinte)

MAGDA: Sie hat nichts mehr getrunken. Und ja, ich möchte herausfinden, ob du etwas damit zu tun hast.

BRUNO: Ich habe sie nicht mehr gesehen seit ihrem Fest.

MAGDA: Und gesprochen?

BRUNO: (schüttelte den Kopf)

MAGDA: Weißt du schon, wie viele Rentenpunkte sie von dir bekommt?

BRUNO: (schwieg)

MAGDA: War das ein Ja?

BRUNO: Ich habe das nicht gewusst. Bestimmt nicht. Ich wollte nicht, dass sie noch mehr leidet. Ich dachte, dass es ihr helfen würde, wenn die Scheidung durch wäre.

MAGDA: Tut es nicht?

BRUNO: Nein. Nicht wirklich. Ich habe viele Jahre selbständig gearbeitet. Da habe ich nicht in die Rentenkasse eingezahlt. Wir hatten einfach nicht genug Geld, um eine Zusatzversicherung abzuschließen oder freiwillig in die Rente einzuzahlen.

MAGDA: Das heißt?

BRUNO: Ich bekomme Rentenpunkte von Frou-Frou.

MAGDA: Wie viele?

BRUNO: Genau weiß ich das nicht, aber wahrscheinlich wird sie hundertfünfzig Euro weniger an Rente haben, wenn wir geschieden sind.

MAGDA: Wahrscheinlich?

BRUNO: Sicher.

MAGDA: Weiß sie das?

BRUNO: (nickte)

MAGDA: Verdammt, Bruno Senfeisen! Mögest du dich ewig im Rad des Samsara drehen für das, was du Frou-Frou angetan hast!

BRUNO: Ich habe das nicht so gewollt, ehrlich.

MAGDA: Ekelhaft, jetzt so zu tun, als wärest du ein armes, unschuldiges Opfer der Verhältnisse. Du bist ein mieses Stück Scheiße, Bruno Senfeisen! Ich hoffe für dich, dass Frou-Frou überlebt.

69.

„Ich habe mit Bruno gesprochen."

Das Krankenzimmer war klein und roch nach Desinfektionsmittel. Der beißende, scharfe Geruch hatte sich in jeden kleinsten Winkel hinein ausgebreitet. Auch auf Magda hatte er sich gelegt, die auf einem grauen Stuhl saß und Frou-Frous Hand hielt. Es war Sonntag, dreiundzwanzigster Juni, Besuchszeit in allen Fluren. Gestern hatte Magda sich mit Bruno getroffen.

„Er hat mir erzählt, dass er von deiner Rente abbekommt. Eigentlich wollte er es nicht erzählen. Ich habe es aus ihm herausgewrungen. Es tut mir leid. Ehrlich gesagt kannst du einfach nur froh sein, dass du den los bist. Wirklich! Der hat dich nicht verdient. Der hat auch deinen Kummer und dein Leid nicht verdient. Dass du dich wegen dem umbringen wolltest! Das ist er nicht wert.

Die paar Euros sind es auch nicht wert. Wenn du mit dem Geld nicht hinkommst, kannst du wieder bei mir einziehen. Das haben wir schon einmal gemacht. Dieses Mal teilen wir meine Wohnung auf. Jede bekommt ein Zimmer. Dann musst du dir keine Sorgen mehr machen wegen des Geldes. Das schaffen wir schon. Ich brauche dich. Mit wem soll ich denn sonst im Marktcenter meinen Kaffee trinken?"

Das leise Piepen des Elektrokardiogramms durchbrach die Stille des septischen Raumes. Ein Kabel ging zu Frou-Frous Herz. Der Pulsoximeter maß die Sauerstoffsättigung in dem Blut der Freundin. Über einen Venentropf bekam sie Nahrung und Flüssigkeit zugeführt. Noch immer lag Frou-Frou im Koma. Jetzt schon zwei Wochen.

„Komm´ schon! Wach´ wieder auf! Das ist nicht fair, dass du mich hier ganz alleine zurücklässt. Jetzt, wo es doch erst so richtig losgehen könnte. Wir beide in Rente. Darauf habe ich drei Jahre gewartet."

Zärtlich streichelte Magda die Hand der Freundin.

„Außerdem bin ich nicht die Einzige, die dich vermisst. Ich habe mit diesem Franz gesprochen. Er schätzt dich außerordentlich. Wirklich. Ich war sehr beeindruckt zu erfahren, dass du ihn gerettet hast. Du bist nämlich eine von den Guten. Auch wenn man das nicht sogleich merkt."

Magda schniefte und holte sich ein Taschentuch aus ihrer Jackentasche.

„Ich war so stolz, dass du es geschafft hast, ganz alleine durch Magdeburg zu schwimmen. Du hattest noch so viel vor. Du kannst doch jetzt nicht einfach aufgeben."

Magda packte die Hand der Freundin mit beiden Händen, drückte sie ganz fest an sich.

„Ich habe auch mit dieser Severina gesprochen, die hat mir von Anna erzählt. Wer weiß, wen du noch alles in den letzten Monaten getroffen hast. Da draußen ist eine Welt, die wartet auf dich, die braucht dich. Auch wenn die Aktion in Dresden mies war. Das hätten die nicht tun dürfen, ohne dich zu fragen. Aber wer weiß, vielleicht steckt in dir wirklich die Greta Thunberg der Senioren. Komm´, gib´ dir einen Ruck und komm´ wieder raus!"

70.

Ssssssshhhhh. Ein Rauschen ging von den Geräten aus, die um Frou-Frou aufgebaut waren. Die Klimaanlage sorgte dafür, dass die Temperaturen angenehm frisch waren. Die Bettwäsche war gestärkt und raschelte bei jeder Bewegung. Es tropfte in ihren Urinbeutel. Gleichzeitig ertönte ein Glucksen des Schlauches, der in ihre Vene strömte. Auch die Lampe über ihrem Bett surrte. Frou-Frou freute sich über diese Geräusche. Sie gaben ihr das Gefühl, nicht ganz alleine zu sein. Sie konnte hören, auch in ihrem Zustand.

Sehr wohl hatte sie mitbekommen, dass Magda sie wiederholt besucht hat. Auch die Sorgen der Freundin hatte sie gehört. Es tat ihr leid, Magda so bedrückt zu erleben. Schön, dass sie Frou-Frous Hand berührt hatte. Ein warmes, wohliges Gefühl war dabei ihren Arm hinaufgekrochen. Fast, als wenn sie noch leben würde. Dabei kam sie sich schon wie tot vor. Trotz all der Geräusche. Vielleicht konnten auch die Toten hören, wer wusste das schon.

Immer wieder kamen Ärzte und Schwestern, beugten sich über ihr Bett, kontrollierten irgendetwas an ihren Schläuchen, begutachteten Kurven, die die Geräte ausspuckten, die man an sie angeschlossen hatte. Die zeigten keine Gefühle. Nicht die Geräte und auch nicht das Pflegepersonal. Das konnte Frou-Frou spüren. Die taten einfach ihre Pflicht.

Eine Türe wurde geöffnet, Schritte näherten sich ihrem Bett. Langsame Schritte. Das waren keine Ärzte oder Schwestern, auch Magda hatte einen anderen Gang, irgendwie resoluter. Der hier schien ängstlich, beinahe schüchtern. Wenn sie doch nur die Augen öffnen könnte, um zu sehen, wer sich ihrem Bett näherte. Es ging nicht. Sie versuchte es mit riechen, doch das Desinfektionsmittel überdeckte alles.

Ein Stuhl wurde über den Boden gezogen. Sie hörte das Quietschen des Sitzes. Ein Reißverschluss wurde geöffnet. Ein schwerer Seufzer. Sie kannte dieses Seufzen. Sogar sehr gut. Nein, das konnte doch nicht wahr sein! Bitte nicht!

„Hallo, Frou-Frou!“

Bruno. Was machte er an ihrem Krankenbett? Sie wollte nicht, dass dieser Mann an ihrem Bett saß.

„Es tut mir so leid. Ich habe das nicht gewollt. Bestimmt nicht."

Pause. Schweigen. Frou-Frou hörte, wie ihr Herz pochte. Das Bettzeug knisterte. Wenn sie gekonnt hätte, wäre sie weggerannt. Eine Hand griff nach ihrer Hand.

„Mein Anwalt hat den Antrag auf Scheidung wieder zurückgezogen."

Bruno legte Frou-Frous rechte Hand auf seine. Mit der Linken strich er sanft über Frou-Frous Haut.

„Ich wusste nicht, dass sie dir Geld abziehen würden. Franziska kann damit leben, dass wir nicht heiraten. Eines Tages erbt sie das Haus ihrer Eltern. Da braucht sie nicht auch noch meines."

Beide Hände umgriffen Frou-Frous Rechte, drückten sie, hielten sie fest. Frou-Frou konnte dem Zugriff nicht entkommen. Etwas in ihr gab auf, wurde weich. Sie erinnerte den Händedruck. Wie gut sie ihn kannte. Es fühlte sich noch genauso an wie damals. So sicher. So warm. So geborgen. Wie lange hatte sie sich nach dieser Geborgenheit gesehnt. Eine warme Woge zog durch ihren Körper. Hinauf bis in den Kopf. Sie wollte sich dieser Woge erwehren. Es ging nicht. Tränen liefen aus den geschlossenen Lidern.

„Du weinst. Ich wünschte so, du könntest mich hören."

Frou-Frou war es unangenehm, vor Bruno zu weinen. Sie spürte dessen Lippen an ihrer Handinnenfläche. Sie hörte einen Kuss. Ihr war so heiß. Wahrscheinlich würde sie sich im nächsten Moment auflösen, verflüssigen, das Bettzeug unter Wasser setzen.

„Ich habe dich geliebt, meine Frou-Frou. Wie sehr ich deinen Namen geliebt habe. Du warst etwas ganz Besonderes für mich. Dein Lachen, deine Bewegungen, dein nüchterner Verstand, der so gar nicht zu dem Klang deines Namens zu passen schien, deine Vorliebe für Zahlen. Und ich liebte deine weiche, deine verträumte Seite, deine Begeisterung. Du hast sie schon lange nicht mehr gezeigt.

Mit jedem Kind, mit jedem Jahr verschwand immer mehr von dieser leidenschaftlichen Frau. Da waren nur noch die Zahlen, die Vernunft, die Pflicht."

Bruno schnäuzte sich.

„Ich war nicht besser. Auch ich habe nur noch gearbeitet, selbst zu Hause habe ich nur über die neuesten Entwicklungen im Städtebau gesprochen."

Er schluckte. Frou-Frou wollte es ihm gleichtun. Es ging nicht.

„Es hat mir so gutgetan, als Stadtplaner arbeiten zu dürfen, nach der Pleite mit meinem Unternehmen. Ich wollte alles geben, ich wollte allen zeigen, dass ich der Richtige bin für den Posten. Darüber habe ich uns vergessen."

Nochmal streichelte Brunos Hand über Frou-Frous Haut. So warm. So weich. So schön.

„Als Franziska in mein Leben trat war es, als wenn die Sonne aufginge. Ich habe endlich wieder gelacht, bin ausgegangen, habe getanzt, gesungen, gelebt. Du hast mich ziehen lassen, hast mir kein einziges Mal verboten, die Nächte durchzufeiern. Ich habe es ausgenutzt. Du hast weiter geschwiegen. Da dachte ich, dass du mich nicht mehr willst."

Mit einem Mal wich alle Wärme aus Frou-Frou. Sie spürte ihre Hand nicht mehr, auch nicht den Arm, die Brust. Alles weg, futsch, aufgelöst.

„Wenn du nur ein einziges Mal Stopp gesagt hättest, ich hätte Franziska auf der Stelle fallen gelassen. Ich wollte doch dich. Und ich wollte leben. Endlich wieder leben."

In Frou-Frou war alles taub. Wo war die Hand hin? Was war passiert?

„Kein einziges Mal hast du um mich gekämpft. Dabei konntest du kämpfen, das wusste ich von deiner Schwimmerei. Wenn du dir etwas in den Kopf gesetzt hast, dann hast du es auch erreicht."

Die Vasenschwämmin. Ich muss zurück in die Vasenschwämmin. Dort bin ich sicher. Frou-Frou rief sich die Bilder des großen Kessels zurück, sah sich eingerollt auf dem Grunde des Wasserwesens liegen. Sie fühlte Wasser, hörte Rauschen, sah das Leuchten.

Stück für Stück kehrte Wärme in die Handfläche zurück. Frou-Frou wollte die Hand strecken, spannen, zur Faust ballen. Die Hand fühlte sich einsam an. Verlassen. Frou-Frou ersehnte nichts mehr, als die Wärme von Brunos Hand wieder in der ihren zu spüren. Gleichzeitig war da eine unbändige Wut. Sie hätte schreien, um sich schlagen können. Regungslos lag sie zwischen den weißen Laken, innerlich zerrissen und aufgewühlt.

„Ich habe oft an dich gedacht. Überall habe ich dein Gesicht gesehen. Auf der Terrasse, im Garten. Am Schlimmsten war es, wenn ich am Schlänitzsee spazieren ging. Da sah ich dich immer wieder schwimmen. Wie du deine Bahnen ziehst. Tagaus tagein, das ganze Jahr hindurch. So manches Mal wäre ich am liebsten in die Wasser gesprungen, um zu dir zu gelangen. Kannst du dir das vorstellen? Ich, der die Wasser hasst."

Brunos Hand näherte sich Frou-Frous Gesicht. Sie konnte die Wärme schon von Weitem spüren. Die Hand legte sich auf ihre Haare, strich den Kopf entlang. Ganz langsam, ganz zart. Es schmerzte und war zugleich wunderschön.

„Wir hatten eine gute Zeit miteinander. Wir haben zwei wunderbare Kinder, zwei gesunde Enkel. Das wird bleiben, egal, was ich mit Franziska lebe. Lass´ mich gehen, Frou-Frou! Auch wenn ich nicht die Scheidung einreiche. Lass´ mich gehen! Ich weiß, dass du immer noch wütend auf mich bist. Das zerstört dich und auch mich."

Etwas in Frou-Frou fiel. Es fiel und fiel, fiel immer tiefer. Sie konnte es nicht aufhalten. Sie wollte es nicht aufhalten. Nicht mehr. Bruno löste seine Hand von ihrem Gesicht, der Stuhl quietschte. Sie hörte Schritte, die sich langsam entfernten. Eine Tür öffnete sich. Eine Tür schloss sich. Es war vorbei.

Jetzt ist es wirklich vorbei, dachte sie und weinte im Kessel der Vasenschwämmin.

71.

Ich
- verbunden.
bin -
- dir fließen.
da, - zu
Dein halte mit freier
Herz dich in - um
mag deinem bin gelöst,
weh Schmerz, Schalen
tun, einige
doch nur
es hat

## 72.

Es war immer noch der dreißigste Juni, ein Sonntag, spät am Abend. Bruno war wieder in Marquardt bei Franziska. Noch immer schien eine tropische Sonne auf die Szenerie an der Neustädtischen Bucht. Die Strahlen kitzelten die Dächer der Hochhäuser am Kiewitt, brachten die Wasser in ihnen zum Kochen. Die glatte Wasseroberfläche funkelte und reflektierte die Sonne. Einzelne Fahrradfahrer nutzten den Weg nah an den Wassern entlang, ihre Hemden schweißgetränkt.

Auf den Stufen nahe der Taiwanesischen Löwen saß Anna. Sie hatte sich ein Sitzkissen mitgebracht. Sie fröstelte trotz der Hitze. Zwar ragte ein Taschentuch aus ihrer Jackentasche, doch war sie zu erschöpft, um ihr Ritual in der Senke zu vollführen. Ihr Kopf hing herab, wollte sich auf ihren Knien ablegen.

Ihre Gedanken wanderten zur großen Namenlosen, die auf dem Grund der Havelbucht pumpte. Sie sah deren rote Furchen, hörte das Ein- und Aussaugen der Schwämmin. Der große Kessel zog sie an. Sie wollte sich hineingleiten lassen. Geborgen, gehalten von dieser großen Meeresmutter. Wie ein Embryo im Mutterleib.

„Ich weiß nicht mehr weiter. Severina und ich arbeiten Tag und Nacht. Sie ist bei mir eingezogen und hat ein Urlaubssemester eingelegt. Überall tauchen neue Blaualgen auf. Sie sind nicht das einzige Problem. Die Bäume in den Parks, die Tiere, alle sind nahe dran zu verdursten. Seit Tagen regnet es nicht mehr. Die Hitze ist unerträglich. Das Klima kippt. Das ist eine Katastrophe, aber niemand macht etwas.

Ich fühle mich so machtlos. Ich tue und tue und kann doch nichts bewirken. Ein kleiner Tropfen auf einem viel zu heißen Stein. Höchstens. Nachts schlafe ich nicht mehr. Die Sorge treibt mich um. Franz kann ich mich kaum zuwenden. Mit ihm zu lachen scheint mir so falsch. Wie kann ich lieben, wie kann ich glücklich sein, wenn um mich herum alles verendet?

Meine Stimme versagt. Ich kann nicht mehr singen. So viele Tücher, wie ich in die Trauerkuhle hängen müsste, kann es gar nicht geben. Bei den Wasserwerken habe ich mich nicht mehr gemeldet. Die dänische Gruppe habe ich auch nicht kontaktiert. Das ganze musikalische Ereignis zu deinen Ehren habe ich vergessen. Für die Wasser singen und mit den Wassern singen erscheint mir gerade so sinnlos. Was kann ein Gesang schon bewirken?

Ich habe Angst, furchtbare Angst. Ich fürchte um die Wasser, die Tiere, die Pflanzen und ich fürchte um uns Menschen. Schaffen wir uns selber ab? Manchmal weiß ich gar nicht, ob das so schlimm wäre. Haben wir nicht alles verdorben? Ist es nicht besser, wenn wir endlich von diesem Erdball verschwinden? Haben wir dem Leben nicht nur geschadet?

Große Namenlose, dich zu sehen und zu hören, war solch ein Entzücken. Ich liebe deinen Gesang. Dass du hier in der Havel gewachsen bist, ist ein solches Wunder. Das ist unfaßbar. Ich habe mich noch nicht getraut, Franz von dir zu erzählen. Würde er mir glauben? Die Einzige, die sonst noch von dir weiß, ist Frou-Frou. Und die liegt im Koma.

Sind Wunder möglich, große Vasenschwämmin? Kann unsere Welt noch gerettet werden? Ist es vielleicht nur wichtig, die Hoffnung nicht aufzugeben?

Wenn es eine Vasenschwämmin in Potsdam geben kann, dann können auch die hiesigen Wasser gerettet werden. Was braucht es dazu, du große Namenlose? Und was ist meine Aufgabe bei dem ganzen Spiel?“

73.

| | |
|---|---|
| ANNA: | Dürfte ich kurz mit Ihnen sprechen? |
| MAGDA: | Worum geht es? |
| ANNA: | Um Frou-Frou. Ich mache mir solche Sorgen. |
| MAGDA: | Endlich mal jemand, der sich um sie sorgt. Was führt Sie ausgerechnet zu mir? |
| ANNA: | Sie kennen sie besser als ich. |
| MAGDA: | Da bin ich mir nicht so sicher. |
| ANNA: | Ich fürchte, ich habe sie enttäuscht. |
| MAGDA: | Da sind Sie nicht die Einzige. |
| ANNA: | Ich war so voller Begeisterung wegen der Vasenschwämmin. Ich dachte mit einem Mal, dass eine andere Welt möglich ist. Ich wollte ihr doch nichts Böses. |
| MAGDA: | Was für eine Vasenschwämmin? |
| ANNA: | Hat sie Ihnen nichts davon erzählt? |
| MAGDA: | Ich weiß nur, dass Sie sie als Maskottchen für Ihre Politaktionen in Dresden missbraucht haben. Sie gehören doch zu dieser Severina, oder nicht? |
| ANNA: | Nicht missbraucht. Sie hatte doch eh vor, durch Dresden zu schwimmen. Das war eine gute Sache. - Nein, Sie haben recht. Wir haben sie missbraucht. Es tut mir so leid. - Sie ist meine beste Freundin. Wir lieben beide die Wasser. |
| MAGDA: | Frou-Frou und die Wasser lieben? Reden wir über den gleichen Menschen? |
| ANNA: | Frou-Frou hat eine sehr zarte und poetische Seite. |
| MAGDA: | Na, die ist mir bislang verborgen geblieben. Wenn sie die Wasser so liebt, weshalb hat sie dann keines mehr getrunken? |
| ANNA: | Vielleicht braucht sie eine Pause. |
| MAGDA: | Eine Pause, die sie in Lebensgefahr bringt? |
| ANNA: | (schwieg) |

Durch Ihre Fragen werden Sie keine Antworten finden. Sie verschrecken die Menschen und kommen dem Geheimnis nicht auf den Grund. Frou-Frou ist ein besonderer Mensch. Ohne sie hätte ich niemals Franz kennengelernt.

MAGDA: Wollen Sie mich warnen oder was soll das?

ANNA: Nein, ich möchte Sie ermutigen, andere Wege zu gehen. Eigentlich möchte ich nur mir selber Mut machen.

MAGDA: Wer sind Sie?

ANNA: Wenn ich das wüsste. Und Sie?

MAGDA: Gute Frage. Eine Frau, die vor einem Rätsel steht. Eine Philosophin, die keine Antworten weiß.

ANNA: Ich bin eine Sängerin, die sich nicht traut, ihren eigenen Weg zu gehen.

## 74.

Neumondin, zweiter Juli. Genauer gesagt: keine Mondin. Ich war unsichtbar, hatte mich in die Dunkelheit begeben, ins Schwarze der Nacht. Es macht mich jedes Mal etwas nervös, wenn ihr mich nicht sehen könnt. Werdet ihr mich vergessen? Für mich war es eine Pause. Nicht, dass ich mich in diesen Pausen nicht mit euch verbinden würde. Nein. Ihr seid in meinen Gedanken. Ich bin mit euch. Aber heute musste ich mal nicht leuchten und strahlen. Das tat gut. Ich durfte obskur und unsichtbar sein. Eine Erholung. Tauchte ein ins Dunkle, begegnete meinem Schatten, wurde selbst zur Schatten-existenz.

Mein Schatten ist die Sonne. Das klingt paradox, nicht wahr? Es ist mein Neid auf die Sonne, die von euch so geliebt und wertgeschätzt wird. Es sind aber auch die Qualitäten, die ihr mit der Sonne assoziiert. Mein Reich ist nicht das der Vernunft. Ich lasse mich leicht ablenken, freue mich mehr an einem gelungenen Spaß als an einer rational durchdachten Herleitung.

Ich habe ein schlechtes Gewissen. Ich wusste, ich war nicht die Einzige, die mit Schuldgefühlen durch die Welt lief. Auch Anna wurde von Scham und Schuld geplagt. Ich fürchtete, dass Frou-Frou meinetwegen im Krankenhaus lag. Sie war so vernünftig, so rational. Dann ihre Zahlen. Das war nichts für mich. Ich hatte sie unbedingt auf meine Seite ziehen wollen, hatte ihr das Weiche, das Flüssige, das Leichte nahebringen wollen. Ich hatte sie sensibel gemacht, hatte ihr die Katze geschickt. Ich hatte sie befähigt, offener zu sein. Und jetzt? Jetzt lag sie da, rührte sich nicht. Kein Tropfen Wasser war zum Schluss mehr in sie hineingegangen. Sie zwangen sie, Flüssigkeit aufzunehmen, hatten sie an zig Schläuche gepackt. Ihre Ohnmacht schmerzte mich.

Ich hatte ihr doch nur zeigen wollen, dass es mich gibt, dass ich existiere. Die visionäre, die traumhafte, die emotionale, die empfindsame, die andere Seite des Seins. Hatte ich sie überfordert?

Ich erzähle euch ein wenig von ihr. Von ihrer Vergangenheit. Das beruhigt mich und mein schlechtes Gewissen. Eine Mondin mit Schuldgefühlen? Ihr mögt lächeln. Habt ihr gedacht, dass ich unfehlbar bin? Ich erzähle euch von ihr. Vielleicht finde ich dann die Antwort, warum es gut war, sie in die Schatten, sie in die Nacht, zu mir, der Mondin, zu ziehen.

Frou-Frou war als Einzelkind aufgewachsen. Wie so oft hätte ihr Vater lieber einen Sohn gezeugt. Auch die Mutter hatte nur widerwillig in Kauf genommen, ein Mädchen zur Welt gebracht zu haben. Sie hatte nichts daran zu ändern vermocht. Das würde aber noch lange nicht bedeuten, sie zur Zimperlise zu erziehen. Warum sie ihr dennoch diesen weichen, ungewöhnlichen Namen gegeben hatten, war unklar gewesen.

Zu der Zeit hatte es einen Laden in Potsdam gegeben, der den Namen „Frou-Frou" trug. Ein Antiquitätengeschäft. Frou-Frous Mutter hatte ein Auge auf den Besitzer geworfen gehabt, hatte aber in Frou-Frous Vater die bessere Partie erkannt. Oberstudienrat. Gebildet, sicheres Einkommen. Leopold hatte Ansehen in der Stadt und bei ihrer Familie genossen. Warum Hanna, seine Frau, diesen Namen für die gemeinsame Tochter gewählt hatte, hatte er nie hinterfragt.

Frou-Frou also. Benannt nach dem Knistern von Seide. Hanna hatte noch nie ein Kleidungsstück aus Seide besessen, geschweige denn, dass sie dem Rauschen dieses Materiales gelauscht hätte. Wie ihr Ehegatte so war auch sie Lehrerin gewesen. An einer Oberschule. Deutsch und Russisch. Gute Aussprache, korrekte Grammatik und fehlerfreie Satzkonstruktionen hatten ihr am Herzen gelegen. Frou-Frou hatte zeitig sprechen gelernt und sie hatte eine klare und deutliche Aussprache, dafür hatte Hanna gesorgt. Fehler waren korrigiert und notfalls auf ein Tonbandgerät gesprochen worden, damit die Tochter das korrekte Wort, die einwandfreie Konjugation, Deklination, Präposition immer und immer wieder würde anhören können. Frou-Frou hatte das Gerät gehasst.

Der Sprachdressur durch die Mutter hatte sie nur entgehen können, indem sie sich an den Vater wandte. Geografie und Sport. Er hatte die Kleine für Karten begeistert und hatte ihr das Schwimmen beigebracht. Schon mit vier Jahren hatte sie sich wacker über Wasser gehalten, gut und gerne eine halbe Stunde bis Stunde. Das hatte sich jährlich gesteigert. Die Mutter hatte ihr das Sprechen und die Sprache verleidet, mit dem Vater hatte sie schwimmen und über Landkarten die Zeit vergessen können.

Als sie Bruno kennengelernt hatte, hatte der Ähnliches zu berichten gehabt. In seinem Theologenhaushalt waren viele Sprachen gesprochen worden, nur nicht die Sprache des Herzens. Mit diebischer Freude hatten sie die deutsche Sprache verballhornt, hatten den Dativ statt des Genitivs benutzt, hatten sich nur mit Substantiven verständigt und hatten es genossen, dass sie sich auch so verstehen konnten. Ganz ohne dieses lästige Beiwerk von Artikeln, Adjektiven, Präpositionen, Possessivpronomen und dem Zeug.

Die Adjektive und Präpositionen wären allerdings notwendig gewesen, um einander von ihren Gefühlen und ihrem inneren Erleben zu berichten. Ein Teppich von Blaualgen hatte sich auf die Sprache ihrer Seele gelegt. Sprache hatte der Übermittlung von Fakten zu dienen gehabt. Anderes Sprechen hatten sie beide nicht erlernt. Bis zu ihrer schweren Erkrankung war es Frou-Frou schwergefallen, ihren Empfindungen Worte zu verleihen.

## 75.

Ernst-von-Bergmann-Klinikum, dritter Juli, Mittwoch. Während der Körper Frou-Frous die dritte Woche in weiße Laken gebettet war, ging ihr Geist weiter auf Wanderschaft. Nicht, dass davon irgendjemand irgendetwas mitbekommen hätte. Nach außen wirkte sie unbewegt und still. Kein Muskel zuckte in ihrem Gesicht. Kein Härchen tanzte. In ihr waren Tausende Fragen.

Wer bin ich? Was habe ich der Welt zu geben? Was habe ich mir zu geben? Interessiert sich irgendjemand dafür, wer ich bin, was ich bin, was ich denke und fühle? Bin ich nicht der langweiligste Mensch, der je auf diesem Boden gewandelt ist?

Ich hatte eine langweilige Arbeit, sehe langweilig aus, lebe in einem Haus, wo eine Wohnung wie die andere ist. Mein Zuhause ist nüchtern und sachlich eingerichtet. Es gleicht mehr einer Behausung als einem gemütlichen Heim. Nichts Individuelles, nichts Eigenes. Nirgendwo eine persönliche Spur.

Meine Kinder sind langweilig, mein Exmann war langweilig, ich bin langweilig. Mein ganzes Leben ist langweilig. Ich bin von mir selbst und diesem Leben gelangweilt. Über nichts lohnt es sich, Worte zu machen.

Aber was verlange ich? Wieso sollte ich besondere Spuren hinterlassen wollen? Wollen das nicht alle in meinem fünfzehnstöckigen Hochhaus, hier in dieser Stadt, in diesem Land, auf diesem Kontinent, auf dieser Erde? Wie lächerlich. Jeder einzelne hofft, etwas Besonderes zu sein, ganz individuell, ganz unverwechselbar. Dabei sind wir alle gleich, Menschen eben. Nicht mehr und nicht weniger.

Fragt sich ein Wassertropfen, was seine besondere Rolle ist? Reicht es nicht, Teil der Wasser zu sein? Zu fließen, zu strömen, miteinander, im Verbund?

Ich wollte fließen, wollte ganz Deutschland durchschwimmen. Aber nicht einmal die Wasser haben mich aufgenommen. Wieso? War ich zu eitel, zu unbedacht? War mein Ziel zu selbstgenügsam, zu vermessen, zu unangepasst?

Wenn ich jetzt sterbe, was werde ich hinterlassen? Ein zerstörtes Familiengefüge, das steht fest. Völlig zerrüttet, marode. Ohne Zuneigung, ohne Wertschätzung, voller Hass und Wut. Desaströse Hinterlassenschaft.

Und doch interessieren mich die banalsten und naheliegendsten Hinterlassenschaften nicht, die ich täglich aus mir herausstülpe: Kot, Urin, Spucke. Ich müsste was tun, was verändern, mich engagieren. Aber wie?

Eine Schwester trat an Frou-Frous Bett und entfernte den Urinbeutel. Die hellgelbe Flüssigkeit waberte hin und her. Sie legte das prall gefüllte Gut auf einen Rollwagen, mit dem sie durch die Zimmer fuhr. Ein neuer Beutel wurde entnommen, angeschlossen. Dann lüftete sie die Bettdecke, öffnete Frou-Frous Windel, hob das Becken, um die gefüllte Windel darunter hervorzuziehen. Mit feuchten Tüchern wusch sie Frou-Frou, trocknete sie ab und wickelte anschließend eine neue Windel um Frou-Frous Körperzone der Hinterlassenschaften. Die Bettlägerige konnte erneut Urin und Kot von sich geben. Der Engel in weiß würde sich auch um diese kümmern.

## 76.

Sonntag, zwölfter Mai. Dresden. Der Himmel war blau. Doch es hatte lediglich vierzehn Grad. „Flussschwimmer for ever" stand auf einem großen, in Blautönen gehaltenen Plakat. „Senioren for future", „Macht unsere Flüsse wieder beschwimmbar!" gaben weitere Banner kund. Schon am Blauen Wunder wartete der erste Tross Jugendlicher auf die Flussschwimmerin, die ihnen angekündigt worden war. Ihren Namen kannten sie nicht. Gesehen hatten sie sie nicht. Aber sie hatten von ihr gehört.

Eine Seniorin, die Städte auf Flüssen durchschwimmt, fanden die meisten cool. Endlich mal eine Oma, die nicht nur Urlaub auf den Kanaren macht.

Die Strecke, die die Schüler und Studenten jeden Freitag gingen, um für Nachhaltigkeitsdenken und Klimawandel zu demonstrieren, war heute gewandelt worden. Sie hatten sich in verschiedene Gruppen aufgeteilt, die meisten jedoch tummelten sich an der Augustusbrücke mit ihren malerischen Rundbögen. Dort befand sich auch eine Bühne, Greenpeace-Vertreter waren anwesend, Journalisten, Blogger, Podcaster. Kamerateams standen aufnahmebereit, um die Seniorin mit ihrer Schwimmkappe, dem Schwimmsack und der Katze aufzuzeichnen. Eine Sensation! Ein Kennzeichen des Wandels! Die große Wende! So zumindest war allen das Kommen Frou-Frous angekündigt worden.

Die wusste von all dem nichts, Severina und Anna hatten sie direkt am Schloss Pillnitz abgesetzt. Frou-Frou glaubte, dass die beiden weiter nach Bad Schandau wollten. Sie konnte nicht ahnen, dass sie kurz hinter Pillnitz ein Paddelboot aufbliesen, um Frou-Frou von den Wassern aus zu begleiten und übers Handy die anderen von ihrem Kommen zu informieren. Anna war nicht ganz wohl bei der Aktion, es erschien ihr unmoralisch, dass Frou-Frou nicht eingeweiht worden war in die Pläne. Sie kam ihr benutzt und vorgeführt vor.

Kilometer zweiundvierzig. Neben dem Kilometerstandsmelder war das Ufer sandig und flach. Frou-Frou und die Katze stapften über die Wiese, runter zu den Wassern, das imposante Schloss im Rücken. Chartreuse war heute seltsam. Während der Fahrt hatte sie keinen Moment stillsitzen können, war zwischen allen Sitzen hin und her geklettert, hatte sich in das Polster verkrallt, hatte Severina am Oberarm gekratzt, hatte Frou-Frou angefaucht, die bedauerte hatte, die Katze mitgenommen zu haben. Jetzt schien sie auf einmal ruhig und friedlich. Im Gras sitzend putzte sie sich die Pfoten.

Frou-Frou zog Schuhe und Strümpfe aus. Mit schnellem Griff öffnete sie Reißverschluss und Knopf, stieg aus der Hose. Den Schwimmanzug hatte sie schon zuhause angezogen. Jacke, Bluse und den Rest in den Schwimmsack gestopft, Badekappe aufgesetzt, dann rein in die Wasser.

So zumindest dachte sie sich das. Die Fußspitze tippte auf die Wasserfläche, berührte sie ganz leicht und wurde abgewiesen. Kein Eindringen, kein Durchschreiten, kein Eintauchen war möglich. Frou-Frou fragte sich, ob sie auf einen Stein getreten war, probierte es an einer anderen Stelle. Doch auch hier prallte der Fuß an der Oberfläche der Wasser ab.

Frou-Frou bückte sich, um mit der Hand in die Wasser zu langen. Sie wurde nach hinten geworfen und in den Sand geschmissen. Die Oberfläche war elektrisch geladen. Wie eine Metallplatte fühlten sich die Wasser an. Hart, fest, undurchdringlich und kalt. Gleichzeitig wiesen sie eine extreme Spannung auf. Frou-Frou versuchte es mit dem Ellenbogen, der Ferse, dem Knie. Stets das gleiche Phänomen, sie wurde nach hinten gestoßen und landete auf der Erde.

Wollten die Wasser sie wirklich nicht in sich hineinlassen? Sie ergriff das Katzentier, das friedlich neben ihr saß, hielt es über die Fluten der Elbe in stiller hoffnungsvoller Erwartung, dass auch es abgewiesen werden würde. Doch sanft glitten die Pfoten in die sprudelnden Massen hinein.

Wütend schmiss sie die Katze hinter sich ins Gras. Die umschlich ihr Frauchen, streichelte deren Waden, wie um sie zu trösten. Frou-Frou wehrte sie ab, stand auf, ging mit stampfenden Schritten auf die Wassermassen zu, versuchte sie zu erstürmen und landete erneut im hohen Bogen einige Meter entfernt im Gras.

„Wieso kommst du rein, ich aber nicht", fragte sie die Katze. Da kam ihr die Idee, dass es vielleicht gelingen könnte, gemeinsam mit Chartreuse in den Fluss zu steigen. Sie packte die Katze, stapfte gen Wasser, doch auch so war es ihr nicht möglich einzutauchen.

Verzweifelt setzte sie sich ins Gras. Hatte sie sich umsonst auf den Weg gemacht? All das Training, alles Planen, sollte für die Katz gewesen sein? Frou-Frou war wütend. Auf die Wasser. Auf die Katze. Sie warf ihren rechten Schuh nach dem Tier.

Seelenruhig stand die Gefellte auf, setzte erst die eine, dann die andere Pfote in die Wasser. Das Tier glitt immer tiefer, tauchte unter und war nicht mehr zu sehen. Fassungslos starrte Frou-Frou auf den Fluss.

„Du Mistvieh! Nimm´ mich mit! Du kannst mich doch nicht alleine zurücklassen. Ich will auch schwimmen. Chartreuse! Komm´ zurück! Ich befehle es dir! Chartreuse!"

Für einen Moment hielt sie inne. Keine Antwort. Nichts. Sie schaute sich um. Hatte sie jemand beobachtet? Eine alte Frau, in einem Badeanzug, auf einen Fluss einredend, der sich weigerte, sie schwimmen zu lassen und der soeben eine Katze geschluckt hatte. Voll durchgeknallt.

Ihr war zum Heulen zumute. Wenn wenigstens Anna und diese Severina da gewesen wären. Schließlich zog sie sich um, suchte die nächste Zugverbindung und machte sich auf den Weg zurück nach Potsdam.

Dort wartete Chartreuse bereits auf sie. Still und friedlich saß sie neben Frou-Frous Wohnungstüre, als wäre nichts geschehen. Frou-Frou schluckte. Ihr Hals war trocken. Sie klopfte sich auf die Arme, zwickte sich in die Haut. Das konnte doch nicht wahr sein. Wo kam die Katze auf einmal her? Hatte sie sich die ganze Reise nach Dresden nur eingebildet?

Frou-Frou erinnerte sich noch gut an alles, jetzt, wo sie in der Vasenschwämmin geborgen lag. Was hatten die Wasser gegen sie gehabt? Warum hatten sie sie nicht einlassen wollen?

Ein Zucken ging durch ihr System, erneut ging es nach Dresden.

Immer noch war es der zwölfte Mai. Frou-Frou sah Demonstranten, Klimaretter, Ökoaktivisten und Medienexperten, die vergeblich auf die Seniorin warteten. Anna und Severina suchten sie mit ihrem Paddelboot, fanden keine Frou-Frou. Nirgends. Auch die Motorboote, die ausgeschickt worden waren, kehrten unverrichteter Dinge zurück. Sie wussten nicht, ob sich da nicht irgendjemand einen üblen Scherz mit ihnen erlaubt hatte. Schwimmende Öko-Seniorinnen? Konnte es die geben?

## 77.

Es war den Wassern nicht leichtgefallen, diese Spannung aufzubauen. Auch nicht, Frou-Frou abzuweisen. Es war ihnen klar, dass Frou-Frou diese Zurückweisung als erneuten Beweis dafür nehmen würde, dass man die Wasser nur hassen konnte. Dabei hatten sie alles nur gut gemeint. Sie hatten gewusst, dass Frou-Frou es nicht würde verkraften können, benutzt worden zu sein von den jungen Menschen. Das hätte die Freundschaft zu Anna zerstört.

Wie es jetzt weiter gehen sollte, wussten die Wasser nicht. Eigentlich hätte die Katze bei Frou-Frou bleiben sollen. Immerhin hatte Chartreuse vor Frou-Frous Wohnung gewartet.

Dass es Frou-Frou jetzt so schlecht ging, schmerzte die mitfühlenden Wasser. Sie hätten gerne helfen wollen und waren bereits überfordert mit dem, was sich seit einigen Tagen auf ihnen zutrug.

Das Wetter war anhaltend heiß. Die Sonne strahlte, der Himmel war blau. Keine Wolke am Firmament. Was Mensch und Maus freute, setzte den Wassern ordentlich zu.

So sehr es seine Bewohner, die Algen, mochte, jetzt wurden es zu viele. Die Wasserpest breitete sich aus. Der kleine Kanal, der durch die Insel Hermannswerder führte, war nicht mehr befahrbar. Algen hatten ihn zugewuchert.

Blaualgenfelder am Schafgraben bedeckten mittlerweile nicht nur die Abzweigung vom Teltower See. Auch der Hafenbereich war von grünen Schlieren überzogen. Am Kiewitt das gleiche Bild. Fuhr man unter der Brücke Richtung Neustädter Bucht, war auch hier das gesamte runde Becken von grünen Schlieren überzogen. Cyanobakterien. Stumme Felder.

Schade, dürfen wir nicht baden gehen, dachten sich die einen. Da muss ich also aufpassen, dass mein Hund nicht von den Wassern trinkt, sinnierten die anderen. Kaum jemand realisierte, dass sie still geworden waren, die Wasser. Sie schwiegen. Wie ein dicker, hochfloriger Teppich hatten sich die Blaualgen auf die Wasser des Sees gelegt, erstickten jeglichen Rhythmus, jegliche Melodie unter ihren dumpfen Massen. Kein Süßwasserpolyp sang, kein Moostierchen, kein Aal, keine Schleie. Mit ihren langen Glasfasern versuchte die Namenlose weiter Töne einzufangen. Sie schickte ihr Licht in alle Winkel. Nichts. Nirgends ein einziger Ton, kein Wort, keine Silbe, kein Laut. Ihr Becken leerte sich. Schon war sie nicht mehr in der Lage, den täglichen Gesang anzustimmen. Der Gesang der Wasserwesen war verstummt. Wie eine ferne Erinnerung konnte sie ihn noch in ihren Fasern erahnen, als Lichtbild, als Erscheinung, aber nicht mehr als Klang.

Sie war unendlich traurig. Wenn sie hätte weinen können, hätte sie große Tränen vergossen. Salzig und schwer. Doch in der Namenlosen war alles leer. Es gab keine Tränen mehr.

78.

| | |
|---|---|
| MAGDA: | (in der Trauerkuhle an der Neustädter Bucht) Wisst ihr, weshalb sie versucht hat, sich das Leben zu nehmen? |
| WASSER: | (lagen ruhig da, Blaualgen-geschwängert) |
| BLAUALGEN: | (schwiegen) |
| MAGDA: | Grund genug hat sie gehabt. Ich könnte diesen Bruno in Stücke reißen.<br>Beherrsche dich, Magda! Das schafft schlechtes Karma. Aber verdient hätte er´s. Dass er ihr das bisschen Rente wegnimmt. Sie bekommt eh nicht viel. |
| BLAUALGEN: | (schwiegen weiter) |
| WASSER: | (hören zu, schwingen leicht mit Magdas Wut mit) |
| MAGDA: | Was ist da nur schiefgelaufen? Dass Oskar so sauer ist auf seine Mutter? Der ist parteiisch. Bruno hat ihn gewiss auf seine Seite gezogen. Was die beiden sich wohl über Frou-Frou erzählt haben? Dann der Streit mit Melusine. |
| BLAUALGEN: | (saugten den Klang von Magdas Worten in sich auf) |
| WASSER: | (schwangen im Rhythmus von Magdas Gedanken) |
| MAGDA: | Woher kommen plötzlich all diese Wasseraktivisten um Frou-Frou? Die hat sich doch nie politisch interessiert. |
| WASSER: | (Wellen schlugen ans Ufer, ließen Schaum entstehen) |
| BLAUALGEN: | (platzten)<br>Blopp! Blopp! Blopp! |
| WASSER: | (wurden immer durchsichtiger und klarer) |

MAGDA: Dass sie diesen Franz gerettet hat. In ihr steckt eine gute Seele. Wenn es so etwas wie eine Seele gibt. In jedem Fall ist sie ein guter Mensch. Sie war es. Nein, sie ist es. Noch lebt sie.

WASSER: (schlugen jetzt rhythmisch ans Ufer)
Schwapp. Schwupp Schwapp. Schwapp schwapp.

MAGDA: Ach, bitte sagt mir doch, weshalb sie nicht mehr leben wollte! Jahrelang hat sie euch verschmäht, hat kaum etwas getrunken, ist nicht mehr schwimmen gegangen.
Zuerst dachte ich, sie hat irgendeine Allergie entwickelt. Das hat sie auch. Ich hätte nur nicht gedacht, dass es gegen die Wasser selber ist. Gegen euch. Ich dachte, vielleicht kann sie nur keine ungefilterten Wasser mehr vertragen, ist gegen Chlor, Algen oder sonst etwas allergisch. Aber nein, gegen die Wasser selber. Aquaphobie. Angst vor tiefen Wassern hatte sie immer schon.
Ich habe mich so gefreut, dass sie wieder schwimmen gegangen ist. Sie hat gesungen und wirkte mit einem Mal wieder ganz lebendig, so wie die alte Frou-Frou.
Sie hätte mir sagen können, was sie bedrückt. Ich hätte doch für alles Verständnis gehabt.

WASSER: Schlei, schlu schlei dihu
Schlingeli schlei dihu
Schlei schlu dihu – dihu.

MAGDA: Ach, was rede ich mit euch? Ihr seid schließlich nur Wasser. Mehr nicht. Da bilde ich mir ein, dass ihr mir zuhört. Dabei liegt ihr ganz still da wie immer.

WASSER: Schlamm. Schlamm. Schlamm.
Schlei, schlu schlei dihu.

MAGDA: Gerade habe ich doch tatsächlich gedacht, ich hätte euch singen gehört. Na, so weit kommt es noch. Ich gehe zurück zu Frou-Frou ins Krankenhaus. Vielleicht wacht sie jetzt auf.

79.

Immer mehr Flüssigkeit wurde über den Venentropf in Frou-Frous Körper hineinbefördert. Flüssigkeit floss in die Blutbahnen, verband sich mit dem Strömen des Blutes. Blut floss, Elektrolyte flossen. Hin zum Herzen, zu den anderen Organen. Zellen füllten sich, wurden praller. Lymphe floss, durchströmte die Faszien. Haut füllte sich an, wurde weicher, voller. Falten verschwanden, Täler hoben, Senken füllten sich. Besonders die eingefallenen Partien an den Gelenken ließen wieder Polster erkennen. Wie eine Schwämmin saugte das Bindegewebe die Flüssigkeit auf, füllte sich, dehnte sich aus.

Mit jedem Tag schien Frou-Frou mehr Platz in ihrem Bett einzunehmen. Zu den Wasserreservoiren kamen kleine Fettpölsterchen hinzu. Selbst der Bauch war kein tiefer Canyon mehr, sondern erhob sich als weite Ebene über Brust- und Schambein. Frou-Frous Hände waren nicht mehr nur Haut und Knochen. Sie hatten Gewicht. Der Schlafanzug, den Magda der Freundin mitgebracht hatte, spannte unter den Achseln.

Vor allem das Gesicht hatte sich verändert. Die Wangen wirkten rosig, obwohl die Erkrankte seit Wochen kein Sonnenlicht mehr gesehen hatte. Die gute Ernährung hatte nicht nur runde pralle Bäckchen entstehen lassen, sondern auch den Teint gewandelt. Die Haut um die Augen war geglättet. Das Grau einem wonnigen Rosa gewichen.

Es gurgelte, blubberte und strömte in Frou-Frous Venen. Mit einem froschgleichen Quaken füllten sich die Zellen aller Organe. Juchzend entblätterten Falten ihre verborgenen Partien. Haut dehnte sich mit einem Seufzer der Entlastung. Haare surrten vor Kraft und Elastizität. Selbst die Nägel an Händen und Füßen ließen ein tiefenentspanntes „Ahhhhhh!“ vernehmen. Auch wenn Frou-Frous Geist diese Fülle noch nicht zu erfassen vermochte.

## 80.

Leere. Unendliche Leere. Ich bin leeres, stummes Feld. Kein Laut, kein Gesang, kein Singen, kein Klang. Ich bin wie die Blaualgen, die sich träge von den Wassermassen tragen lassen. Ich treibe dahin, ohne Sinn und Verstand. Verharre in Vergangenheiten.

Je länger Frou-Frou dies spürte, desto wärmer wurde es in ihrem Bauch. Ein Züngeln breitete sich in ihrer Bauchmitte aus. Wut. Wut auf sich selbst, auf diese Leere, auf dieses Verstummen. Wut auf all die klanglosen einsamen Räume, durch die sie die letzten Jahre gewandelt war. Sie kannte diese Wut. Und wie sie sie kannte.

Wie ein Lauffeuer breitete sie sich in ihrer Körpermitte aus, drang in Brustkorb und Becken hinein. Flammen krochen in Oberarme und Beine. Hitze stieg durch den Hals bis zum Kopf. Auch die Fingerspitzen und Zehen brannten. Eine unerträgliche, alles verbrennende Hitze.

Sie wollte schwimmen. Wasser. Wo waren die Wasser? Sie wollte dieses Brennen den kalten Fluten übergeben. Doch um sie keine Wasser. Nichts, dem sie diese Hitze übertragen, an den sie es hätte abgeben können. Sie brannte, stand und blieb in diesem Feuer.

Mit einem Mal ein großer Schrei. Frou-Frou schlug um sich, schrie, tobte, brüllte. Ihre Hände ballten sich zur Faust, trommelten auf die Matratze ein, die Füße traten gegen das Fußteil ihres Bettes. Es schepperte. Knie beugten sich. Das Becken drehte sich nach rechts, dann nach links. Die Bettdecke verrutschte, landete auf dem Boden. Sie schrie weiter. Ihr Herzschlag beschleunigte, was die angeschlossenen Geräte durch ein Piepen bestätigten.

Türen wurden geöffnet, Füße trippelten. Eine Schwester kam und bat sogleich einen Pfleger um Unterstützung. Sollte die so heftig um sich Tretende ans Bett gefesselt werden? Eine Ärztin trat hinzu, ermahnte die Anwesenden um Geduld. Etwas würde in der Patientin arbeiten. Das sei ein gutes Zeichen. Erst recht bei einer Komatösen. Dass sich bei der nach einem Monat Koma etwas regen würde. Sie wollte den stattfindenden Prozess nicht unterbinden.

Das Becken schnellte nach oben, wurde mit kraftvollem Schwung auf die Matratze fallen gelassen. Der Oberkörper wölbte sich nach vorne. Der Kopf schlug erneut nach rechts und nach links. Krankenschwester und Pfleger sollten lediglich Obacht geben, dass die Wütende nicht aus dem Bett fiel.

Frou-Frou atmete schnell und wild. Die Augen geschlossen kämpfte sie gegen unsichtbare Mächte. Schweiß bildete sich auf der Oberlippe, die Haut war rot und gut durchblutet. Ein Wogen und Wellen, Sturmfluten gleich, die weit ins Land über die Ufer traten.

Ich will nicht mehr allein sein. Ich habe genug von der Kälte, der Einsamkeit, der Isolation. Ich will mich verbinden, will Gemeinschaft. Doch es sind keine Worte, die Frou-Frou schrie. Da kam nur ein „Gggrrr“ und ein „Arrr“, ein „Chaaaouuu“ und ein „Bääähhhh“.

Als die Welle verebbte, legte die Schwester eine Hand auf den Bauch der Erschöpften, ließ sie fühlen, dass sie nicht alleine war. Die Hand war weich, sie war warm, sie gab Halt. Der Pfleger hielt die Füße. Mehr nicht.

81.

Weite
Freiheit
Licht
kein Anecken
kein Anstrengen
Leichtigkeit
ich schwebe
werde getragen
gehalten
von allem
von Nichts
so weich
so zart
so allumschließend
ich tauche ein
tauche unter
bin ganz Wasser
fließen
nur fließen
Glück
reines Sein

Ein ozeanisches Gefühl breitete sich in Frou-Frou aus. Während alle um sie herum weiterhin emsig bemüht waren, ihr Flüssigkeit über einen Venentropf zukommen zu lassen, während Ärzte und Schwestern die Trockenheit aus ihrem Körper wegschwemmten, alle Depots mit fließendem Nass füllten, war sie angekommen, war sie endlich da: in den Wassern. Sie floss.

Sie floss durch ihr Leben, durch die Zeit, floss durch all die Räume, die sie je betreten hatte. Ehejahre, Jahre der Mutterschaft. Sie sah die jugendliche Frou-Frou, sah das kleine Mädchen, hörte deren Stimme, sah deren borstigen Kurzhaarschnitt. Sie floss im Strom, war Teil des Stromes. Leben. Die Wasser trugen sie hinauf und hinunter. Es ging durch alle Ebenen, in alle Ecken hinein. Sie sah sich im Elternhaus, sah sich am Arbeitsplatz. Die erste Fahrradtour die Havel entlang. Der erste Schultag. Die Jahre des Studiums. Ihre erste Liebschaft.

Und sie sah sich schwimmen, schwimmen und immer wieder schwimmen. Sie spürte die Nähe zu den Wassern, die sie zeitlebens begleitet hatten. Sie waren immer da gewesen. Sie war nie alleine gewesen, war immer getragen worden. Wasser. Wunderbare erfrischende Wasser. Jetzt war sie mitten in diesem Element, strömte in ihm. Strömte weiter. Floss weiter. Ganz im Taumel, ganz präsent.

Welche Worte konnte sie finden für diesen Zustand? Sie war am Ende aller Sprache und allen Sprechens angelangt. Glück, unbeschreibliches Glück. Sie sah sich als Qualle, als Schleie, als Aal. In jedem Moment änderte ihr Körper seine Kontur, wurde Wasserfloh, Bärtier oder Süßwasserpolyp. Am meisten gefiel es ihr, ein Moostier zu sein, eingebettet in eine Kolonie dieser Urmünder. Die glasigen, durchsichtigen Körper aneinandergeschmiegt, die vier Fühler rund um den Schlund ausgestreckt, sanft schwingend. In Gemeinschaft, in Verbundenheit. Mit den uralten Mündern die uralten Wasser besingen.

Sie erinnerte sich. Sie war schon einmal den Weg der Wasser gegangen. Damals, vor Urzeiten. Sie hörte ein Pochen, einen Rhythmus, ganz gleichmäßig. Der Rhythmus der Mutter. Sie hörte das Schlagen des Herzens ihrer Mutter. Sie sah die Große Vasenschwämmin, war immer noch in ihr geborgen. Sie hörte sie. Sie spürte den Rhythmus des Lebens, des Seins. Er pochte in ihren Ohren. Sie hörte Rhythmus, fühlte Rhythmus, war Rhythmus. Ein weicher, warmer Klang.

Da saugte etwas von hinten. Es wollte sie separieren. Sie wehrte sich, wollte weiter schwimmen, fließen, geborgen sein. Doch der Sog wurde stärker, er zog sie nach oben mit aller Kraft. Sie spürte Knochen, Haut, Grenzen, menschliches Sein. Sie wollte sich dem Sog entreißen, wollte sich retten, wollte widerstehen. Sie wollte bleiben – hier auf dem Grund des bauchigen Wesens, wollte nicht dorthin, wo Menschsein, wo Begrenztheit, wo Schwere und Anstrengung auf sie warteten. Schwämmin, du liebe Schwämmin! Schütze mich, behüte mich, halte mich fest!

Längst hatte sie den Zustand des Fließens verlassen, hockte, kauerte, krampfte. Die Knie schmerzten, ein Stechen im Becken, der Rücken ächzte. Die Wasser um sie her flossen, sie strömten. Doch sie selbst verharrte. Dieser Ort war ruhig. Dieser Ort war sicher. Aber das Glück des Fließens war vorbei.

Nein, sie wollte nicht erstarren. Sie wollte weiterfließen. Im Rhythmus der Wasser. Gegen die stummen Felder. Als sie das merkte, konnte sie nicht länger im Inneren der Schwämmin verbleiben. Frou-Frou verabschiedete sich, tauchte in die Fluten und stieg auf. Ich fließe in mich selbst hinein, dachte sie und lachte.

Ich
hier
in mir
ein Moment
des Hinein
hinein ins Sein
zu mir
zum Hier
zusammen
ein Fluss
ich bin

## 82.

Zehnter Juli, ein Mittwoch. Es war wie ein Hochgleiten aus tiefsten Tiefen. Frou-Frou öffnete die Augen und wusste nicht, wo sie war. Etwas piepte rechts von ihr. Ein regelmäßiges Geräusch. Sie hörte sich atmen, fühlte den Schlauch an ihrem rechten Arm. Etwas steckte zwischen ihren Beinen. Ein weiterer Schlauch.

Krankenhaus. Wie komme ich ins Krankenhaus? Ich bin doch nicht krank. Am liebsten wäre sie aufgestanden, hätte sich alle Schläuche vom Leib gerissen und wäre nach Hause gerannt. Barfuß. Im Kittel. Nur weg. Sie versuchte, sich aufzusetzen. Die linke Hand rutschte aus. Keine Kraft. Wie lange liege ich schon hier? Was ist passiert? Sie schaute sich um. Kein Mensch weit und breit. Sie lag alleine in diesem Raum.

Vor ihrer Nase baumelte ein roter Knopf. Der Notruf. Den drückte sie. Irgendjemand musste ihr sagen, was sie hier sollte, wie sie hierhergekommen, was mit ihr los war. Das Drücken des Knopfes gab ihr Zuversicht. Sie war nicht am Ende. Jetzt konnte sie sich aufsetzen. Langsam. Rechts von ihrem Bett ein Nachttisch. Darauf eine Notiz.

„Ruf´ mich an, wenn du wach bist!“

Sie war von Magda. Magda hatte sie also besucht. Ein Blumenstrauß stand auf dem Tisch, daneben eine Karte von Melusine. Auch sie war hier gewesen. Jetzt erinnerte sie sich, dass auch Bruno bei ihr gewesen war. Sie hatte ihn gehört, aber nicht gesehen. Auch von Franz und Anna fand sie Zeilen.

Ich habe einen Sohn. Ich habe eine Tochter. Zwei Enkel. Ich bin Frou-Frou Senfeisen, Kartografin, im Ruhestand. Stück für Stück erinnerte sie sich, dass sie nichts mehr hatte trinken können, nichts mehr hatte trinken wollen. Was für ein Glück, dachte sie sich, ich lebe noch.  Aber weshalb lebe ich noch? Warum bin ich nicht gestorben?

„Wie lange bin ich im Koma gewesen?“, fragte sie die Ärztin, die sich ihrem Bett näherte. Zum Glück konnte sie sprechen.

„Vier Wochen“, kam prompt die Antwort.

Vier Wochen. Achtundzwanzig Tage. Sechshundertzweiundsiebzig Stunden. Rechnen konnte sie.

„Kann ich gehen?“

„Ihre Muskeln haben sich zurückgebildet. Es wird eine Zeit brauchen, bis Sie wieder normal gehen können.“

Frou-Frou versuchte, ihr rechtes Bein anzuheben. Es kam ihr unendlich schwer vor.

„Und schwimmen?“ Sie erinnerte sich, dass sie vorgehabt hatte, Berlin zu durchschwimmen. Mit Franz.

„Das kommt darauf an.“

„Vierundvierzig Kilometer?“

„Das wird eine Weile brauchen.“

Die Ärztin sprach langsam, wie um zu demonstrieren, dass Frou-Frou Geduld würde aufbringen müssen, um wieder zu Kräften zu kommen.

„Ich möchte aufstehen.“

„Ich rufe eine Schwester, die wird Sie stützen.“

Die Botschaft war unmissverständlich: Stehen Sie nicht alleine auf! Finden Sie sich damit ab, in den nächsten Tagen von anderen abhängig zu sein!

„Können Sie mich von den Schläuchen befreien?“

„Das kann ich.“

Immerhin. Ermattet sank Frou-Frou in die Kissen zurück. Das Gehörte musste verdaut werden. Nicht leicht für sie, die immer so großen Wert auf Unabhängigkeit gelegt hatte. Sie seufzte und ließ geschehen, dass die Ärztin ihre Scham entblößte, um die Drainage aus der Blase zu ziehen.

83.

„Bist du sicher, dass du mich nicht mehr brauchst?“

Unbeholfen standen die beiden Freundinnen im Wohnzimmer der kleinen Wohnung voreinander. Eine Tasche stand neben Frou-Frou. Aus einer Plastiktüte schauten eine Milchpackung, Büschel von Mohrrübengrün und ein Brot heraus. Auf dem Tisch die Post der letzten Wochen. Frou-Frou nickte.

„Ich könnte auch bleiben und hier auf dem Sofa schlafen.“

„Wenn ich was brauche, melde ich mich. Versprochen.“

Magda knibbelte an dem Papier der Blumen, die sie in der Hand hielt. Sie ließ Frou-Frou ungern alleine.

„Danke für alles, was du für mich getan hast die letzten Wochen.“

„Oskar hat sich extra freigenommen, um dich aus der Klinik abzuholen. Er hat sich sehr gewandelt, war zum Schluss jeden Tag bei dir.“

„Ich weiß, es gibt eine Menge Menschen, die sich um mich sorgen. Wollen wir Mittwoch zum Angeln?“

„Du willst mit mir angeln?“ Magda wurde rot. „Wir müssen auch nicht so früh aufstehen.“

„Ich stehe gerne früh auf, um mit dir zusammen zu sein.“

Eine warme Welle zog von einer zur anderen, verknüpfte sie miteinander, ließ sie gemeinsam schwimmen und tanzen.

„Ich gehe dann mal. Ach, übrigens: Happy Birthday.“

„Danke.“

Magda übergab der Jubilantin den Blumenstrauß. Dreizehnter Juli, Frou-Frous sechsundsechzigster Geburtstag. Magda rückte nochmals Wasserflasche und Thermoskanne zurecht, die sie für die Freundin auf den Tisch gestellt hatte.

„Ja, ich weiß, erwachsene Menschen sollten täglich anderthalb Liter Flüssigkeit zu sich nehmen. Ich werde trinken. Hab ich gelernt.“

Frou-Frou lächelte die Freundin an, roch an den Rosen, die tatsächlich noch einen Hauch von Rosenduft verströmten. Die Hitze machte ihnen jedoch zu schaffen. Die Köpfe hingen bereits. Magda meinte es gut mit ihr. Sie drückte die Freundin an ihre Brust.

„Ich habe mich die letzten Wochen vor meinem Zusammenbruch wenig bei dir gemeldet. Das tut mir leid. Ich wollte ein neues Leben beginnen, unabhängig sein. Ich bin froh, dass du noch da bist. Ohne dich wäre mein Leben ganz schön leer."

Arm in Arm standen die beiden Freundinnen. Momente? Eine Ewigkeit? Was war schon Zeit?

Als Magda gegangen war, schaute sich Frou-Frou in ihren vier Wänden um. Zuhause. Mein Reich. Meine Wohnstatt. Es war alles so vertraut. Das Sofa, der Tisch, die Fenster. Auch die Aussicht fühlte sich warm und nah an. Fast kam es ihr vor, als wenn die Wasser der Neustädter Bucht sie begrüßen würden.

Die Karte, ihr Werk. Mit dem Finger zeichnete sie die Linien der Flüsse nach, durch die sie geschwommen war. Sie spürte die Wellenbewegungen bis in ihre Mitte hinein. Auch ihr Inneres war eine Landschaft. Da gab es Flüsse, Täler, Berge und Städte, dachte sie zum ersten Mal. An manchen Orten lebe ich als die Alte, die ich jetzt bin. An anderen fühlt sich die Junge zu Hause. An wieder anderen das Kind. Mittlerweile gab es sie wieder, all diese Landschaften. Beinahe wäre sie zu einer einzigen Wüste geworden.

Sie wusste, wenn sie all die Städte Deutschlands durchschwommen haben würde, würde sie auch ihre inneren Städte miteinander verwoben haben. Ich schwimme durch die Flüsse und ich schwimme durch mich, verbinde damit meine inneren Landschaften, schaffe Brücken zwischen Orten und Zeiten. Die Kartografin tauchte ein, tauchte in sich hinein. Nicht mehr nur Aufsichten. Der Blick von außen führte ins Innere hinein.

Etwas kratzte an ihrer Wohnungstüre, Chartreuse. Wie sehr Frou-Frou die Katze vermisst hatte. Sie öffnete die Türe und kniete sogleich nieder. Die Katze kroch ihren Arm hinauf, kletterte auf die Schulter. Frou-Frou genoss das Kitzeln. Kein Kratzer, keine Krallen. Mit weichen zarten Pfoten berührte Chartreuse die Mähne der Wiedergeborenen.

Die schloss die Türe, wanderte mit der Katze in ihr Wohnzimmer, nahm Chartreuse zart in die Hände, ließ sich auf den Boden gleiten und setzte die Katze auf ihren Bauch. Sie hielt sie, sie streichelte sie. Die Katze rollte über sie, Frou-Frou drehte sich mit ihr. Ein Winden und Wenden, ein Kugeln und Drehen. Gleitende Arme, schwingende Beine. Wogen von Katze und Mensch glitten über den Boden. Lachen, Gluckern, Juchzen, Miauen und Schnurren. Wohlig erschöpft landeten Chartreuse und Frou-Frou auf dem Sofa.

„Ich habe dich so vermisst. Bitte, bleib´ bei mir!“

Die Katze rollte sich ein auf dem Bauch der Schwimmerin, wie um ihr zu sagen, dass sie nichts anderes im Sinn habe. Frou-Frou seufzte, die Katze schnurrte. Kein Gestern, kein Morgen, kein Planen, kein Zweifel. Einfach nur reines Sein. Hier und Jetzt.

## 84.

Sonntag, vierzehnter Juli. Handtuch unter den Arm, den Bademantel umgeschwungen. Frou-Frou war fest entschlossen, schwimmen zu gehen. Sie wollte das Nass erkunden in der Neustädter Bucht. Drei Wochen hatte sie sich nicht in den Wassern bewegt. Zumindest nicht ihren physischen Leib. Schwimmsack und Katze nahm sie mit.

*Ich gehe schwimmen. Kommst du mit?*, tippte sie in ihr Handy, während der Aufzug sie nach unten führte. Etwas in ihr sprang und hüpfte. Sie wollte gerade die Haustür öffnen, da stand Franz vor ihr.

„Ich dachte, dass es Zeit ist, das Training wieder aufzunehmen."

„Ich habe dich gerade angesimst."

„Hab ich gelesen."

Einen Moment staunte sie, dann nahm Frou-Frou den jungen Mann in den Arm, umschloss ihn mit Brustkorb und Schultern. Eine Hand griff nach dem Schulterblatt, die andere schlüpfte zum Hals. Herz pochte an Herz. Haut schwang mit Haut. Wärme schwappte über, rollte über Arme und Handgelenke, formte einen Kreis um die beiden. Leuchtende Kugel, rot schimmernd in der Hitze des Tages.

„Schön, dass du da bist."

„Einer muss doch aufpassen, dass du dich nicht gleich am ersten Tag überforderst. Hallo, Chartreuse!" Die Katze rieb sich ihre Ohren an Franzens Hand. „Es ist alles voll mit Blaualgen. Müssten eigentlich Grünalgen heißen."

„Können wir trotzdem hinein?"

„Wir sollten nachher duschen. Außerdem habe ich Sanddornöl mitgebracht. Damit können wir uns einschmieren. Und zieh´ diese Schnorchelmaske an, die bedeckt das Gesicht, damit du keine Wasser trinkst. Die Bakterien machen oft Magen-Darm-Probleme. Die Augen musst du schützen, sonst kannst du eine Bindehautentzündung bekommen. Hier. Sanddornbeeren. Kau die!"

„Wieso Sanddorn?"

„Ein Tipp von meiner Tante. Sie betreibt den Sanddorngarten am Schwielowsee. Orange ist die Komplementärfarbe von grün. Das stößt sie ab."

„Das ist eher so eine Vermutung, oder?"

„Wir können auch ins Blu."

Schwaden von Algen schwappten an das Ufer. Ein Teppich von Grün hatte sich auf die Wasser gelegt, machte sie zähflüssig und undurchsichtig. Chartreuse´ Schwanz zitterte. Mit hochgezogenem Buckel stakste sie durch das Gras, erst nach rechts, dann nach links.

„Du kommst besser nicht mit", ermahnte sie Franz. „Hunde können in den Wassern sterben. Katzen bestimmt auch."

„Und wir?"

„Wir haben einen Auftrag. Wir schwimmen durch Berlin. Wir tun das für den Erhalt der Wasser."

Frou-Frou griff mit den Händen in die wabernde Masse. Wie ein cremiger Film legten sich die Algenblüten auf ihre Hand. Sollte sie wirklich in dieses eklige Etwas hineinsteigen? Wozu?

Franz durchbrach ihre Gedanken.

„Ich habe nachgedacht. Anna und Severina veranstalten Flashmobs, gehen auf Demos, verteilen Flugblätter. Das fühlt sich für mich nicht stimmig an. Ich schwimme für die Wasser. Und ich baue mein Wasserklavier. Machst du mit?"

Auffordernd schaute er sie an. Frou-Frou war zum Heulen zumute. Bislang waren Wasser einfach dagewesen. Sie hatte sie gesehen. Sie hatte sie durchpflügt. Sie hatte sie gehasst. Noch nie hatte sie Mitgefühl gehabt mit diesem Element. Dass es so von Bakterien bevölkert war, machte sie wütend. Am liebsten hätte sie mit einem großen Kescher all die grünen Wülste abgeschöpft.

„Da muss man doch was tun können."

„Schwimmen."

„Ich war noch nie ein politischer Mensch."

„Was heißt das schon? Ist nicht jede Handlung eine politische Handlung, wenn sie die Öffentlichkeit einbezieht? Ich möchte, dass es wahrgenommen wird, wenn wir durch Berlin schwimmen. Ich möchte, dass alle wissen, dass wir das für die Gesundheit der Wasser tun."

„Ich war vier Wochen im Koma."

„Ich weiß. Bestimmt hat es dich verändert."

„Gib´ mir mal von dem Öl!"

Frou-Frou schüttete sich von dem Öl in die Handfläche. „Du bist sicher, dass wir davon nicht sterben? Das riecht so merkwürdig."

Das Sonnenlicht spiegelte sich auf den eingeschmierten Hautpartien. Frou-Frous Hände glitzerten. Mit einem Seitenblick schaute sie zu Franz. Gemeinsam durchwateten sie den grünen Rand. Sie fühlte die Wasser an ihren Waden. Sie fühlten sich weich und geschmeidig an. Mit einer Drehung landete sie in den Fluten der Bucht.  Die Wasser trugen sie, streiften ihren Rücken. Sie breitete Arme und Beine aus, hielt sich durch ihren Atem an der Wasseroberfläche.

Wasser. Überall Wasser. Sie inmitten der Wassermassen. Kein Impuls, sich zu bewegen. Kein Impuls, irgendetwas zu tun. Sie ließ sich einfach tragen.

„Weißt du, dass hier in der Bucht eine Vasenschwämmin lebt?", fragte sie.

„Eine Was?"

„Eine große Vasenschwämmin. Gibt es sonst nur in der Tiefsee."

„Das bildest du dir ein."

„Wer weiß."

Frou-Frou ließ sich weiter von den Wassern tragen. Arme und Beine zu den Seiten ausgebreitet, genoss sie die Weite. Ihre Augen waren geschlossen, um nicht vom Sonnenlicht geblendet zu werden.

„Ich habe von ihr geträumt."

Ohne sich abzusprechen tauchten sie mit den Köpfen unter. Keine Angst vor der Tiefe. Kein Hass auf das Tauchen. Schulter an Schulter glitten sie wie Delfine durch die Wasser, schlängelten sich auf den Grund, genau zu der Stelle unterhalb des Dampfmaschinenhauses.

Feisel fu feisel, fli flasel fli flu.
Wald wusel wiwold, wa wubel wibu.
Mirma mi mura, ma melchel malei.
Sasu si salsel, sem sabel salbei.

Sie sang noch. Frou-Frou freute sich, den Gesang der Namenlosen zu hören. Einzelne verirrte Lichter zogen durch das Glasfaserskelett der Vasenschwämmin. Insgesamt hatte sie an Leuchtkraft verloren. Franz stellte sich mit ihr an den Rand des großen Kessels. Mit ihren Händen fuhren sie vorsichtig die Furchen entlang, strichen über den wulstigen Rand.

Kabel ko kubel, kalk kolo
Kalk - kolo
Kolo

Ein Blitz ging durch den bauchigen Korpus. Mit letzter Kraft versuchte die Namenlose weiterzusingen. Es ging nicht. Frou-Frou packte Franzens Hand, umgriff das Rund des Kessels. Franz stand ihr gegenüber, packte ihre andere Hand, sodass sie die Schwämmin umarmen konnten. Sie legten ihre Köpfe an die lippenartige Wulst. Sogleich zogen die Lichtströme wieder gleichmäßiger durch das gewaltige Urtier. Erneut hob es zu singen an.

Kabel ko kubel, kalk kolo kalem.
Balbe babubel, babibel basem.

Franz konnte nicht mehr. Er musste Luft holen. Auch Frou-Frou wurde der Atem knapp. Sie mussten aufsteigen und sich verabschieden von der Schwämmin.

Do didi disel, didi duden difall.
Statt stitu stuten, sta stiben stiball,

hörten sie sie noch von Weitem singen, als sie japsend an der Oberfläche auftauchten und Richtung Ufer schwammen.

„So etwas habe ich noch nie gesehen."

Franz streifte sich die Schnorchelmaske vom Kopf. Dann schoben seine Hände Wasser und Blaualgen von der Haut. Frou-Frou schüttelte sich.

„Die Blaualgen machen ihr zu schaffen. Es sind die stummen Felder. Wenn sie sich ausbreiten, verstummt der Gesang der Schwämmin.“

Franz´ Blick wanderte zurück in Richtung Dampfmaschinenhaus. „Woher weißt du das?“

„Aus einem Kinderbuch. Nein, sie hat es mir selbst erzählt. Sie nennen sie die Namenlose.“

Frou-Frou ließ sich ins Gras fallen. Es war warm genug, um an der Luft zu trocknen.

„Wer?“

„Die Fische, die Algen, die Wasser selbst.“

Franz setzte sich neben sie. „Ein Wunder. Das müssen wir allen erzählen.“

Frou-Frou packte Franzens Kinn, drehte ihn zu sich. „Das erzählen wir niemandem. Wir müssen dafür sorgen, dass die stummen Felder verschwinden.“

Franz verstand zwar nicht, aber gab mit einem Nicken kund, dass er einverstanden war. Sein Verstand schwieg in diesem Moment. Er ließ Raum für andere Mächte. Verspielte, kindliche Wesen ermächtigten sich seiner.

„Feisel fu feisel, fli flasel fli flu.“

Sein Mund formte die Buchstaben, als würde er tanzen. Die Lippen wölbten sich nach vorne beim F. Zart küssten sich die Zähne beim S. Beim L rollte sich die Zunge ein. Ein Spiel von Lippen, Zähnen, Zunge, Gaumen. So viel Innenraum. Lustvolles Spiel an der Grenze.

„Mirma mi mura, ma melchel malei.“

Frou-Frous Oberlippe küsste die Unterlippe, immer und immer wieder. Ein Nahen, ein Entfernen, ein Necken und Schlecken. Lachend ließen sich die Flussschwimmerin und der Klavierbauer nach hinten ins Gras fallen. Zwei beglückte Wassermurmler.

„Wahrscheinlich haben uns die Blaualgen den Verstand geraubt.“

85.

Frou-Frou wählte am nächsten Tag den späten Nachmittag, um in die Kuhle zu steigen. Sie hoffte, dass es dann nicht mehr so heiß sein würde. Ein Irrtum. Es waren achtunddeißig Grad. In einer ihrer Schubladen hatte sie noch ein altes Stofftaschentuch gefunden, mit dem sie sich am liebsten den Schweiß abgewischt hätte. Sie selbst hatte es zu Grundschulzeiten bestickt, weil ihre Mutter gemeint hatte, es wäre wichtig, dass ein Mädchen sticken kann. Sie hatte die Stickarbeiten gehasst. Jetzt aber freute sie sich über das weiße Tuch mit ihren Initialen, F, F, S. Frou-Frou Süchting. An den Initialen hatte sich nie etwas geändert. Auch nicht, nachdem sie einen Senfeisen geheiratet hatte. Eigentlich war ihr Name gar nicht so schlimm, eher komisch.

Mit ihren Fingern fuhr sie die gestickte Kante entlang. Chartreuse war ihr trotz der heißen Nachmittagsstunde gefolgt. Die Katze umstreifte in Achtern Frou-Frous Beine, rieb sich an Schenkeln und Fesseln. Vielleicht war es diese sanfte Berührung, vielleicht lag es aber auch daran, dass Frou-Frou sich vorgenommen hatte, heute zu trauern, etwas in ihr wurde weich, ganz weich.

Sie erinnerte sich an Marquardt, an Bruno, an die ersten Jahre, das Kennenlernen, die Hochzeit, den Umzug ins Haus seiner Eltern. Sie erinnerte sich an ihren dicken, runden Bauch. Sie hatte jeden Tag ihren Bauchumfang gemessen und die Werte ordentlich in ein Buch eingetragen. Auch ihr Gewicht hatte sie notiert. Zahlen. Ich habe sie immer schon gemocht, dachte sie jetzt. Sie haben mir geholfen, das Unfassbare, das Unerklärliche, das Wunder des Lebens greifbar zu machen.

Sie musste lachen. Was haben diese Zahlen schon darüber verraten, wie sie sich gefühlt hat? Sie war so stolz gewesen, dass in ihrem Körper ein Kind heranwachsen konnte. In ihrem dünnen mageren Körper ohne Kurven und Rundungen. Sie war nie eine dieser typischen Frauen gewesen, hatte das immer abgelehnt. Auch ihr Körper hatte das geschafft. Obwohl sie weiter jeden Tag schwimmen gegangen war und die Jugend trainiert hatte, war ihr Bauch rund geworden wie eine Kugel. Oskar war ein schweres Kind gewesen, sechzig Zentimeter, fast vier Kilogramm. Melusine war zarter gewesen. Das war sie bis heute.

In diesem Moment bedauerte Frou-Frou, dass sie kein innigeres Verhältnis zu ihren beiden Kindern hatte. Sie fühlte die Kälte und Distanz, die oft zwischen ihnen herrschten. Wann hat sich das eigentlich geändert? Ich war doch keine gefühlskalte Mutter. Sicher, bei mir hat alles seine Ordnung gehabt. Da war nichts Schlechtes dran. Hat allen Halt und Sicherheit gegeben. Zwei Kinder, eine Vollzeittätigkeit und nebenher die Aufgabe der Schwimmtrainerin. Das ging nur, weil alles klar strukturiert war.

Vielleicht braucht es auch jetzt nur eine klare Struktur. Ich sollte regelmäßige Treffen mit Melusine verabreden. Am besten, wir gehen gemeinsam in Konzerte. Musik. Das hat sie immer geliebt. Wer weiß, vielleicht darf sie dabei neu ihre Liebe zur Musik entdecken.

Und dann regelmäßige Treffen mit den Enkeln. Ein Nachmittag in der Woche. Wir bereden gemeinsam, was wir uns vornehmen. Die kleine Berte wird schon mit mir sprechen.

Schwieriger wird es mit Oskar. Es ist eine Ewigkeit her, dass ich den alleine getroffen habe. Wahrscheinlich hat er Angst, dass ich ihn verurteile, weil er mit einem Mann zusammenlebt. Vielleicht sollte ich die beiden auf einen Kaffee einladen. Das bricht das Eis.

Sie war noch dabei zu überlegen, wie sie die Einladung für Oskar und seinen Partner gestaltet, da spürte sie, wie eine Welle langsam von den Füßen aufwärts in ihren Brustkorb hineinzog. Es wurde warm in der Brust. Warm und weich. Dann kamen mit einem Mal Tränen. Frou-Frou konnte sie nicht halten. Sie wollte sie nicht halten. Sie weinte und weinte und weinte. Da war Trauer, aber da war auch Freude über diese Trauer. Kurz schämte sie sich für ihre Tränen, dann aber fing sie sie in ihrer Handfläche auf. Eine Schale voll Tränen.

„Für dich", sprach sie zu der Namenlosen und ließ die salzigen Tränen in die Bucht tropfen. Immer noch schüttelte es ihren Leib. In Wellen bewegten sich die Schultern vor und zurück, die Brust schwang mit, der Bauch, das Becken. Sie nahm das Taschentuch, bewunderte noch einmal ihre Stickarbeiten und knotete es an das Geländer des Trauerplatzes.

Für Momente stand sie auf die Brüstung gestützt, schaute auf die Wasser und freute sich. Über sich, über ihr Leben, über ihre Kinder, dass sie Großmutter war und darüber, dass sie jetzt frei über ihre Zeit bestimmen durfte.

*Jetzt hängt noch ein Tuch in der Trauerkuhle*, tippte Frou-Frou in ihr Handy. Anna würde sie verstehen. Mit wem sonst hätte sie dieses kleine Geheimnis teilen können?

86.

Die Fensterflügel waren weit geöffnet, Annas Gesang eilte durch die Brandenburger Vorstadt. Blätter vibrierten an den Bäumen, zitterten und flackerten im Fieber der Sinnlichkeit, die aus dem Innenraum drang. Hitze paarte sich mit Hitze. „Aaaahhhhhh! Yeah, oh yeah!“

Wollüstige Töne pulsierten durch Franzens kleines Zimmer, ließen den Holzboden und die Rahmen erbeben. Annas nackte Füße standen rechts und links von der Tastatur des Flügels. Ihre Beine waren gespreizt. Der leichte Sommerrock war bis über die Knie gerutscht. Sie saß auf dem Deckel des Instrumentes, Franz zugewandt, der die Tasten bespielte.

Franz improvisierte mit Tonleitern, gewagten Sprüngen, Tremoli. Annas Stimme eroberte Höhen und Tiefen. Sie glitt durchs Spektrum aller machbaren Klänge. Der Mund weit geöffnet, bereit, alles zu geben, sich zu verschenken. „Yeah! Oh yeahhhhhhh!“

Immer wieder trafen sich ihre Blicke, fanden ihre Gesichter einander. Ich sehe dich, ich will dich, riefen sie einander zu. „Du du du!“ Sie verschmolzen, so wie sich die Klänge verbanden, eins wurden. Lust des Klangs, Lust des Gesangs, Lust am Sein und diesem verzehrend, begierigen Wollen des anderen Geschlechts. „Ja! Ja! Jaaaaa!“

Mit jedem Ton aus ihrer Kehle wurde Anna attraktiver. Es zog ihn zu ihr, zu ihrer Lebendigkeit, ihrem Pulsieren. Anna sah, wie Franzens Rücken tanzte bei seinem Spiel. Zwar sang er nicht, aber die Zunge vollführte Sprünge und Drehungen, umkreiste Lippen und Zähne bei den Läufen seiner Tonfolgen. Es hielt ihn kaum auf dem Hocker. Er wollte stehen, tanzen, fliegen. Wie betörend, dachte Anna mit jeder Faser ihres Leibs.

Fäden der Begeisterung, der Anziehung, des Verzücktseins, des Entrücktseins gingen vom einen zum anderen, bildeten ein Netz der Bewegungen, Vibrationen, Klänge. Die Welt war Klang, war Lust. Das Universum ein großes Konzert, die Liebe sein Gottesdienst.

Erschöpft ließ Anna schließlich den Kopf nach unten sacken, drehte sich auf den Rücken, sodass ihr Kopf Richtung Tastatur überhing. Franz packte ihn, biss zärtlich verspielt in Annas Lippen hinein.

Lippen öffneten sich, Zungen fanden einander, feucht, warm, gleitend. Wasser verbanden sich, knüpften enger diesen Bund der Liebe, des Sehnens und Verlangens. Es schmatzte, knirschte, lutschte und flutschte. Zunge an Zunge, am Lippenbändchen entlang, in den Gaumen hinein, den Mundraum erforschen, eindringen, in dieses Innen hinein, das sich öffnete, bereit war einzulassen. Mit einem Seufzer fanden sie schließlich zu einem Halt, einer Pause, keinem Ende.

Franz stieg zu Anna auf den Flügel, legte sich neben sie.

„Ich habe mich um einen Studienplatz an der Musikhochschule beworben."

Franz spielte mit Annas langem Haar. „Lass mich raten! Gesang? Find ich stimmig."

„Ich bin nicht für die Wissenschaft gemacht."

Franz streichelte mit Annas langen Haaren über deren Lippen.

„Auch bei den Demonstrationen werde ich mich mehr zurückhalten."

„Heißt das, du hast mehr Zeit für mich?"

Anna setzte ihm einen Kuss auf den Mund. „Die Politaktivitäten strengen mich an. Ich kann kaum noch schlafen. Es muss einen anderen Weg geben, die Wasser zu retten. Wir greifen damit die Leute zu sehr an. Die gehen dann nur auf Abwehr. Den Wassern kommen sie dadurch nicht näher. Ich möchte singen für die Wasser."

„Weiß Severina das schon?"

Anna schüttelte den Kopf.

„Du wirst es ihr schonend beibringen müssen."

„Es ist ja nicht falsch, was sie macht. Es ist nur nicht mein Weg. Ich glaube, dass die Kunst viel mehr bewirken kann. Vor allem die Musik."

„Hast du schon was geplant?"

„Das verrate ich nicht."

Verschmitzt schaute Anna Franz an. Ihr kleines Geheimnis machte sie noch attraktiver für ihn. Sein Hals war trocken. Er griff zum Wasserglas, das das Spiel von Liebe und Lust unbeschadet überstanden hatte und immer noch auf dem Deckel des Flügels stand.

„Halt", rief Anna, „Nicht trinken. Die Wasser haben alle Vibrationen unserer Liebe mitbekommen. Komm, wir bringen es zur Bucht. Vielleicht vertreibt es die Blaualgen."

Frou-Frou stand immer noch in der Trauerkuhle. Als sie Anna sah, regte sich ein mulmiges Gefühl in ihr. Dresden. Sie war wütend auf die Freundin. Dass die sie nicht gefragt hatte, ob sie einverstanden war.

Anna nahm die Reserviertheit der Älteren wahr. Das Glas in der einen und Franz an der anderen Hand näherte sie sich Frou-Frou.

„Besungene Wasser für die stummen Felder", grüßte sie die Freundin und kippte das Glas in die Bucht hinein. Alle drei schauten sie schweigend auf den See, der die Wasser unbewegt aufnahm.

„Wieso habt ihr mich in Dresden nicht gefragt, ob ich mit euch für den Erhalt der Wasser kämpfen möchte?"

Anna traute sich nicht, Frou-Frou in die Augen zu sehen.

„Es tut mir leid. Ich habe mich von Severinas Enthusiasmus überrumpeln lassen. Ich hatte die ganze Zeit ein schlechtes Gewissen. Schön, dass es dir wieder besser geht."

Jetzt erst fand die Sängerin den Mut, der Wiedergeborenen ins Gesicht zu schauen.

„Ich möchte mit euch kämpfen. Auf meine Art."

## 87.

Die Straße war nach wie vor nicht gepflastert. Frou-Frous Reifen verfingen sich in den Furchen zwischen den einzelnen Feldsteinen. Mühsam hielt sie die Balance. Sechzehnter Juli. Vor sechs Tagen ist sie aus dem Koma erwacht. Langsam kam sie wieder zu Kräften. Der Weg ging leicht bergan zu Brunos Elternhaus. In der Einfahrt ein kleiner Smart.

Der Rasen war frisch gemäht. Doch anders als früher nahm er nur noch einen kleinen Teil des Gartens ein. Blühendes Buschwerk, Rabatten und Rosen über Rosen. Gewiss Franziskas Werk. Frou-Frou hatte sich nie viel aus Blumen gemacht.

Sie hatte gerade erst ihr Rad geparkt, da kam Bruno aus der Eingangstür. Unbeholfen standen beide voreinander, Frou-Frou umklammerte ihre Handtasche, ruckelte den Trenchcoat zurecht.

„Möchtest du nicht reinkommen?"

„Ich bleib lieber im Garten."

Bruno wies ihr den Weg zu der Terrasse hinterm Haus. Als wenn sie den nicht gekannt hätte. Sie war schon wieder dabei, wütend zu werden, als ihre mütterliche Seite die Kratzbürste an die Hand nahm, ihr ein „Schschsch!" zumurmelte und sie dadurch beruhigte.

„Kaffee?"

„Gerne."

Bruno ging ins Haus, während Frou-Frou sich auf einen der Gartenstühle setzte. Immer noch die gleichen, nur die Polster waren jetzt geblümt. Die nüchterne Frou-Frou, die mütterliche, die Kratzbürste und auch das kleine Mädchen nahmen Platz.

„Warum hast du mich verlassen?", fragte sie, als Bruno wiederkam. Ihre Stimme war weich, der Blick zugewandt. Sie war nicht gekommen, um zu kämpfen.

„Ach, Frou-Frou. Das ist jetzt schon so lange her."

„Ich würde es gerne wissen, damit ich abschließen kann mit dem, was war."

Brunos Blick schweifte über das Rosenmeer.

„Ich lebe jetzt mit einer anderen Frau zusammen."

Frou-Frou schaute ihm unverwandt in die Augen.

„Was hat dir nicht mehr gefallen an unserem Zusammenleben?“

Bruno lehnte sich zurück. Sein Rücken sank in das Polster hinein. Es saugte Brunos Angst auf vor dieser Begegnung.

„Die Kinder waren aus dem Haus. Du hast gearbeitet. Du hast deine Mannschaften trainiert. Da war wenig Platz für mich in deinem Leben.“

Frou-Frou musste schlucken. Die Wahrheit schmeckte bitter.

„Weshalb hast du nicht mehr eingefordert?“

„Ach, Frou-Frou. Du warst immer so klar, wusstest genau, wo du hinwillst. Ich habe mich so geschämt nach dem Bankrott meines Unternehmens. Dass du mich finanziert hast. Dass ich nichts zum Familieneinkommen beitragen konnte.“

„Du hättest mir dankbar sein können.“

„War ich auch. Ich bin es noch. Gleichzeitig war da auch Scham. Die ist an deiner Seite nicht weniger geworden. Franziska nimmt mich so wie ich bin. Für die muss und will ich nicht großartig sein. Dir ist immer alles geglückt.“

Das Gehörte schmerzte. Etwas in Frou-Frou begehrte auf, wollte sich wehren, rechtfertigen.

„Zumindest empfindest du das so“, versuchte sie, sich selbst zu beschwichtigen. Sie schluckte die Wut hinunter, um sogleich auf unendlich viel Trauer zu stoßen.

„Hat es dich interessiert, wie es mir die Jahre nach unserer Trennung ergangen ist?“, fragte sie mit leicht glasigen Augen.

„Ich habe mir große Sorgen um dich gemacht. Auch jetzt als es dir so schlecht ging. Ich habe dich im Krankenhaus besucht.“

„Ich möchte die Scheidung, Bruno.“

Bruno räusperte sich. „Das ist nicht nötig. Franziska akzeptiert, dass wir auf dem Papier ein Paar bleiben.“

„Es geht hier nicht um Franziska. Ich möchte die Scheidung. Es stimmt nicht mehr für mich, mit dir verheiratet zu sein. Ich bin bereit, dir Rentenpunkte abzugeben.“

Während Frou-Frous Worte zu Bruno vordrangen, merkte sie, wie sie immer weicher und fließender wurde. Es fühlte sich richtig an. Dieser Moment, ihr Leben. Sie war einverstanden.

„Mach´s gut, Bruno, und danke für alles.“

„Alles Gute auch für dich, Frou-Frou.“

Ein letzter Blick in seine Augen. Für Momente fühlte sie nochmal das Band, dass sie beide über so viele Jahrzehnte verbunden hatte. Sie hatten eine gute Zeit miteinander gehabt. Dann stieg sie auf ihr Rad und machte sich zurück auf den Weg nach Potsdam.

Sie hatte ihr Bestes gegeben. Auch Bruno hatte es versucht. Mehr war nicht gegangen. Wege fanden zueinander und gingen wieder auseinander. Vielleicht stimmte es, dass sie Bruno immer schon zu wenig Platz eingeräumt hatte in ihrem Leben. Auch jetzt fühlte sie keinen Raum neben sich für einen Mann. Sie würde alleine weitergehen.

88.

Hast du mich vermisst? Zu dieser Zeit des Jahres bin ich selten zu sehen. Die Nächte sind kurz, die Tage sind lang. Ich brauche das Dunkel, um scheinen zu können.

Anna sah mich, auch wenn es hell war am Firmament. Sie sah mich, weil sie mich suchte. Weil ich ihr Leitstern, ihre Orientierung, ihr Halt in unsicheren Zeiten war. Ihre Mondin.

Frou-Frou nahm mich kaum wahr. Ich gehörte zum Dunkeln, zur Nacht. Zwar hatte sie keine Angst mehr vor der Tiefe und war in der Lage zu tauchen, aber ein Unwohlsein sobald die Sonne verschwand, war ihr geblieben. Sie kannte die Freude und den Gewinn eines Leitsternes noch nicht. Immer noch meinte sie, dass jeder Impuls von ihr ausgehen müsse, dass sie die Initiative ergreifen müsse.

Ich hätte ihr gerne noch mehr Vertrauen einflößen wollen. Nicht das Vertrauen in die eigene Macht. Das hatte sie gewonnen. Vertrauen in mich, in eine gute, schützende Hand. Die Fähigkeit loszulassen, sich führen zu lassen, Hingabe. Wusste sie, dass ich ihr die Vasenschwämmin geschickt hatte, um sie das Vertrauen in die Tiefe zu lehren?

Anna und ich, wir waren zärtliche Bande eingegangen, Liebesbande. Sie wusste, dass ich nicht perfekt war, dass ich nicht für alles eine Lösung hatte. Das erwartete sie auch nicht von mir. Ich war ihr Gegenüber, füllte den leeren Raum über ihr, hörte ihr zu und bot Schutz.

Brauchte Frou-Frou einen Leitstern? Fehlte ihr was? Vielleicht würde sie mich entdecken, jetzt, wo sie eine so innige Beziehung zu den Wassern aufgebaut hatte. Vielleicht fragte sie sich, wer die Wasser lenken, wer sie leiten, wer sie beschützen würde? Ich wusste es nicht. Ich war da, falls sie mich brauchen würde. Dann würde ich für sie scheinen, würde ihr zuhören, würde sie einhüllen in mein milchig-silbernes Licht.

## 89.

Etwas zog Frou-Frou nach ihrem Besuch bei Bruno erneut in die Trauerkuhle. Es war spät in der Nacht.

Als sie Anna am Geländer stehen sah, wusste sie, was es war, dass sie hierhergelockt hatte. Sehnsucht. Sie freute sich, die junge Frau wiederzusehen. Sie hatte sie vermisst. Die Wasserfreundin hatte gerade ihre Flasche geöffnet und war im Begriff, einige Tropfen der von ihr gesammelten Wasser in die Havel zu schütten. Kurz hielt sie inne, erkannte Frou-Frou und goss dann weiter.

Wortlos stellten sich die beiden nebeneinander, umfassten mit ihren Händen das Geländer. Vier Hände in einer Reihe. Ihre Schultern berührten einander. Zwei Frauen, aus unterschiedlichen Welten, unterschiedlichen Alters, unterschiedlicher Herkunft, von sehr verschiedenem Aussehen. Über ihnen der gleiche Himmel. In ihnen ein Herz, das für die Wasser schlug. Anna sang ihr Klagelied.

Still und stumm,
still und stumm,
still und stumm
ruht der See.

Die Welt ist erstarrt,
die Menschen so hart
Kein Kuss, nur Verdruss,
oh weh.

Es schweigen die Wasser,
es schweiget der Mensch.
Kein Fließen, kein Rauschen,
oh je.

Eine Träne tropft leise,
auf uralte Weise,
bis auch sie versiegt
in dem See.

„Ein schönes Lied."

Die Luft klang noch nach von Annas Gesang. Wie ein zarter Hauch hatte er sich auf jeden Strauch, jedes Gras, jeden Tropfen Wasser gelegt. Auch in Frou-Frou tanzten Wellen des Klangs. Es hatte sie bewegt, hatte Festes in Schwingung gebracht.

„Was sind das für Wasser, die du in die Bucht geschüttet hast?"

„Die habe ich von meinen Reisen mitgebracht. Von Orten, wo die Wasser noch verehrt werden."

Stille mit einem Anflug von Schmerz und Traurigkeit.

„Was machen eure Aktionen?"

„Wir haben neue Petitionen eingereicht. Zum Verbot von Pestiziden. Der Schwermetall- und Phosphorgehalt in den Wassern muss gesenkt werden. Überall sind Blaualgenfelder. So viele wie noch nie."

Die Wellen des Liedes, die Verbindungen von jedem Ding zum nächsten geschaffen hatten, waren versiegt.

„Was macht dein Studium?"

„Ach, ich weiß nicht. Ich glaube, das bringt alles nichts. Es braucht andere Wege."

„Und dein Wunsch, Sängerin zu werden?"

Auch wenn Anna nicht antwortete, Frou-Frou bemühte sich, das Band zwischen ihr und Anna nicht reißen zu lassen. Ein Band, zart wie ein Lied, stark wie das Leuchten der Mondin über ihnen. Ein mütterliches Band.

„Du bist verzagt. Das kann ich verstehen."

Ein weiterer Moment der Stille. Frou-Frou spürte mütterliche Mondinkraft in ihrem Herzen. Für einen Moment schaute sie hinauf zu der leuchtenden Scheibe, die sich um die Sterne und die Wasser kümmerte. Sie fühlte eine warme Verbindung zu diesem leuchtenden Rund. Ein Lächeln huschte über ihr Gesicht.

„Was ist aus der Veranstaltung mit der skandinavischen Band geworden? Ich werde keine Tauchgänge zum Besuch der Vasenschwämmin anbieten. Die ist unser Geheimnis. Aber die Idee mit der Musik hat mir gefallen."

Anna hielt sich krampfhaft am Geländer fest.

„Ich habe so gekämpft, Geoökologie studieren zu dürfen. Meinen Eltern wäre Jura viel lieber gewesen."

„Du hast es ausprobiert. Manchmal ändern sich Ziele." Frou-Frou überließ der mütterlichen Seite in sich die Bühne. Hier bei Anna durfte sie sich zeigen.

„Ich würde so gerne Gesang studieren. Die Wasser zu besingen erscheint mir so viel sinnvoller."

„Dann wird es so geschehen."

Die Mondin tauchte die beiden Frauen in ein zartes, weiches Licht. Ein bläulicher Schimmer lag auf ihren Gesichtern. Sanft erhoben sich ihre Silhouetten aus dem Dunkel der Nacht.

## 90.

„Wie schön, dass du Zeit für mich hast."

Der leicht vorwurfsvolle Ton in Magdas Stimme war nicht zu überhören. Es war Mittwoch, vier Tage nach ihrem Geburtstag, sechs Uhr in der Früh. Nach ihrer Begegnung mit Anna am gestrigen Abend war es Frou-Frou nicht leichtgefallen, sich aus dem Bett zu schälen. Trotz der frühen Stunde war es bereits drückend heiß. Sie hatte ihr Fahrrad am Steg in Baumgartenbrück geparkt. Ihren gelben Schwimmsack warf sie sich über die Schulter. Chartreuse lief neben ihr. Magda erwartete sie. Sie hatte ihr Motorboot an einer Klampe vertäut, reichte Frou-Frou die Hand, um sie an Bord zu bitten. Die Katze sprang mit einem Satz hinterher und peilte schnurstracks die Spitze des Bootes an.

Die Fahrt ging Richtung Töplitz. In einer kleinen Bucht stoppte Magda das Motorboot, warf Anker und zückte Angel und Köder für die Fische. Sie hatte Maiskörner gekocht und mit Cayennepfeffer gemischt, damit wollte sie Karpfen anfüttern, die es scharf mochten. Frou-Frou reichte sie eine zweite Angel. Die schüttelte nur den Kopf.

„Angel du mal alleine deine glitschigen Freunde! Ich gehe schwimmen."

Frou-Frou klappte die kleine Auslegeleiter um und stieg in die Wasser. Sie legte sich auf den Rücken und ließ sich von den Wassern tragen.

„Seit wann machst du den toten Mann?", wurde sie von Magda gefragt.

„Ich nenne es die Mondinqualle", erklärte sie.

„Mondinqualle?"

„Die heißt so, kann leuchten wie die Mondin."

„Qualle passt. Am Leuchten musst du noch etwas üben."

Minuten vergingen, in denen beide schwiegen. Frou-Frou war Qualle. Magda angelte. Nach einer gefühlten Ewigkeit, zumindest kam es beiden so vor, kletterte die Schwimmerin wieder an Bord, trocknete sich ab und setzte sich neben Magda auf einen Klappstuhl.

„Bist du gerne eine Frau?“

Mit dem Thema hatte Magda nicht gerechnet.

„Ich habe mich nie als Frau verstanden, sondern als Mensch.“

Pause.

„Aber vielleicht war das ein Fehler, denn immerhin bin ich eine Frau. Außerdem wird diese Welt nach wie vor von Männern regiert.“

„Ich dachte immer, ich könnte neutral sein“, antwortete Frou-Frou, „einfach ohne Geschlecht. Wie unsere Welt wohl aussähe, wenn sie von Frauen regiert würde? Wahrscheinlich gäbe es keinen Kampf um die Wasser.“

„Ich habe nachgedacht“, wechselte Magda das Thema. Frou-Frou kraulte derweil die Katze, die sich zu ihr auf den Schoß gesetzt hatte. „Über deine Beziehung zu den Wassern. Das Schöne an den Wassern ist doch, dass sie nichts von dir wollen, dass sie einfach da sind. Sie stehen, sie fließen, egal, ob du sie wahrnimmst, egal, ob du dich an ihnen erfreust. Sie sind einfach. Die Wasser können nicht sprechen.“

„Wie kommst du darauf, dass die Wasser sprechen könnten?“

„Du warst es, die immer wieder gesagt hat, dass wir den Wassern zuhören müssen. Dass sie zu uns sprechen, dass sie singen.“

„Wann habe ich das gesagt?“

„Als du im Krankenhaus lagst.“

„Da habe ich gesprochen?“

Magda nickte. „Die Wasser können nicht singen. Du bist es, die singt. Wenn sie zu dir sprechen, so sind es deine Worte. Es handelt sich lediglich um eine Projektion. Du überträgst deinen eigenen Gesang auf die Wasser, machst sie dir zum Spiegel. Die Wasser müssen nicht sprechen. Sie dürfen sich jenseits des Rauschens aller Worte befinden. Sie schweigen.

Der SINN, der sich aussprechen lässt,  
ist nicht der ewige SINN.  
Der Name, der sich nennen lässt,  
ist nicht der ewige Name“,

zitierte sie einen ihrer Lieblingsautoren, Laotse. „Die Wasser können sich mit so etwas Profanem wie Sprache nicht abgeben. Sprache zergliedert, zertrennt, ordnet ein, gibt Ziele vor. Wesentliches lässt sich nicht aussprechen."

Frou-Frou schwieg.

„Das große Rätsel der Wasser", fuhr Magda fort, „besteht für mich darin, sich zu bewegen und nichts zu wollen. Wie kann das sein? Der SINN ist immer strömend, sagt Laotse. Wenn ich mich bewege, dann will ich etwas erreichen. Die Wasser wollen nichts und doch sind sie immer in Bewegung. Kannst du dich bewegen, einfach nur, weil dir die Bewegung Freude macht?"

„Ja."

„Ach, komm´! Wenn du trainierst, willst du einen Preis gewinnen. Du willst, dass andere dich loben, dass sie dir gratulieren, dich bewundern. Niemand bewegt sich einfach nur so."

„Ich schon."

„Du springst in der Eiseskälte in die Wasser, trainierst täglich zig Kilometer, nimmst dir vor, durch all diese Städte zu schwimmen, und das alles einfach nur so?"

„Ja."

„Das glaube ich dir nicht. Irgendetwas willst du damit bezwecken, die neue Greta Thunberg der Senioren werden, eine bislang unbekannte Potsdamerin, die sich für das Klima einsetzt."

„Das werde ich wahrscheinlich, und trotzdem schwimme ich nur für mich. Die meisten der Städte, die ich mir vorgenommen habe, kenne ich nicht. Sie von den Wassern aus zu besuchen, stelle ich mir spannend vor. Eine andere Perspektive. Durch die verschmähte Hintertüre."

Magda schwieg. Sie ließ das Gehörte nachklingen. Es waren so ganz neue Töne, die sie von ihrer Freundin vernahm. Wo war die ehrgeizige Leistungsschwimmerin hin, die immer Ziele gehabt und diese angestrengt verfolgt hatte? Frou-Frou hatte sich gewandelt. Friedlicher wirkte sie und mit sich im Reinen.

„Ich habe dich singen gehört", sagte sie schließlich.

„Ich habe auch gesungen, als ich im Koma lag?"

Magda nickte. Pause.

„Das Singen macht Freude. Alle Lehrer in der Schule haben mir immer gesagt, dass ich nicht singen könne. Bruno hat sich die Ohren zugehalten, wenn ich für die Kinder gesungen habe. Ich würde ganz falsch singen. Aber weißt du was? Es geht gar nicht um richtig oder falsch. Es geht darum, Freude beim Singen zu haben, an den Tönen, an den Lauten, den Rhythmen, der Stimme. Manchmal sind es keine Texte, die ich singe. Nur Vokale und Konsonanten. Hast du schon mal wahrgenommen, wie die Zunge sich für ein L an den oberen Gaumen drückt? Ganz zart berührt sie dabei die Wurzel der Schneidezähne. Oder das B? Wie sich die Lippen zuerst leicht nach innen wölben, um dann sanft nach vorne zu schnellen und sich zu öffnen? Ganz anders beim P, wo sie kraftvoll auseinanderknallen. Ich bin mir sicher, dass die Wasser klingen, singen und sprechen. Gewiss keine philosophischen Texte wie sie dein Laotse von sich gegeben hat. Ich glaube, es mag lieber die verspielten Töne und Klänge. Wer weiß, wie lange es noch singt und zu uns spricht. Die stummen Felder breiten sich immer mehr aus."

„Stumme Felder?"

„Blaualgenteppiche."

91.

Es gibt die Stille und es gibt das Verstummen. Die Stille ist friedlich und zart. Sie ist keineswegs die Abwesenheit aller Töne. In dieser Stille gibt es viele Geräusche: das Rascheln von Blättern im Wind, das Summen von Insekten, die Wellen der Havel, die an das Boot schlagen. Das Strömen ihres Atems.

Magda genoss die Stille, als sie ihre Angel zwei Tage später alleine in die Wasser warf. Es war Freitag, fünf Uhr in der Früh. Sie war mit ihrem Motorboot zur Insel Werder gefahren. Mit einem leisen „Blobb“ landete der Haken mit dem Köder in den Wassern. Danach war alles still.

Bei der Stille gibt es ein Davor und ein Danach, philosophierte sie. Die Stille ist eine Pause. Meist ist es so, dass das Davor angefüllt ist mit zu vielen Tönen. Oft sind sie laut, nicht voneinander zu unterscheiden. Ein Rauschen. Dann auf einmal, wie durch ein Wunder, werden die Töne leiser, separieren sich. Die Töne drängeln nicht mehr, wollen nichts von mir. Ich darf sie hören, darf mich dem reinen Klang hingeben. Der Stille. Was diese gebiert, ist ein Gefühl von Bei-sich-Sein, von Frieden, von Präsenz. Ein Gefühl von Glück. Ja, die Stille beglückt in ihrer Selbstgenügsamkeit, in ihrer Einfachheit.

Magda liebte es, den Morgen für sich alleine auf den Wassern zu haben und sich solchen Gedanken hinzugeben. Die Stille schafft einen Raum der Achtsamkeit, der Verbundenheit mit der Welt des Klangs. Stille klingt um ihrer selbst willen.

„Der Klang von euch Havelseen ist ein stiller Klang. Der Hörende braucht Ruhe, um ihn wahrzunehmen. Du bist keiner dieser reißenden, stürmischen Flüsse“, sprach die Anglerin zu den Wassern der Havel. „Du gleichst mehr einer alten Weisen, die sich nicht mehr eilen muss, die den Frieden eines gemächlichen Weiterfließens kennt. Es braucht ein weites, offenes Ohr, um dein feines Plätschern und Fließen zu vernehmen. Die kleine seichte Welle, die am Ufer anschlägt. Die Tropfen, die zart von einem Ast herniederfallen. Das Klatschen eines Fisches, der nach gewagtem Sprung ins kühle Nass eintaucht. Der Wasserläufer, der seinen Tanz auf der gespannten Oberfläche des Sees vollführt. Wer sich die Zeit nimmt und dir lauscht, wird mit einer sanften Woge inneren Friedens beschert. Ja, ich kenne den inneren Frieden, den du schenkst.

Und ihr selbst, Wasser der Havel, kennt ihr die Stille? Könnt ihr sie spüren, wahrnehmen, auskosten? Liebt ihr das Plätschern eines kleinen Bachs? Zieht ihr die starke Strömung vor? Die Wesen, die in euch leben, mögen sicherlich das Rauschen, das Strömen, das Gluckern und Schlingern. Ist das so?

Und die stummen Felder? Sie werden immer mehr. Die heißen Sommer, der wenige Regen, die vielen Menschen, Dünger, der in Gewässer fließt. Ja, all das ist dazu angetan, Blaualgenvermehrung zu begünstigen.

Aber wieso eigentlich stumme Felder? Es sind verseuchte, Sauerstoff-arme Gewässer. Was hat das mit Stimme und Klang zu tun? Wasser sprechen nicht. Wie sollen sie da verstummen?“

Magda ahnte nicht, dass die Wasser ihr zuhörten. Sie wollten ihr Rede und Antwort stehen. Hier, wo sich die stummen Felder noch nicht ausgebreitet hatten. Sie wollten ihr erzählen – von der Stille und von dem Verstummen, die so unterschiedlich waren.

Die Stille ist voll, sie ist gar nicht leer. Im Verstummen aber gibt es gar nichts mehr. Das Stumme leert wie ein gieriger Mund, saugt alles hinein, tief in den Schlund. Das Sein. Das Leben. Das Da-ist-doch-Etwas. In seiner Gier kennt es kein Maß. Das Stumme nichtet das Sein, führt es ins endlose Nichts hinein. Die Stille jedoch ist der Kitt dieser Welt, der Anfang, Mitte und Ende zusammenhält. Sie lässt dich staunen, schenkt dir Liebe und Frieden. In der Stille ist nichts voneinander geschieden.

92.

Bsa –
bso –
bsibiiii –
bsei –
bsu –
bsa –
bsilibi –
bsilibei –
bsilibo –
bsa –
bsallalla

Chni –
chneu –
chnattatta –
chneu
Chni –
chnibelibi –
chni
chni
chni
Chna –
chnu –
chnu
chnu
chnubidu

Mit ernster Miene schauten sich Oma und Enkelin an, während sie vor den Versammelten ihre Unsinnsverse zum Besten gaben. Frou-Frou gefiel sich in B-Lauten, während Berte das gutturale Ch erklingen ließ. Ein kleiner Tisch war auf dem Plateau vor den taiwanesischen Löwen aufgebaut. Gedeckt mit Tellern, Gläsern, Salatschüsseln und einem Kuchen. Die untergehende Sonne warf ein warmes Licht auf die Neustädter Bucht. Noch immer war es tropisch heiß an diesem Sonntag, den achtundzwanzigste Juli des Jahres zweitausendneunzehn. Nach Beendigung ihrer ungewöhnlichen Rezitationen verneigten sich das Kind und die Alte vor Freunden und Familie. Die klatschten, wussten aber nicht so recht, was in die beiden Damen gefahren war, die sich die letzten beiden Tage heimlich getroffen hatten.

„Gedicht an den Darm. Von Oma", sprach die kleine Berte mit akkurater Aussprache. „Verschnupfter Aal. Ein Vers von Berte", fügte die Großmutter hinzu. Beide schlugen ihre Hände gegeneinander, lachten und freuten sich über ihren Mut und die Irritationen der Zuhörer.

„Ich war bislang keine Freundin großer Ansprachen. Heute habe ich euch alle hierherbestellt, um euch mitzuteilen, wie es mir geht und was meine weiteren Pläne sind."

Franz stellte den Kartenhalter neben Frou-Frou, befestigte die von der Kartografin gezeichnete Karte und entrollte sie vor den Augen aller Anwesenden.

Melusine war mit Berte und Max gekommen. Sogar ihr Ehemann hatte sich frei genommen. Oskar stand etwas unsicher neben seinem Freund. Auch Anna war erschienen und natürlich Magda. Eine Mischung, wie es sie vorher nicht gegeben hatte.

„Wie ihr alle wisst, habe ich mir eine kleine Auszeit gegönnt. Die habe ich gebraucht. Da galt es einiges neu zu sortieren. Ich habe die Scheidung eingereicht. Nach sieben Jahren stimmt es für mich nicht mehr, weiterhin mit Bruno verheiratet zu sein. Finanziell haben wir uns geeinigt. Ich bin jetzt eine freie Frau: kein Ehemann, keine Arbeit, nichts, was mich einengen oder kontrollieren könnte. Das genieße ich.

Ich werde weiter schwimmen. Franz und ich trainieren bereits wieder. Mein nächstes Ziel ist es, Berlin zu durchschwimmen. Da bleibe ich bei. Ich mache das auch für die Wasser. Anna und Severina haben mich darauf aufmerksam gemacht, wie bedroht sie sind durch klimatische Veränderungen, durch Missachtung, durch Geringschätzung.

Auch ich habe die Wasser nicht geachtet. Das hat sich übel an mir gerächt. Beinahe wäre ich vertrocknet. Das hat mich den Wassern nähergebracht. Sieben Jahre hat mich diese Wasserphobie in ihren Fängen gehabt, jetzt kann ich wieder trinken, wieder schwimmen. Vor allem aber mag ich die Wasser. Ich kann sie hören, wie sie singen und klingen.

Wenn sich die stummen Felder immer mehr ausbreiten, wird es aufhören zu klingen. Deshalb müssen wir alle etwas gegen die Blaualgen tun. Franz hilft mir dabei, aber auch Anna. Franz baut ein Wasserklavier und Anna ist eine begnadete Sängerin. Sie sind meine neue Familie.

Zu der gehört auch Magda. Es gefällt mir, dass auch alte Schachteln noch wütend sein dürfen. Wir möchten mit unserer Wut etwas verändern, neue Impulse setzen.

Falls ihr anderen jetzt verärgert seid: Melusine, Oskar, Max und Berte. Ich möchte auch unsere Beziehung neu gestalten. Ihr liegt mir am Herzen. Ich möchte auch wissen, was in euch vor sich geht. Deswegen möchte ich vorschlagen, dass wir uns regelmäßiger treffen. Ich bin bereit, einmal wöchentlich auf meine Enkel aufzupassen, damit die wissen, wer ihre Oma ist. Einmal im Monat möchte ich mich gerne mit dir treffen, Oskar. Dass du dich vor mir schämst, mit einem Mann zusammenzuleben, ist ein Trauerspiel. Wo Liebe ist, ist sie mir willkommen. In welcher Art auch immer sie sich zeigt.

Meine Liebe hat viele Gesichter. Sie gehört auch Chartreuse, meiner Katze, die ich hiermit offiziell als meine Mitbewohnerin annehme. Liebe Chartreuse, ich hoffe, du bist einverstanden."

93.

„Bllll – bllll – bllllllll, bh – bh – b"

Samstag, dritter August, Wochenende. Die Strandbäder an der Havel waren voll. Kinder und Eltern freuten sich, in die Fluten des kühlenden Nass springen zu können, auch wenn sich dieses mittlerweile aufgeheizt hatte. Wülste von Wasserpest hatten sich an den Ufern gesammelt. Die Wasser waren trüb, Schlieren von grün sammelten sich auf der Oberfläche, vermischt mit öligen Augen von Sonnenschutzcreme.

„Bllll – blllll – blopp", meldeten sich die Wasser ächzend zu Wort.

Auch das Strandbad am Templiner See hätte eigentlich schließen sollen. Wasserwarnungen waren für verschiedene Seen ausgesprochen. Der Blaualgenbefall war alarmierend. Eine Mutter schmierte ihre Tochter mit Sonnencreme ein.

„Ist die bio?", wurde sie von der Seite angesprochen. Die Mutter schaute ärgerlich die Fragende an.

„Sehe ich so aus, als könnte ich mir das leisten?"

„Nein, keiner kann es sich leisten, dass die Wasser umkippen und ungenießbar werden. Mit dieser Sonnenschutzcreme tragen Sie zum Tod der Wasserbewohner bei."

Severina machte sich keine Freunde unter den Besuchern des Strandbades. Wütend stapfte sie durch den Sand. Sie hatte eine Botschaft. Sie hatte ein Ziel. Das wollte sie erreichen. Keine Sonnencreme mehr beim Baden. Weniger Schwermetalle in den Wassern. Anna schleppte sich hinterher.

„Ich möchte nicht mehr mitmachen."

„Was?"

„Ich steig´ aus."

Meinte Anna das ernst? Kurz drehte sich Severina zu ihr um.

„Ist dir auf einmal scheißegal, dass die Wasser den Bach runter gehen?"

„Bitte versteh´ mich doch! Das ist nicht mein Weg. Ich muss singen."

Mit einem Schwung ihres Beines ließ Severina eine Fontäne von Sand auffliegen.

„Ist es wegen Franz?"

„Ich kann verstehen, dass du wütend bist."

Etwas in Severina sackte zusammen. Bis auf den Grund des Meeres an seiner tiefsten Stelle.

„Ich dachte, wir wären ein Dream-Team."

„Franz ist nicht der Grund. Ich möchte die Schönheit der Wasser besingen."

Anna hatte Mitleid mit Severina, die plötzlich so einsam und hilflos aussah. Beherzt nahm sie sie in den Arm.

„Keine gemeinsamen Flashmobs mehr?", machte Severina einen letzten Versuch, die Freundin zu halten, die verneinend den Kopf schwenkte.

„Ich möchte ein Konzert für die Wasser veranstalten."

„War cool mit dir."

Anna nickte Severina zu, dann löste sie langsam die Verbindung der Arme. Ihr Herz piekste. Abschied tat weh.

## 94.

„Ich wäre beinahe ertrunken."

Neustädter Bucht. Vor den Hochhäusern am Kiewitt. Frou-Frou und Magda saßen zur gleichen Zeit im Schatten auf einer Bank. Beide lutschten sie an einem Eis.

„Ertrunken?"

Trotz des Schattens war es heiß. Das Eis tropfte.

„In Magdeburg."

„Wieso hast du mir nichts davon erzählt?"

„Es war mir peinlich. Ausgerechnet ich, brandenburgische Langstreckenmeisterin."

Weißes Vanilleeis lief die Eiswaffel und dann Frou-Frous Hände entlang. Sie versuchte, es mit ihrer Zunge aufzulecken.

„Außerdem war alles so seltsam, was dort passiert ist."

„So seltsam wie eine Vasenschwämmin?"

Kurzer Blick zu Magda, die mit ihrer Zunge die Waffel umkreiste. Kein Getropfe, nichts verschmierte.

„Du weißt von der Schwämmin?"

„Zumindest von der, die es hier in der Bucht gibt."

Magda registrierte Frou-Frous Kampf mit dem fließenden Eis. Die kramte ein Taschentuch aus ihrer Hose, gab es der Freundin.

„Schon Voltaire und Lessing sind ihretwegen in die Neustädter Bucht gezogen. Die beiden haben gleich hier vorne gelebt." Mit einem „Knack" biss Magda das erste Stück ihrer Waffel ab.

„In Magdeburg gibt es auch eine."

„Eine Schwämmin?"

Frou-Frou beschloss, sich nicht über das Tropfen zu ärgern, sondern stattdessen ihre Finger abzulutschen. „Direkt an der Hubbrücke. Auf dem Grund der Elbe."

„Du bist getaucht?"

„Die Katze hat mich hingeführt. Hat mich beatmet."

Magda verschluckte sich.

„Willst du mir sagen, du hast eine Katze geküsst?"

Magda stellte sich vor, wie sich Frou-Frous Lippen auf die Lippen Chartreuses legten. Gleichzeitig versuchte sie, das Bild zu verdrängen. Es gelang nicht. Ein Schütteln ergriff ihre Schultern, breitete sich aus, es kicherte und gurgelte aus den Tiefen ihres Bauchfells heraus. Noch hielt sie das Eis in ihren Händen.

„Du hast eine Katze geküsst? Ich fass´ es nicht. Frou-Frou, die Enthaltsame. Frou-Frou, die Verknöcherte. Ausgerechnet du hast eine Katze geküsst?"

Magda kicherte, Magda lachte. Ihr Oberkörper wiegte sich hin und her. Immer neue Quietscher drangen aus ihrem Mund heraus. Sie gackerte, sie schaukelte, sie wieherte, stopfte sich die Eiswaffel in den Mund, um das Lachen zu stoppen.

„Mach´ dich nur lustig über mich!"

„Wie hat sie denn geschmeckt?"

Magda sprach mit kauendem Mund.

„Nach Katze. Ach, ich weiß nicht. War in dem Moment nicht so wichtig."

Frou-Frou erinnerte sich an das Eis in ihrer Hand. Ein einziges Fließen.

„Ob ich sie wohl auch mal küssen dürfte?"

Magda hielt sich den Mund zu. Das verhinderte nicht, dass neuerliche Lachsalven aus ihr herauspolterten. Frou-Frou boxte die Freundin in die Seite. Die versuchte, sich zusammenzureißen, doch das Lachen hatte sie voll im Griff. Frou-Frou nahm ihre Waffel, stopfte sie der Freundin in den Mund. Die verstummte. Frou-Frou sah den prall gefüllten Mund, hörte das Gluckern und fiel in Magdas Lachen ein. Kichernd und grölend saßen die beiden auf der Bank. In dem Moment waren sie zwei Rentnerinnen, aber auch zwei kleine Mädchen.

„Ich liebe dich, Frou-Frou Senfeisen."

„Ich dich auch, obwohl dein Mund total verschmiert ist."

## 95.

Auf einem Bein hüpfend kehrte Frou-Frou nach Hause zurück. Als glucksende Vierjährige klapperte sie mit allen Verschlussdeckeln an den Briefkästen, nahm das kleine Mädchen in sich auf die Schultern, um als Leistungssportlerin die dreizehn Stockwerke hinauf zu joggen. Der vernünftige Teil in ihr fand glücklicherweise den Schlüssel, bat das Mädchen und die Sportlerin in ihren Flur hinein. Erschöpft ließ sich die Rentnerin auf das Sofa fallen.

Wenn ich viele bin, wenn all die, die ich einmal war, immer noch in mir leben, dann ist es wichtig zu wissen, wer gerade die Oberhand hat, und ob alle an Bord sind.

Sie schaute auf die Karte, die sie angefertigt hatte. Welche Anteile von ihr hatten bislang die Flüsse durchschwommen? Mit welchen wollte sie zukünftig durch Deutschland schwimmen? Sie beschloss, weitere Symbole in die Legende aufzunehmen. Wenn nur die Wütende die Wasser durchpflügen würde, wählte sie das Zeichen einer Kratzbürste. Bislang gab es viele solcher Bürsten. Das durfte sich ändern. Für das kleine Mädchen entschied sie sich für ein „Haha!“ Die Leistungssportlerin bekam das Erfolgstreppchen, die Fragende ein Fragezeichen. Für den mütterlichen Anteil wählte sie eine Kuh. Blieb schließlich die Welle für die, die fließen konnte, die die Zeit vergaß und den Moment genoss.

Hatte sie jemanden vergessen? So viele neue Qualitäten, die sie an sich entdeckt hatte. Jetzt, in diesem Moment kam sie sich voll vor. Voll wie die Mondin zu ihren vollsten Zeiten. Durch Berlin wollte sie als Blumenstrauß schwimmen. Im Verbund mit allen Teilen. Ja, auch die Leistungssportlerin würde dabei sein dürfen. Und die Zahlenfanatikerin, die auf Zeiten achtet und die Länge einer Strecke. Vierundvierzig Kilometer.

96.

Es war mitten in der Nacht. Nur ein Tag war seitdem vergangen. Frou-Frou wachte auf, ihr Bett war klitschnass, das Nachthemd klebte an ihrer Haut. Sie zitterte am ganzen Leib. Kleine Wellen zogen den Rücken hinauf und hinunter. Unter den Fußsohlen surrte es, ein Flackern an der Unterseite der Beine.

Angst. Ich habe Angst. Wieso habe ich Angst? Wovor habe ich Angst? Die Fragen schossen durch ihren Kopf. Von rechts nach links, von oben nach unten. Sie suchten eine Antwort, fanden sie nicht.

Mühsam setzte Frou-Frou sich auf, stellte die Füße neben das Bett, sodass sie festen Boden finden konnten. Mit einem Stöhner erhob sie sich, faltete die Glieder auseinander und ging zum Fenster. Fahles Mondinlicht fiel herein, sonst nichts. Kein Eindringling, kein Feuer, kein Sturm. Nichts, was ihre Angst hätte rechtfertigen können.

Tapsend durchstreifte sie Wohnzimmer, Küche, Bad und Flur, kontrollierte, ob die Wohnungstüre verschlossen war. Das war sie. Auch von dieser Seite kein Anlass zur Sorge.

Durst. Sie ging zur Spüle, füllte sich ein Glas mit Wasser und trank es. Langsam, wie sie es gelernt hatte. Die Wasser milderten die Trockenheit im Hals, füllten den Bauch und beruhigten das System.

Jetzt erst bemerkte sie, dass Chartreuse ihre Beine umstrich. Das Fell der Katze war aufgerichtet. Der Schwanz stand hoch und vibrierte. Das Rückgrat des Tieres war zusammengezogen zu einem Buckel. Alles an Chartreuse war in voller Anspannung. Auch sie schien Angst zu haben. Frou-Frou versuchte, sie auf den Arm zu nehmen. Das Tier mauzte, entwich ihr, um mit einem Satz auf die Fensterbank des Küchenfensters zu springen. Es rieb sein Fell an der kalten Scheibe, zog wie ein Tiger im Käfig von der einen zur anderen Seite, wieder zurück, der Schwanz auf Habacht.

Frou-Frou öffnete die Fensterflügel. Die Katze stellte sich mitten in den Fensterrahmen und schaute hinaus in die Nacht, als wäre da Etwas gewesen. Etwas, das ihre Aufmerksamkeit erregte, sie in Sorge versetzte und erzittern ließ.

Hinter ihr stand Frou-Frou, berührte mit der Hand eine der beiden Fensterscheiben und schreckte zurück. Das Fensterglas vibrierte. Als würde es ein Erdbeben geben. Aber das konnte nicht sein. Nicht in Potsdam. Was ließ die Scheiben so erzittern? Sie legte die Hand an die Wand. Auch hier dieses Zittern. Das ganze Haus schien zu vibrieren. Irgendjemand war in Gefahr.

Da hörte sie einen Schrei, laut, anhaltend, aus bauchigen Tiefen. Schmerzerfüllt. Dazu ein Sirren, als wäre Glas zersprungen. Viel Glas. Frou-Frou erinnerte es an Marquardt, als es noch Eis gegeben hatte auf dem Schlänitzer See. Als würden sich lange Risse durch die spiegelglatte Fläche eines gefrorenen Sees graben. Der Boden drohte zu zerspringen.

Die Kartografin schaute hinunter in die Wasser der Neustädter Bucht. Die Wasser schäumten und wogten. Sie glichen einem Meer. Ein Meer, das durch eine Sturmflut aufgepeitscht wurde. Schaum glitzerte weiß mit grünen Schlieren. Blaualgen. Überall Blaualgen. Die Wasser erwehrten sich der Blaualgen. Sie versuchten sie abzuschütteln. Was war mit der Vasenschwämmin? Mit einem Mal wusste sie, dass sie es war, die in Lebensgefahr schwebte.

„Oh, mein Gott!" Der Ausdruck kam über sie. Es war das erste Mal, dass sich Frou-Frou an eine Instanz wendete, die größer war als sie selbst. Sie schlüpfte in Hose, Jacke und Schuhe, Chartreuse sprang auf ihre Schultern. Gemeinsam fuhren die beiden im Fahrstuhl nach unten und stellten sich an den Rand der Neustädter Bucht. Hinein in die Trauerkuhle.

Was mache ich hier, mitten in der Nacht? Bin ich jetzt vollends von Sinnen? Dabei wurde sie sich des immer noch anhaltenden Zitterns in Beinen und Füßen gewahr. Nein, im Gegenteil. Ich bin bei Sinnen. Es sind meine Sinne, die mir sagen, dass hier Not an der Schwämmin ist, dass es sofort Hilfe braucht. Egal welche. Irgendeine.

Frou-Frou umfasste das Geländer der Senke und schaute auf die sich aufbäumenden Wasser. Ein Stöhnen, Ächzen, Jammern und Wehklagen ging von ihnen aus. Töne bäumten sich auf, wurden von den Blaualgen verschluckt, stoben nach oben, wurden erstickt. Es war ein grausamer Kampf. Frou-Frou trieb es Tränen in die Augen. Gleichzeitig war sie wütend. Nicht auf die Blaualgen, die vermehrten sich einfach. Auf sich. Auf die Menschheit.

Auch wenn es noch so absurd erschien, sie tat das, was ihr jetzt in diesem Moment in den Sinn kam: Sie sang. Sie sang für die Wasser, sang für die Schwämmin, sang für den Klang, der bitte, bitte nicht verstummen sollte. „Schlei, schlu schlei, dihu. Schlingeli, schlei dihu."

Zu ihr hatte sich Bärbel Blasewitz gesellt in dieser Nacht des vierten August. Auch sie in Schlafanzug und Mantel. Chartreuse schlich um Beine und Rollator, sprang auf das Geländer zwischen die Hände der beiden Alten. Von hoch oben schaute mit halber Kraft die Mondin auf die Szenerie.

Immer noch dieses Schäumen und Wüten der Wasser. Wogen und Wellen. Sich bündelnd zu Linien. Spiralartig. Ein Wirbel. In dessen Mitte ein Schacht, direkt über der Namenlosen. Immer schneller wirbelten die Wasser im Kreise, spritzten an die Ufer der Senke, öffneten den Raum in ihrer Mitte, machten ihn weit und weiter. Ein Licht entstieg den Tiefen, kreisend und züngelnd in alle Richtungen. Die Lichtkugel stieg höher und höher, fand die Strahlen der Mondin, vereinte sich mit diesen, wurde hinaufgesogen, mitten in deren Antlitz hinein.

97.

Ich bin so voll,
ihr seid
so
leer
.

Ich
gebe
mich
gerne
für euch
her
.

98.

Letzte Nacht war die Vasenschwämmin in Tausend Stücke zersprungen. Frou-Frou war gleich in der Früh in die Wasser der Neustädter Bucht gestiegen, um bestätigt zu sehen, was sie bereits wusste. Alle Farbe war aus der Schwämmin gewichen. In einer Nacht. Grau und in kleinste Scherben zerschellt lag die Namenlose auf dem Grund der Havel. Nichts erinnerte mehr an ihre ehemalige Schönheit, Größe und Pracht. Wie Bauschutt lagen die Trümmer auf dem schlammigen Boden. Ein unerträgliches Gewicht hatte sich auf Frou-Frous Schultern gelegt.

Chartreuse lag zusammengerollt am Ufer der Bucht, direkt neben den Wassern. Den Kopf ins Fell gepresst, konnte sie nichts dazu bewegen, mit Frou-Frou mitzugehen. Fast wirkte sie depressiv.

Zurück im Hochhaus bildete sich eine Lache um Frou-Frous Füße. Sie hatte zwar ein Handtuch dabei, aber keine Lust, es zu benutzen. Nur in ihren Badeanzug gekleidet, stand sie vor den Briefkästen.

„Leider müssen wir Ihnen mitteilen, dass wir Ihr Anliegen, Berlin auf der Spree zu durchschwimmen, nicht genehmigen können. Die Stadt sieht sich aufgrund ihrer knappen finanziellen Lage außer Stande, das von Ihnen geplante sportliche Event mit ausreichend Schutzpersonal zu unterstützen. Sollten Sie dennoch an ihrem Vorhaben festhalten, sehen wir uns gezwungen, dies mit einem Bußgeldbescheid zu ahnden.“

Der Brief des Oberbürgermeisters von Berlin ließ sie kalt. Weshalb noch schwimmen? Welchen Sinn machte es, in der Spree zu schwimmen, wenn alle Wasser verstummten, umkippten, starben, versiechten? Ihr Vorhaben schien ihr unnütz, lächerlich, einfach sinnlos.

„Keine gute Nachricht?“, fragte Bärbel, die aus ihrer Wohnungstür kam. „Wissen Sie, was da heute Nacht so geschrien hat? Da ist doch irgendetwas zerplatzt. Ihr Gesang hat mir gefallen.“

„Die Wasser haben geschrien.“

Frou-Frou verkniff sich, ihr von der Großen Vasenschwämmin zu erzählen. Jetzt würde ihr erst recht niemand mehr glauben.

Bärbel nahm die Antwort kommentarlos hin. „Und der Brief?"

Den hätte Frou-Frou beinahe schon wieder vergessen.

„Ich darf nicht durch Berlin schwimmen."

Sie wollte das Schreiben schon in tausend Schnipsel reißen, da wurde sie von Bärbel gestoppt.

„Wenn es das ist, was Sie wollen, dann müssen Sie das machen! Geben Sie nicht zu schnell auf!"

Gehorsam faltete die Gescholtene den Brief zusammen, klemmte ihn sich unter die Finger. Sie war schon im Begriff, nach oben in ihre Wohnung zu gehen, da wurde sie erneut von Bärbel aufgehalten, die ihr den Brief entriss.

„Als was haben Sie Ihr Anliegen vorgetragen?"

Sie überflog die Zeilen. Frou-Frou stand tropfend daneben.

„Als Sport-Event."

Bärbel reichte ihr den Brief zurück. „Probieren Sie es nochmal als Kunst-Aktion. Da haben Sie bessere Chancen."

Die Kartografin schaute die andere mit großen Augen an.

„Ich habe beim Kulturamt gearbeitet."

Frou-Frou atmete laut hörbar ein, ließ dann die Schultern fallen.

„Aber ich bin keine Künstlerin."

„Wer weiß? Jeder Mensch ist ein Künstler. Joseph Beuys."

Sie winkte Frou-Frou zu und ging nach draußen.

## 99.

„Ich kann das nicht."

Anna zitterte am ganzen Körper. Ihr Gesicht war tränenüberströmt. Franz hielt sie im Arm, um Fassung bemüht. Die beiden standen gemeinsam am Geländer der Trauerkuhle. Frou-Frou hatte sie drei Tage nach dem Tod der Vasenschwämmin einbestellt. Sie hatten jeder ein Tuch mitgebracht, Anna auch die Wasserflasche.

Das kann doch nicht sein, dass dieses wunderschöne Geschöpf zugrunde gegangen ist. Das darf nicht sein. Ich will das nicht."

Franz drückte seine Hand fester um Annas Schultern, die riss sich los.

„Alles nur wegen dieser Scheiß Algen. Die haben sie zum Verstummen gebracht. Wenn die nicht wären, wäre sie bestimmt noch am Leben." Anna trat gegen die Streben des Geländers.

„Die Blaualgen können nichts dafür."

„Wer kann denn was dafür? Irgendeiner muss es doch schuld sein!"

„Ich glaube nicht, dass es hier um Schuld geht."

„Natürlich geht es um Schuld. Wir verdammten Menschen haben das verschuldet. Mit unserem ganzen Wahnsinn von immer mehr, immer weiter. Ich habe das alles so satt."

„Du bist diejenige, die durch die ganze Welt gejettet ist."

„Lasst uns nicht streiten", ging Frou-Frou dazwischen. „Ich habe mich gefragt, warum die Wasserwesen sie die Namenlose genannt haben. Eigentlich hätte es sie dort nicht geben dürfen. Wer weiß, ob es sie wirklich gab. Vielleicht war sie eine Einbildung, nur sichtbar für uns. Weil sie eine ganz persönliche Botschaft an uns hatte."

Anna beruhigte sich langsam, ließ sich wieder von Franz umarmen. Die beiden traten näher an Frou-Frou heran.

„Ich bin mir sicher, dass es die Namenlose nur geben konnte, weil so viele Menschen hier Tränen vergossen haben. So wie jetzt. Vielleicht wird eines Tages eine neue Vasenschwämmin an dieser Stelle entstehen. Wir Menschen haben sie erschaffen. Ja, es ist tragisch, dass die Namenlose nun gestorben ist. Doch nicht über sie, sondern über die stummen Felder sollten wir uns Gedanken machen. Aber die Blaualgen haben ihren Tod nicht verschuldet. Es sind einfach Blaualgen. Sie können nicht anders, als alles zum Verstummen bringen."

Frou-Frou holte ein rotes Tuch aus der Tasche ihres Trenchcoats.

„Als ich im Koma lag, habe ich mir immer wieder vorgestellt, dass ich tief im Kessel der Schwämmin liege, dass sie mich beschützt und für mich singt. Sie war für mich Mutter und hat mich Kind sein lassen. Mir hat die Namenlose geholfen zu entdecken, dass es in mir immer noch ein kleines Mädchen gibt. Ich selbst hatte die Vergangenheit gekappt. Gestern, heute und morgen, sie sind eins. Auch wenn ich jetzt eine alte Frau bin, in mir ist immer noch die kleine Frou-Frou, die an Wunder glaubt. Ich bin eins und bin doch viele. Dafür bin ich dankbar."

Sie band das Tuch an das Geländer, strich mit der Hand über den roten Stoff und die Streben, als wären es die Furchen der Schwämmin.

Franz trat an das Geländer. Auch er hatte ein rotes Tuch dabei und band es fest.

„Mich hat die Schwämmin daran erinnert, dass diese Welt schön ist. Auch wir Menschen sind schön. Wir sind hier auf Erden, um das Schöne zu vermehren. Das will ich mit meiner Musik und meinen Instrumenten tun."

Ein Moment des Schweigens bekräftigte seine Worte.

Anna drehte ihr Tuch in den Händen, wickelte es um die Finger, strich es glatt. Sie traute sich nicht, näher an das Geländer zu treten.

„Ich mochte deinen Gesang. Wenn du nicht so wundervoll gesungen hättest, hätte ich nie den Mut gehabt, im Singen meine Berufung zu erkennen. Ich werde immer an dich denken."

Mit schnellen Schritten eilte sie zu den Streben, band das Tuch fest, trat dann wieder zurück. Franz und Frou-Frou schauten sie an. Anna zögerte. Sie holte die Wasserflasche hervor, öffnete den Verschluss.

„An vielen Orten dieser Erde werden die Wasser verehrt. Ich verspreche, dass ich an genau diesem Platz singen werde, um die Wasser zu würdigen. Für mich, für die Menschen dieser Stadt, für die Wasser, für unsere Erde und für dich, Namenlose."

Bis auf den letzten Tropfen ließ sie die gesammelten Wasser auf die grünen Schlieren der Blaualgen tropfen. Sie wurden eingesogen und verschwanden. Kein Laut, kein Kreis, kein Wellenschlag. Über das matte Grün schoben sich Erinnerungen an Furchen, an den Wulst am Kesseleingang, die bauchige Form, pulsierendes Rot. Noch einmal erschien die Vasenschwämmin den Dreien, konnten sie sie sehen und hören.

## 100.

“Weißt du noch, wie ich immer wieder versucht habe, dich zum Schwimmen zu überreden? Du bist mit mir in die Wasser und eh ich mich versah, bist du untergetaucht. Warst einfach weg.“

Die Abendsonne beleuchtete die Rhododendronbüsche. Frou-Frou und Melusine gingen an den Wassern entlang. Heute war es Frou-Frou, die ausgelassen redete. Dass sie gemeinsam mit Franz und Anna gestern würdevoll die Namenlose verabschiedet hatte, bescherte ihr eine unerwartete Leichtigkeit. Der Schlosspark in Marquardt war um diese Zeit des Tages entvölkert. Max und Berte wurden von ihrem Vater gehütet, sodass Mutter und Tochter in Ruhe reden konnten.

„Ich weiß gar nicht, von wem du das gelernt hast. Du konntest gefühlt ewig unter Wasser bleiben. Ich dachte schon, du seist ertrunken. Ich habe das Tauchen immer gehasst, aber du hast es geliebt. Von deinen Tauchtouren hast du Muscheln, Krebse, einmal sogar eine Schleie mitgebracht. Hast sie mit deinen bloßen Händen gefangen. Die Fische hatten einfach keine Angst vor dir.“

Melusine hakte sich bei ihrer Mutter ein.

„Ich glaube, ich war keine gute Mutter. Ich habe einfach immer das gemacht, was mir gefiel und dachte, es müsste dir auch gefallen. Hat es aber nicht. Die Katze hat mir das Tauchen beigebracht.“

„Kann die denn schwimmen?“

„Die schon.“

Frou-Frou zog sich Schuhe und Strümpfe aus, stapfte mit den Füßen in die Wasser, spritzte Melusine nass. Die war pikiert. Als die Mutter immer weiter Wasser in ihre Richtung schoss, dabei aufmunternd in Melusines Richtung schaute, entkleidete auch sie sich ihres Schuhwerks und sprintete in die Fluten.

„Na warte dir werde ich´s zeigen“, kündigte sie sich an.

Mit beiden Händen schaufelten sie Wasser zur anderen hinüber. Zuerst noch zaghaft, dann immer mutiger. Es spritzte, sprühte und verglühte. Immer noch waren es achtundzwanzig Grad, kein Grund zum Frieren. Wasser spritzte auf Haare, landete auf Hose und Kleid. Stoff tränkte sich mit dem kühlenden Nass, Haut glitzerte und funkelte. Stimmen gurgelten und juchzten. Melusine lachte, Frou-Frou lachte. Beide ließen sie sich erschöpft auf den Allerwertesten fallen.

„Willst du nicht wieder Klavier spielen? Ich könnte in der Zeit auf Berte aufpassen. Mittlerweile spricht sie mit mir."

„Aber Mama ich bin völlig aus der Übung."

„Du warst so eine gute Pianistin. Ich habe dein Spiel immer genossen."

„Das hast du mir nie gesagt."

„Ein Freund von mir baut ein Wasserklavier. Er sucht eine Pianistin, die gut tauchen kann. Es wird ein Konzert geben."

„Wann soll das sein?"

„In zehn Tagen."

„Ich kann das nicht Mama ich bin ewig nicht mehr aufgetreten."

„Dann wird es Zeit. Ich glaub an dich!"

Keine Umarmung, kein Kuss. Das war nicht nötig. Melusine hatte Frou-Frou gehört. Frou-Frou hat die Wirkung ihrer Worte gespürt. Es war warm in ihr. Nicht nur auf der Haut. Auch tief, tief drinnen.

## 101.

Fünfzehnter August zweitausendneunzehn. Eine weitere wolkenfreie Nacht. Die Sonne verabschiedete sich als leuchtend roter Ball. An den Rändern Violetttöne, die in ein kraftvolles Blau übergingen. Jetzt war der Himmel schwarz. Leuchtende Punkte hatten sich an das große Zelt gehängt. Sterne umrundeten die Scheibe, die prall und rund in ihrer Mitte thronte. Die Mondin war heute voll und groß wie lange nicht mehr. Sie beleuchtete die Bucht der Neuen Stadt. Auch in die Trauerkuhle schien sie hinein.

Hier stand Frou-Frou. Heute hatte sie kein Tuch mitgebracht, das sie an die Streben würde hängen können, es gab gerade nichts zu betrauern. Sie konnte sich nicht erinnern, wann sie das letzte Mal ein Kleid getragen hatte. Schon vor einer Woche hatte sie eines erstanden. Ein blaues Etuikleid. Beim Gehen umstreifte es ihre Oberschenkel.

Sie kam sich schön vor in dem Kleid. Nicht weiblicher, sondern anders weiblich. Weicher, gleichzeitig selbstbewusster und sich ihres eigenen Körpers bewusster. Ja, sie war Frau. Auch wenn sie keine ausladenden Hüften hatte.

Ihr Blick wanderte hinauf zu dem runden vollen Etwas, das sie beleuchtete und erhellte. Anna hatte ihr von dem Mythos erzählt. Kurz musste sie bei der Vorstellung schmunzeln, dass die Mondin pinkelnd die Wasser des Sees entließ. Sie wusste nicht, ob das auch ihr Mythos werden würde. Doch die Mondin hatte sie seitdem in ihren Bann gezogen. Immer wieder war sie ihr nachts in den Träumen erschienen. Sie hatte zu ihr gesprochen. Wenn sie sprach, spürte Frou-Frou ein Ziehen um ihren Nabel.

Sie hatte ihr von der Geburt der Katze erzählt. Für Frou-Frou war seither vieles verständlicher. Sie würde dem Tier keine Milch mehr geben und es nicht zwingen, sich in ein Plastikklo zu entleeren. Dass Chartreuse selbst als Schaumgeborene eine Katze war mit eigenem Willen und den Eigenheiten eines solchen Tieres, auch das hatte die Flussschwimmerin verstanden. Wann immer die Katze es wollte, durfte sie in die Wasser der Bucht eintauchen. So auch jetzt.

Frou-Frou sah, wie sie sich ans Ufer legte, mit den Wellen wogte. Ihre Ohren wurden weich und rund. Der Schwanz wurde zur lang gezogenen Linie, Fell wurde zu Perlen. Wie von Künstlerhand wandelte Chartreuse ihre Gestalt, wurde schließlich eins mit dem Schaum.

Wenn jeder ein Künstler ist, dann auch ich, dachte Frou-Frou. Sie wollte singen. Für die Mondin, für die Wasser, für das Leben. Für die Kunst, die Verbindungen schafft und neugestaltet. Ohne zu benutzen, zu verzehren.

## Frou-Frous Lied an die Mondin

Flut und Ebbe,
Ebbe und Flut.
Mal bin ich Freude,
dann bin ich Wut.

Alles wächst und alles vergeht,
so wie auch dein Licht nicht immer besteht.
Du bist mal voll, leerst dich dann aus.
Bist mal ein Kreis, dann ein halbes Haus.

Flut und Ebbe,
Ebbe und Flut.
Mal bin ich Freude,
dann bin ich Wut.

Auch ich mag die Fülle, den prallen Gewinn.
Danach die Leere, der gebe ich mich hin.
Ich bin eine Frau, bin Mutter und Kind,
so wie alle Menschen stets viele sind.

Flut und Ebbe,
Ebbe und Flut.
Mal bin ich Freude,
dann bin ich Wut.

102.

„Nein, du brauchst dich nicht zu sorgen! Ich passe gut auf die beiden auf. Du kannst in Ruhe üben."

Berte strampelte mit ihren Füßen in den Wassern. Es spritzte und schäumte. Sie hatte sich mit ihrem pinkfarbenen Badeanzug auf den gelben Schwimmsack gelegt. Auf ihrem Rücken saß die Katze. Max stand am Rand, trippelte von einem Fuß auf den anderen.

„Oma und ich schaffen das schon, Mama."

Er setzte sich die Schwimmmaske mit dem Schnorchel aufs Gesicht und sprang zu Berte und Frou-Frou in die Wasser. Die Großmutter hielt die Leine mit Schwimmsack, Enkel und Chartreuse am Handgelenk. Frou-Frou hatte Maxens Wunsch gehört, mit der Großmutter durch Potsdam schwimmen zu wollen. Sie wusste, dass die ganze Strecke zu lang war für den Fünfjährigen. Deshalb hatte sie sich kleine Etappen vorgenommen. Heute ging es bis zur Glienicker Brücke. Von dort bis zur neuen Feuerwehr.

„Vergiss´ nicht, das Taxi zu bestellen!"

„Willst du nicht doch die Schwimmflügel für Berte?", rief Melusine dem davonschwimmenden Quartett hinterher. Frou-Frou schüttelte den Kopf.

Die vier schwammen los. Maxens Arme schrieben kleine Kreise in die Wasser hinein. Sein Kopf schaute nach vorne. Die Lippen presste er aufeinander. Er war wild entschlossen, seiner Großmutter zu beweisen, dass er ein guter Schwimmer war. Die kleine Berte trällerte und blubberte vor sich hin.

Die Terrasse der Meierei war an einem Samstag prall gefüllt mit Touristen, die Schloss Charlottenhof besichtigt hatten und sich noch ein Bier gönnten. Direkt dahinter gab es ein sandiges Uferstück mit einer Rasenfläche.

„Lasst uns hier Rast machen", wendete sich Frou-Frou an den Enkel, dessen Atem immer flacher wurde. Ihre Armbanduhr sagte ihr, dass sie schon eins Komma drei Kilometer geschwommen waren. Zeit für eine Pause.

„Schon?", fragte Max und schmiss die Schnorchelmaske ins Gras.

„Ich kann nicht mehr."

Frou-Frou atmete schwer, um dem Enkel die Scham zu nehmen, erschöpft zu sein. Berte war fidel und munter.

„Well woll die Welle
Wall wulle wogen
Nalle di walle
Lall lulle loden."

„Oma, kannst du auch die Wasser hören? Berte meint, dass die Wasser singen und sprechen."

Max saß am Ufer und ließ Wasser durch seine Finger rinnen.

„Wenn sie das sagt, dann wird es wohl stimmen."

Frou-Frou setzte sich neben ihn ins Gras. Berte lag wie eine Robbe an der Wasserkante und ließ sich von den Wellen hin und her wiegen.

„Ich habe noch nie die Wasser gehört. Und du?"

„Ich kann sie auch hören. Seit ich ein kleines Mädchen bin. Es ist mir nur unheimlich."

„Dann seid ihr beide verrückt."

„Nein, nicht verrückt. Manche Menschen können das eben."

Sie schwiegen, lauschten dem Rauschen der Blätter, des Schilfes und der platschenden Berte.

Dann ging es wieder rein in die Wasser. Von der Meierei bis zu der Brücke, die früher Ost und West trennte, waren es nochmals tausendfünfhundert Meter. Das letzte Stück wurde das Kind immer langsamer.

„Da vorne steht ein Mann. Das ist bestimmt der Taxifahrer", freute sich Max, als sie schließlich anlandeten. Die Erleichterung war dem Kind deutlich anzumerken. „Die erste Strecke haben wir geschafft."

Frou-Frou schlug mit ihrer Hand gegen die ausgestreckte Kinderfaust. Die Katze saß auf dem Schwimmsack, alleine. Berte war auf den Rücken ihrer Großmutter geklettert und hatte es sich dort bequem gemacht. Jetzt, wo sie wusste, dass Frou-Frou auch die Wasser hören konnte.

„Ich hab´ dich lieb, Oma“, sagte sie und schlang von hinten ihre Arme um den Hals der Großmutter. Die nahm sie auf die Schultern und kletterte mitsamt Schwimmsack ans Ufer. Chartreuse sprang auf einen nahe gelegenen Ast.

„Schade, dass wir nicht weiterschwimmen. Ich hätte es bestimmt bis zu dir geschafft“, prahlte Max, obwohl er deutlich außer Puste war. Er kletterte die Leiter hinauf, setzte sich an die Uferkante und atmete tief durch.

„Ich glaube, für heute reicht´s. Länger hält es deine Mutter nicht ohne euch aus. Außerdem tun ihr sonst die Finger weh vom ganzen Klavierspielen. Morgen ist ihr großes Konzert, da braucht sie gesunde Hände.“

Frou-Frou setzte Berte am Ufer ab, holte Handtücher aus dem Sack und wickelte die Kinder warm in sie ein.

103.

Inwendigkeiten – Einstülpungen – Inversionen des Seins – Zentrifugationen – Strudel hinein – die Mittelpunktwogen – am Herzen der Welt – innere Schätze - Gedankenschöpfungspalast – Atelier meiner Träume – Visionengeburtsstätte – Ein- und Ausbildungsbrunnen – Bilderschöpfungsgebiet – seelengeflügeltes, tanzendes Herz – Wohlfühlparadies – Fülle des Seins – Quelle der Lust – goldener Tempel - Glückshöhle – Meinwärtssegel – Zumirführungswald – Stimmungslandschaften – Fühlfreudenvervielfältigungsreiche – Wesenskern – ich tief in mir – Erfüllungsstätte

Es waren Worte wie diese, nach denen sich die Cyanobakterien verzehrten. Wie gerne wären sie von diesen erfüllt. In ihnen große Leere, ein Loch nur, kein Kern. In langen Ketten bündelten sie sich zusammen, schlängelten sich über die Wasser. Richtung Mensch lautete ihre Devise. Fixiert auf Münder, auf Zungen, auf hörbare Laute. Schenkt uns ein „wohlwelliges, inwendiges Mein“!

Die Menschen, sie flohen, riefen Hund, Katze und Maus, jagten Junge und Alte aus den Wassern hinaus. Weg von den Schlieren, von dem blaugrünen Schleim. In Blaualgen-Welten stieg kein Lebewesen hinein. Sie fürchteten den Schwindel, das Erbrechen, den Schmerz. Angst vor Cyanogemälden ließ erschüttern ihr Herz.

Was aber ließ schwindeln, schenkte Durchfall und Kot? Waren es die Bakterien, die Feinde, die eigene Not? Auch aus den Menschen waren solche Worte verbannt. Wer von ihnen hatte sein Inneres zuletzt einen Wohlfühlvervielfältigungspalast genannt? Da gab es Organe, Knochen, Muskeln und Blut. Gemessen in Zahlen und Werten, das war gut. Kein Palast zeigte sich hier, kein geflügeltes Herz. Poesie ward empfunden als Scherz. Nüchterne Sprache, nüchterner Geist, Wohlfühlgefilde schon lange vereist. Das Eis der Antarktis, es sammelte sich hier, schaffte Gletscher und Schollen, wie ein Spalier.

Die Blaualgen litten, suchten hier, suchten dort. Von überall wurden sie vertrieben, fanden nirgends einen Ort. Sich rümpfende Nasen, Abscheu im Gesicht war alles, was sie ernteten, sobald man sie erblickt´. So zogen sie weiter. Flüchtende, ohne sesshaften Ort. Hund, Katze und Mensch, alle jagten sie fort.

Sie wollten Fülle um jeden Preis. Dem folgten sie mit emsigem Fleiß. Sie zogen und zogen in sich hinein und konnten dennoch nicht voller sein. Nichts, was sie nährte oder erfüllte. Nichts, was ihren Hunger stillte. Leere, unendliche Leere, nur Hülle. „Oh, schenkt uns ein ´Inwendungsgefülle´!"

Die Wasser trugen sie, führten sie hinfort, suchten für sie einen sicheren Ort. Die Bakterien dauerten sie, sie litten mit ihnen, die den Wassermolekülen so einsam schienen. Sie freuten sich an ihrem eigenen Kern in ihrer Mitte, den hatten sie gern. Sie waren Wasser und Luft, zusammen gewebt. Weil es sich im Verbunde besser lebt. Im Trio lebendig und flüssig zugleich, durch die anderen gehalten und reich.

„Schenkt uns ein Meinwärts, einen Tempel der Fülle!"

Das Sehnen der Algen zerriss Räume der Stille. Wie Tote sie wandelten, der Seele beraubt. Ihr Leiden wurde von keinem Menschen geglaubt. Nur ein Kind erkannte, was den grünlichen Schaum bannte. „Mächtige Mitte mit Mümmeln bemummt", gab es aus wissendem Kindermund kund. „Sammelt und simmelt euch in euch hinein, werdet Palast der Freuden sein."

Meinwärts – inwärts – hinein – voll und fein – Mittelpunktwogen – großer Gefühleverein – schmatzende Spatzen im inneren Hain – Fische, die schwimmen auf inwendigem See – meinwärts – oh, meinwärts – dort möchte ich sein.

## 104.

Mensch an Mensch reihte sich an den Ufern der Neustädter Bucht an diesem Sonntag, den achtzehnter August. Die Temperaturen waren leicht gefallen, so dass es sich aushalten ließ. Frou-Frou hatte den Ort noch nie so besucht erlebt. Sie standen zu Füßen der Taiwanesischen Löwen, hatten sich am Hafen, auf dem Kiewitt, vor der Seerose gruppiert. Die Fahnen der Trauerkuhle wehten im Wind. Ihr Weiß beleuchtete die Backsteine der Senke. Auch in den Händen der Anwesenden zeigten sich Trauertücher. Sie leuchteten blau und grün. Wie die Wasser.

Anna lief aufgeregt zwischen den Gästen hin und her. In den letzten Wochen war sie über sich hinausgewachsen. Ihr weißes bodenlanges Kleid schwang bei jedem ihrer Schritte. Frou-Frou suchte immer wieder ihren Blick, versuchte, ihr Vertrauen und Zuversicht zu schenken.

Franz saß hinter einem Mischpult. Seine Erfindung feierte heute Premiere. Er war aufgeregt und hoffte, dass nichts schief ging. Wann immer Anna bei ihm vorbeikam, fanden ihre Hände für Augenblicke zueinander.

In der Mitte der Bucht stand, auf Stelzen erhöht, ein Glaskasten, gefüllt mit Wassermassen. Licht spiegelte sich auf den Wassern und auf dem Glas. Die Fluten der Havel streiften den Kasten, berührten das inwendige Nass. Grüne Schlieren malten Wellenlinien auf das Glas. Wie ein Gemälde so schön. Die Bucht war angefüllt mit wabernden Feldern von Grün. Blaualgen.

In den Wassern des Kastens hockend eine weibliche Gestalt. Sie hatte langes, wehendes Haar, das Gesicht und Schultern umspielte. Melusine. Vor ihr ein gewölbter Kubus mit Löchern. Auch wenn es noch dauerte, bis die Vorstellung begann, Melusine war bereit.

Berte und Max standen umringt von vielen anderen am Steg des kleinen Hafens. Sie hielten die Hand ihrer Großmutter und schauten immer wieder zur Mutter hin.

„Wie lange kann Mama unter Wasser bleiben?"

„Sieben Minuten. Sie muss ab und zu auftauchen, um Luft zu holen."

„Mama sieht aus wie eine Qualle."

„Mama ist schön. Wie eine Seerose", sagte die kleine Berte und drückte dabei die Hand Frou-Frous.

Eine andere Hand klopfte auf ein Mikrophon. An einem Rednerpult der Bürgermeister. Er bat um Stille. Alle verstummten. Minuten vergingen. Dieses Schweigen war der Beginn. Es war eine Geste der Empathie für die schweigenden Wasser, aus Verbundenheit mit den stummen Feldern.

Das Oberhaupt der Stadt hielt danach eine Ansprache, lobte das Engagement für das Wasserelement, preiste diese künstlerische Art, sich für ein neues Klima der Verbundenheit und Gemeinschaftlichkeit einzusetzen. Ein neuer Schritt auf dem Weg in ein atmosphärisches Bewusstsein.

Eine Gondel wartete am Steg der Bucht. Der Gondoliere reichte Anna seine schwarz behandschuhte Hand. Sein langer, wollener Umhang bildete einen starken Kontrast zu Annas weißem Seidenkleid. Der Staken stach in die Wasser. Der Kahn glitt in die Mitte der Bucht. Mit fließenden Bewegungen umkreiste er den glasigen Palast.

Tiefe gurgelnde Laute ertönten. Wie Blubbern, wie Blähen. Kugelig säuselnde Klänge. Raumgreifend, sich ausbreitend. Sie drangen in die Ohren der Zuhörer, schlängelten sich ins Stammhirn, fanden den Weg in alte, uralte Gedächtnisareale. Erinnerungen tauchten auf, an Zeiten, wo ein jeder Mensch in den Wassern geschwommen war, Mutterleib, Fruchtblase, wässrige Heimat, schwimmendes Sein. Die Klänge trugen weiter durch die Zeit, hin zu dem Ort, wo alle Lebewesen in den Wassern geschwommen, wo wir alle Wasserwesen gewesen waren. Ferne Erinnerungen. Jenseits aller Sprache, jenseits des herkömmlichen Verstandes. Archäologie alter Schichten. Ferne, frühe Räume.

Der Klang des Wasserklaviers floss aus dem Inneren des Glaskastens nach außen und erstreckte sich weit über die Bucht. Klangschwaden legten sich auf die stummen Felder. Die Schwingungen der Töne pochten an die Häute der Blaualgen, klopften an, verlangten Einlass, wollten die Leere im Inneren füllen.

Melusine wogte in dem Aquarium. Ihre Finger glitten über die Löcher des Instrumentes. Es war Annas Klagelied, das ihre Finger den Wassern entlockten. Die Tonläufe perlten hinauf und hinunter, schwangen hin und her. Wie das Fließen und Gurgeln eines purzelnden Bachlaufs. Immer wieder tauchte ihr Kopf auf, holte Luft, um erneut in den wässrigen Welten zu versinken. Ihr Haar umspielte sie wie Algen. Sie selbst wurde zur Qualle, zum Urtier, wanderte zurück in der Zeit.

Anna saß in der Mitte des Kahns. Sie umkreiste die spielende Melusine. Im Spiel wurden sie eins, ergänzten einander. Töne umschlangen sich, durchdrangen sich. Anna sang aus vollster Kehle. Sie sang für sich, für Franz, für Frou-Frou, für Severina, für die, die mit ihr für die Wasser kämpften. Sie sang für jedes Wassermolekül. Und sie sang für die stummen Felder. Ihr Kleid schwang im Wind, der sie und alle Anwesenden begleitete, der sich um sie legte, die Töne mit sich trug.

Zeit wurde weich und sanft, fließend wie Seide, wie Honig und langsamer Fluss, als würde es genug davon geben, als wäre hier und jetzt der Moment, der einzig alleine zählte. Dieser Augenblick, die Ewigkeit, weich wohlig, zerbrechlich und kostbar. Schön wie ein Kuss von Himmel, ein Hauch von zart strömendem Dampf.

Die Zeilen von Annas Klagegesang hallten über die Wasseroberfläche, streiften Schilf und Haar. Die Blaualgen öffneten sich, sangen, klangen, vibrierten mit, füllten sich mit gurgelnd verspieltem Gesang. Das waren sie der Vasenschwämmin schuldig. Das waren sie den Wassern schuldig. Das taten sie für sich und die Zukunft der Menschheit und dieses Planeten. Ein Zerplatzen, ein Öffnen, eine Hingabe. Die Blaualgen opferten sich für die Reinheit und Klarheit des Sees, für eine gesunde, heilbringende Welt.

Können wir Atmosphären erschaffen? Atmosphären, die verändern, die weit hinauf ins Weltall hinein reichen? Sind wir nicht alle Teil dieser Atmosphäre, dieses lebendigen, pulsierenden Raums? In diesem Augenblick fand Frou-Frou in sich ein Ja auf diese Fragen. Sie durfte darin leben und gestaltete ihn mit.

Anna glitt aus dem Boot in die Wasser hinein, ließ sich tragen, trieb dahin wie eine Seerose. Ihr Kleid schwebte um sie wie Blütenblätter.

Frou-Frou nahm Berte auf den Arm, Max hielt sie an der Hand, ließ sich am Rand des Stegs in die Wasser, wurde empfangen, schwamm und sang. Franz stieg ebenfalls in die Fluten, nahm die Umstehenden mit. Auch er sang. Das Spiel Melusines begleitete sie. Zögerlich stiegen auch die anderen Anwesenden in die Wasser hinein. Mensch an Mensch, Leib an Leib schwamm in den Fluten der Havel, durfte sie fühlen, durfte ihn spüren, den fließenden, haltenden Raum.

Sie alle sangen. Die Luft sirrte, Atmosphäre verdichtete sich, wurde fühlbar. Ein unsichtbarer Raum, der alle hielt, verband, einte. Sie schwangen gemeinsam, ein großer Tanz, ein einender Gesang. Die Wasser besingen, das war ihr Begehr. Mit den Wassern singen. Die stummen Felder zum Klingen bringen, sie befüllen, die Leere vertreiben. Sie zum Wesen hinführen. Zum Wesen des Seins, atmosphärischer Kern.

Die Trauertücher wehten im Wind.

105.

Leere wurde Fülle. Fülle gab sich hin. Nach dem großen Konzert in der Neustädter Bucht wurden dort keine Blaualgen mehr gesichtet. Wo waren sie hin? Alles, was sich auflöst, braucht einen Ort. Auch das Ungeliebte. Ich habe sie damals zu mir gerufen, habe sie eingesogen und mit einem sanften Hauch über dem Himmel verteilt. Dort leuchten sie nun als Sterne, erfüllt von Licht und dem Klang des Gesangs.

Die an den Ufern der Wasser gesungen haben, haben die stummen Felder erlöst, haben sie befreit. Diese Blaualgen müssen nicht länger leere Hohlkörper sein, die mit Neid auf all die schauen, die erfüllt durchs Universum wandeln. Ihr Mangel wurde behoben.

War das ein Erfolg? Ja. Für die Menschen, die Wasser und auch für die Cyanobakterien. Ihr Begehren wurde erlöst. Der Fluch der Leerheit wurde von ihnen genommen. Leerheit wurde Form. Die Wasser wurden wieder genieß- und beschwimmbar. Zumindest in der Neustädter Bucht. Es war Annas Durchhaltevermögen zu verdanken, ihrem Dranbleiben, ihrer Beharrlichkeit. Ihrer Vision. Ja, Anna hatte eine Vision. Wie so oft, war auch sie zwischendurch von Zweifeln befallen worden, hatte sie ihr Bild eines anderen Morgens aus dem Blick verloren. Und war doch immer wieder zurückgekehrt. Zu ihrem Ziel.

Hast du ein klares Ziel? Hast du eine Vision? Traust du dich, dir selber ein Bild von Zukunft zu machen, Form zu gestalten? Oder greifst du auf die Bilder anderer zurück? Unsere Einbildungskraft ist ein mächtiges Instrument. Manchmal kann es ängstigen, wie kraftvoll sie sein kann. Ich weiß das.

Nacht für Nacht schenke ich euch Menschen in euren Träumen Bilder einer möglichen Zukunft. Ich helfe euch, eure Sehnsüchte, eure Wünsche und Begierden zu visualisieren. Oft wacht ihr auf und vergesst eure Träume. Sie wären solch ein schöner Leitstern eures Handelns.

## 106.

Es war ein heißer Tag, wie so oft in diesem Jahr. Nach etwas Abkühlung zur Mitte des Monats hin, war es zum Ende wieder tropisch heiß. Sonntag, der fünfundzwanzigste August. Mehr als zwei Monate waren seit Frou-Frous Erwachen aus dem Koma vergangen. Als Kunstaktion war ihr Anliegen bewilligt worden. Eine andere Behörde, ein anderer Sachbearbeiter, eine andere Entscheidung. Magda begleitete die Schwimmer in ihrem Motorboot. Die Tatsache, dass sie bei einer künstlerischen Performance teilnahm, hatte sie ermutigt, sich als Fisch zu verkleiden. Anna war als Meerjungfrau gewandet.

„Noch fünf Sekunden. Vier – drei – zwei – eins, go!!!!"

Franz und Frou-Frou sprangen zeitgleich in die Wasser der Spree. Es war sechs Uhr in der Früh. Wasserfontänen spritzten zu allen Seiten. Die Schnorchelmasken der beiden Schwimmenden tauchten ein. Die mit Sanddornöl eingeschmierten Körper glitten hinterher.

Erst ging es die Müggelspree entlang vom Dämeritzsee bis nach Köpenick. Dort die erste Pause. Hier warteten Tänzer auf die Schwimmer. In blaue Seidenkleider gewandet, ließen Mädchen und Jungen ihre Arme in Wellen schwingen. Die Feuerwehr Köpenick kühlte mit Wasserwerfern die Tanzenden ab. Auch Franz und Frou-Frou konnten sich duschen und neu mit Sanddornöl einschmieren. Danach zur Treptower Spree.

Rechts links rechts Atem holen, links rechts links Atem holen. Frou-Frou und Franzens Schwimmzüge waren synchron. Sie fanden ihren Rhythmus. Ruhig und gleichmäßig glitten sie durch die Wasser. Sie trugen sie. Sie hielten sie. Sie unterstützten sie. Kein Kampf gegen die Wassermassen wie früher. Eher ein Miteinander, ein Gemeinsam, ein Hindurch, kein Dagegen. Alles war in Schwung, in Bewegung. Das Gleiten der Körper, das Strömen der Spree, der Fluss der inneren Wasser. Alle tanzten sie. Das Leben, ein Fluss.

Ab Treptow sprangen andere Schwimmfreudige zu den beiden in die Spree, begleiteten sie, Außenstehende feuerten sie an, liefen neben ihnen das Ufer entlang. Die Spree war hier renaturalisiert. Schilfbestände, Wiesen, geschwungene Ufer erweckten den Eindruck eines Landidylls.

Hinter den Treptowers wurden die Wasserkünstler von Samba-Bands, Jazzmusikern, orientalischen Ouds, afrikanischen Djembés empfangen. Klänge aus allen Ländern dieser Erde erschallten, um mit den Wassern zu klingen, um durch die Rhythmen die beiden Schwimmer zu unterstützen. Sie wurden gefeiert, umjubelt, angefeuert, beklatscht. Immer wieder wurden frische Wasserkanister heruntergereicht, damit die beiden Flussathleten genug zu trinken hatten.

Das anstrengendste Stück lag noch vor ihnen. Ab der Oberbaumbrücke würden ständig Parallelaktionen am Ufer stattfinden. Frou-Frou hatte sich einverstanden erklärt. Sie hatte Interviews gegeben, hatte sich ablichten lassen. Journalisten, Pressesprecher, die Umweltverbände, alle hatten ein Interview mit der rüstigen Ökoaktivistin gewollt. Warum keine Banner, keine Megaphone, keine Flugblätter und Reden, hatten sie wissen wollen. Na, klar, für die war Engagement für das Klima immer mit Parolen und Forderungen verbunden. Nein, keine Ultimaten oder Ähnliches. Dies war eine Kunstaktion. Es geht um die Verehrung der Wasser, hatte sie gesagt.

Die Schwünge ihrer Arme malten Kreise und Wellen in die Wasser hinein. Die Wellen trugen sich fort. Immer neue Wellen. Eine an der nächsten. Es perlte an ihren Füßen. Kreise, Halbmondinnen, Linien. Das Ufer, die Quais, die Menschen, das Boot, alles verschwamm, verschwand, löste sich in einem Spiel reiner Formen auf. Kein Sinn, keine Bedeutung, kein Darüber hinaus. Einfach nur Wellen, Schwingen, Tanz. Gedanken verschwanden. Leere, Weite. Angenehme Leere. Sie leerte sich, um neu erfüllt zu werden. Wasser, Wellen, Wogen.

Seltsam, dachte sich Frou-Frou, wie sich meine Wahrnehmung verändert. Ich schwimme, mein Körper ist lang gestreckt. Die Arme ziehen nach vorne. Ich sehe das Vorne, steuere auf es zu. Und doch ist da auch so viel neben mir, über mir, unter mir. Ja, auch hinter mir ist so viel - Raum. Ich bin umgeben von Raum, bin selbst Raum. Raum im Raum. So voll und gleichzeitig so leer. Und gerade in dieser Leere des Dazwischen fühle ich, bin ich. Eine Schwimmende. Gehalten von Leere. In der Leere des Seins. Verbunden und eins.

Frou-Frous Arme zogen nach vorne, malten Schleifen in Wasser und Luft hinein. Diese kreisten weiter im Inneren, perlten durch Magen und Darm. Ein Wogen und Weben, ein Kugeln und Rollen. In den Tiefen ihres Beckens formte sich eine Kugel, rollte durch den Bauch, kitzelte Herz und Lungen, schob sich am Kehlkopf vorbei, sprang aus dem Mund. Ein Lachen formierte sich, perlte aus tiefstem Grund, Wellen von gurgelndem Glück verbanden Zeiten und Orte. Die kleine Frou-Frou, die weise Alte, die junge Frau, die Mutter. Sie alle schwangen und tanzten auf Wogen des Glücks. Eine Welle der Verbundenheit.

Das Lachen trug Frou-Frou, gab ihr Antrieb, schenkte ihr Kraft. Es lachte und lachte und lachte, purzelte hinaus, immer weiter hinaus. Augen strahlten, Brustkorb wogte, tanzte durch die Welle, war selbst Welle zugleich. Lachendes Fließen, fließendes Lachen. Glück.

Frou-Frou lachte. Die Mondin konnte zufrieden sein. Mit ihrem Lachen waren die Wasser endgültig gerettet. Sie würden strahlen und leuchten können. Das Stumme war besiegt. Das Lauschen hatte gewonnen. Und mit dem Lauschen und Rauschen die Stille.

107.

Frou-Frou schaute von oben auf die Wasser der Neustädter Bucht. Kaum zu glauben, dass seit ihrem Austritt aus dem Berufsleben erst knappe sechs Monate vergangen waren. Auf ihrem Schoß saß Chartreuse. Das grau-blaue Fell der Katze glänzte im Sonnenlicht.

Die Fenster der Loggia waren zur Seite geschoben. Der Blick in alle Richtungen frei. Der Himmel schien nah mit seinen Wolken, mit Sonne und Mondin, die sich abwechselnd diese Bühne teilten. Ein kleiner frischer Wind wehte herein, streichelte Frou-Frous Haar.

Wer bin ich, wenn ich mich auf das Fließen der Wasser einlasse, überlegte sie. Bin ich dann ich? Gibt es noch ein Ich? Löst sich nicht alles auf, wird alles eins? Wenn alles eins ist, dann gibt es mich im üblichen Sinne nicht mehr. Ich werde eins mit dem unendlichen Strom. Hat dieser Strom einen Anfang? Ein Ende? Gab es ihn schon immer und wird es ihn immer geben?

Das Denken eines Anfangs und eines Endes ist nur meinem menschlichen Verstand geschuldet. Das Geschenk der Wasser ist, dass es kein Ende gibt. Meine Geburt? Eine Erzählung, um irgendwo einen Anfang zu setzen.

Aber ist das die einzig mögliche Geschichte? Ist jeder Mensch nicht ewig, weil es die Bestandteile seines Körpers immer schon gab, weil in seinen Genen alle Informationen aller Zeiten gespeichert sind?

Ich bin ewig. Es macht mich schauern, so zu denken. Ist das nicht vermessen? Denke ich mich dann gottgleich?

Ich denke und denke. Worte. Sätze. Ohne kann ich nicht. Vielleicht sollte ich singen. Warum in Sätzen denken? Jeder Satz braucht einen Punkt, setzt damit erneut ein Ende. Alles fließt, fließt und fließt, fließt immer weiter. Flei flei, flieh flei flu, fluhuhu - flei flieh fleileileilei, lihu dibu, diba dibu, dibi dibei – schlumm didelidei...

Schlei, schlu schlei
schlei dihu. dihu.
schlu Anfang Schlingeli
Schlei, Anfang lacht. und Ende schlei
Schlamm. dem ein zusammen, dihu.
Schlamm. umarmt, eins. Schlei,
Schlamm. Ende Zerstückelst schlu
dihu. Wer das du sie, so dihu.
schlu erwacht. erhältst Schlamm.
Schlei das Ende du keins. Schlamm.
dihu. damit Der Schlamm.
schlei Anfang endet, Schlei,
Schlingeli schlu
schlei dihu.

## Danke

Bei der Vorbereitung dieses Romans bin ich tief eingetaucht in das Universum derjenigen, die sich vor mir mit den Wassern, seiner Poesie, seiner Huldigung und der Sorge um dieses Element bemüht haben. Ich war beeindruckt von den Büchern, Spielfilmen, Dokumentationen, die in den letzten Jahren entstanden sind. Wie schön, dass es auch andere gibt, die die Wasser so sehr lieben und um sie fürchten: Christoph Ransmayr, Alessandro Baricco, Anthony Doerr, John von Düffel, Astrid Dehe und Achim Engstler, Maja Lunde, Delia Owens, um nur einige zu nennen. Ungewöhnlich für einen Roman habe ich eine Liste der Bücher und Filme angehängt, die mich begeistert haben.

Saleha Ruck ist mir treue Freundin und Leserin. Sie hat meinen Geist erweitert, indem sie mich erfahren ließ, dass finanzielle Unterstützung nicht nur von der Familie kommen kann.

Gregor Ohlerich hat mich als Lektor begleitet. Auch ihm sei Dank für seine feinfühlige Art. Er hat mich in Bewegung gebracht, wo ich zu enden drohte.

Dank gilt auch Martin Hielscher, der mir Mut schenkte, die Freiheiten der Literatur auszuloten.

Vor allem möchte ich Stefan Brüne danken, der mir immer wieder Zeit und Raum gewährt, meine Geschichten zu schreiben. Der sich geduldig Kapitel vorlesen lässt, mit mir bangt um den nächsten Satz und sich freut, wenn er glückt. Durch dich komme ich ins Fließen. Mit dir bin ich durch so viele Flüsse, Meere und Seen geschwommen. In unserem Kanadier mit dir durch die Gefilde der Wasser zu gleiten, führt mich zur Tiefe des Seins. Deine Liebe ist ein großes Geschenk.

Potsdam, den 28.8.2021 Dorothée Brüne

Literatur und Filme, die mich inspiriert haben:

| | |
|---|---|
| Alessandro Baricco: | Oceano Mare. Das Märchen vom Wesen des Meeres. Piper, München/ Zürich 2001 (1993). |
| Mihaly Csikszentmihalyi: | Flow – der Weg zum Glück. Herder, Freiburg 2006. |
| Astrid Dehe/ A. Engstler: | Auflaufend Wasser. dtv, München, 2015. |
| Anthony Doerr: | Winklers Traum vom Wasser. Verlag C.H.Beck, München 2005. |
| Milda Drüke: | Die Gabe der Seenomaden. Bei den Wassermenschen in Südostasien. Hoffmann & Campe, Hamburg 2002. |
| John von Düffel: | Vom Wasser. dtv, München 1998. |
| ders.: | Schwimmen. dtv, München 2000. |
| ders.: | Der brennende See. DuMont, Köln 2020. |
| Bill Francois: | Die Eloquenz der Sardine. C.H.Beck, München 2021. |
| Julie Gautier: | AMA, Shortfilm, YouTube, letzter Zugriff: 2018 |
| dies.: | Dancing through the waters, YouTube, letzter Zugriff: 2019 |
| Jürgen Goldstein: | Naturerscheinungen. Die Sprachlandschaften des Nature Writing. Matthes & Seitz, Berlin 2019. |
| Hella Kemper: | Leben am Fluss. Bekenntnisse einer Elbschwimmerin. KJM Buchverlag, Hamburg 2017. |
| Jessica J. Lee: | Mein Jahr im Wasser. Tagebuch einer Schwimmerin. Berlin Verlag, München 2017. |

| | |
|---|---|
| Clarice Lispector: | Agua Viva, Penguin Classics, London 2014 (1973). |
| Maja Lunde: | Die Geschichte des Wassers. BTB, München 2019. |
| Barbara Stamer (Hg.): | Märchen vom Wasser. Fischer Verlag, Frankfurt/ Main 1995. |
| National Geographic: | Die Seenomaden von Birma, 2004. |
| Delia Owens: | Der Gesang der Flusskrebse. Hanserblau, München 2018. |
| Jacques Perrin/ J. Cluzaud: | Unsere Ozeane. Dokumentarfilm, F 2009. |
| Anastaysia Popova: | Water. Die geheime Macht des Wassers. Dokumentarfilm, Russland 2006. |
| Porifera – | Die wunderbare Welt der Schwämme. Dreiteilige Dokumentation, ARTE 2012. |
| Dana Ranga: | Wasserbuch. Gedichte. Suhrkamp, Berlin 2011. |
| Christoph Ransmayr: | Der Fallmeister. Eine kurze Geschichte vom Töten. Fischer Verlag, Frankfurt/ Main 2021. |
| ders.: | Damen & Herren unter Wasser. Eine Bildergeschichte. Fischer Verlag, Frankfurt/ Main 2007. |
| Stefan Ruf: | Klimapsychoplogie – Atmosphärisches Bewusstsein als Weg aus der Klimakrise. Info3 Verlag, Frankfurt/ Main 2019. |
| Irena Salina: | Flow. Wasser ist Leben. Dokumentarfilm, USA 2008. |

| | |
|---|---|
| Jasmin Schreiber: | Marianengraben. Eichborn, Frankfurt/ Main 2020. |
| Hartmut Schulze: | Tauchen im Glienicker See. Mehrteilige Doku. YouTube, letzter Zugriff: 2013. |
| Sibylle Selbmann: | Mythos Wasser. Symbolik und Kulturgeschichte. Badenia, Karlsruhe 1995. |
| Stephanie Soechtig: | Abgefüllt. Dokumentarfilm, USA 2009. |
| Ruby/ Shinohara (Hg.): | Swim City. Ausstellungskatalog des S A M. Schweizerisches Architekturmuseum, 2019. |
| Theater des Anthropozän: | Me(er)tamorphosen<br>Science meets Art. Humboldt-Universität Berlin, Oktober 2020. |
| Terra X: | Faszination Wasser. ZDF 2019. |
| Das Toiletten-Tabu. | Die Geschichte vom WC. ARTE 2020. |
| David Foster Wallace: | Das hier ist Wasser. Kiepenheuer & Witsch, Köln 2012. |
| Des Wassers Überfluss. | Von Brunnen, Quellen und schönen Wassern, Gedichte. Reclam, Stuttgart 2006. |
| Unser Wasser – | Faszinierende Wunderwelten. Dreiteilige Dokumentation, ARTE 2020. |
| Vera Zingsem: | Und sie erschuf die Welt. Wie Schöpfungsmythen unser Leben prägen. Irdana, Hamburg 2013. |
| Miek Zwamborn: | Algen. Matthes & Seitz Verlag, Berlin 2019. |

Printed in Poland
by Amazon Fulfillment
Poland Sp. z o.o., Wrocław

78490384R00168